LA MISTERIOSA MUERTE DE
CATALINA LASA

Félix Fojo

© 2020 Félix Fojo

felixfojo@gmail.com
©Unos&OtrosEdiciones
infoeditorialunosotros@gmail.com

ISBN-13: 978-1-950424-18-4
Título: La misteriosa muerte de Catalina Lasa

Autor: Félix Fojo
Maquetación: Armando Nuviola
Correciones: Diana Fernández Fernández
Diseño de cubierta: Armando Nuviola

www.unosotrosediciones.com
UnosOtrosEdiciones

infoeditorialunosotros@gmail.com
UnosOtrosEdiciones
Hecho en USA, 2020

A los detectives, médicos clínicos, forenses, espías, físicos de partículas, cosmólogos, genetistas, fiscales íntegros, exploradores, periodistas de investigación, en fin, a todos aquellos que persiguen —con el ansia de saber o un honesto afán de lucro (y/o gloria)— el diagnóstico certero, la prueba, la evidencia, esa escurridiza meta de la inteligencia humana que siempre trata de evadirnos, de escaparse, de burlarse de nuestra buena fe, de engañarnos, de tirarnos en la cara nuestra incapacidad innata para acertar con la verdad.

«No está mal ser bella, lo que está mal es la obligación de serlo».

Susan Sontag

Agradecimientos

Cuando se intenta un libro como este, que más que biografía de una persona, o dos, o hasta tres, se convierte en el somero repaso de una compleja y fascinante época histórica y la multitud de afluentes que convergen en ella, se contraen deudas con numerosísimos autores, historiadores de distintas ramas del acontecer social, periodistas, cronistas e investigadores de diversos saberes, incluso novelistas, cineastas y poetas. Imposible mencionarlos a todos, entre otras cosas porque ni yo mismo puedo recordar o descubrir a veces en mi inconsciente mis fuentes nutricias, pero quede claro que sin ellos, que son legión, como los demonios bíblicos, esta obra no hubiera visto la luz.

La escritora y editora Yovana Martínez escribió en dos cuartillas y media la idea básica de este libro y defendió con vehemencia sus puntos de vista. Yo defendí los míos con igual o mayor vehemencia. De ese debate, casi una pelea cubana contra los demonios, salió un libro todo lo mejorado que yo fui capaz de hacer. Estoy, quién lo duda, en deuda con ella.

El libro *Catalina*, Ediciones Unión, Cuba, 2013, del lamentablemente desaparecido arquitecto Mario Coyula Cowley, la única biografía de Catalina Lasa del Río y Juan Pedro Baró que se ha escrito, que sepamos, me fue de gran ayuda, pero sobre todo se constituyó desde el principio en una obra muy motivante y una fuente de información inapreciable. No es mi estilo favorito de lectura pero qué bueno que existe ese libro.

Sin las acuciosas investigaciones, en mi opinión las más serias, honestas y mejor orientadas, de la escritora, filóloga y periodista cubana Gina Picart Baluja es muy probable que Catalina Lasa del Río fuese solo una especie de desvaída leyenda urbana, o peor, una figura del todo olvidada. Y por tanto, sin los trabajos, aún en curso, de la señora Gina Picart tampoco existiría este libro. En algunos temas específicos, como el de los pendientes de diamantes para

Mariana Seva, esposa de Mario García Menocal, debo TODA la información que utilizo, a Gina Picart. Otra vez mi agradecimiento.

Las crónicas sobre las millonarias y filántropas cubanas Marta Abreu y Rosalía Abreu son bastante extensas, quizás no tanto como merecen. Muchas de ellas provienen de historiadores, periodistas y blogueros villaclareños que, es una pena, a veces no firman sus escritos o lo hacen con pseudónimos. No obstante, mi agradecimiento a todos ellos, y ellas. Me fueron de mucha utilidad. La historiografía cubana clásica, aunque ditirámbica con las hermanas Abreu, aporta muy poco de verdadero valor.

He leído, con provecho e interés, una gran cantidad de obras y artículos publicados en diferentes épocas sobre la vida y aportes a la ciencia cubana, y a Cuba, del doctor Francisco Domínguez Roldán. Mencionaré, sin desdorar a los otros, los libros *Panchón Domínguez Roldán: Mambí, médico, ministro*, de María Luisa Domínguez (su hija), Editorial Luz-Hilo, La Habana, 1957, y «Francisco Domínguez Roldán» en *Cien figuras de la ciencia en Cuba*, de Rolando García Blanco y cols. Editorial Científico-Técnica, La Habana, 2002. Fue el profesor Roldán una de nuestras grandes figuras científicas, pero también fue un cubano singular, eso que solemos denominar un «cubanazo». Tres o cuatro décadas atrás, cuando no tenía la menor idea de la existencia de Catalina Lasa, de Juan Pedro Baró y toda esa gente, ya el profesor Domínguez Roldán era un personaje de mi interés histórico en las ciencias médicas cubanas. Pues bien, al fin encontré la forma de honrarlo. Señalo, como algo anecdótico, que mi padre, que se graduó de médico en 1941, conoció, con el respeto y la distancia de un alumno a su profesor (sitúense en la época), al doctor Roldán.

A Armando, mi suegro, amante de las novelas históricas y de aventuras, que no ha dejado de preguntarme, incluso importunarme, por decir lo menos, una y otra vez por este libro y su deseo de leerlo durante el último año. Nada mejor que una amable, pero sostenida presión para dejar de ser perezoso. Gracias.

Hubo un tiempo en que un servidor no quería escribir este texto. Simple: no me atraían los personajes. Fue mi amigo, editor jefe y presidente de Unos & Otros, Mandy Nuviola quien me convenció, dándome la lata (como mi suegro pero con otro estilo), para que lo hiciera y lo hiciera rápido. Y al fin lo logró. Desconozco el resultado de lo escrito, bueno, regular o malo, pero lo logró. Ahora se lo agradezco, y mucho.

El historiador Alejandro Pichel, al que quiero como un hermano, se queja de casi todo. Es su estilo y su pena. Espero que se queje de este libro... y me lo diga, porque es la encarnación de lo políticamente correcto... en algunas cosas.

Mi amigo cubano-canadiense Mario Blanco, noble e iracundo adversario en infinitas discusiones sobre geopolítica e historia de Cuba, no deja de conminarme a escribir ficción histórica, sobre todo si ella tiene que ver de alguna manera con su amada, e idealizada (¡no quiera usted saber cuánto!) Cuba. ¿Complacido entonces, mi estimado Polaco?

El amigo Miguel Sabater Reyes sí que escribe ficción histórica. Y sí que ha sido un referente para este libro. Cuando él lo lea, que es tan fiel que se toma ese trabajo, yo lo sé, se va a reír de algunas cosas que aparecen aquí y allá gracias a él. Y que solo él y Mandy Nuviola saben. Mi gratitud. Y una duda. ¿No habría sido justamente él el mejor autor para un libro como este? Pero ya es tarde para darle vueltas a esas cosas que no tienen remedio.

Al amable y muy sedante pueblo de Winter Haven, en la Florida Central, refugio donde en buena medida se gestó esta obra y donde Isis me da espacio (¡y hasta cocina de vez en cuando!) para escribir.

FÉLIX FOJO

ÍNDICE

El texto que sigue a esta nota se inspira en personajes, aconteci-mientos, locaciones y fechas apegados en lo posible a la realidad. No obstante, creo prudente considerarlo una obra de ficción. De hecho, el estudio sistemático de los documentos, crónicas y relatos periodísticos de la época, e incluso de las escasas indagaciones e investigaciones actuales sobre el tema difiere en muchas de sus afirmaciones y hallazgos factuales. Eventos en apariencia tan fáciles de aclarar como el lugar de descanso de los restos mortales de algunos de los personajes principales se han convertido, con el correr del tiempo, en verdaderos enigmas. Valga entonces recurrir, para romper el cerco de lo que queremos saber y no sabemos, a la imaginación, madre y fuente primigenia de una buena cantidad de «verdades» históricas. Y si hay una historia cubana que merece el despliegue de la ficción es justo esta, la de los insólitos amores y extraña muerte de la bella Catalina Lasa del Río y sus sueños tronchados en la plenitud de su ¿supuesta? buena vida.

El autor

Sin diagnóstico

Esta, querido lector, es la historia de una aventura.

Como todas las historias felices, o como las tristes, que suelen ser la mayoría, la aciaga aventura que narraremos ahora podía haber ocurrido en cualquier otro lugar o en cualquier otro momento, pero le tocó en suerte a este sitio y a esta noche en particular. Aceptémoslo así y vayamos entonces, sin dilaciones, al grano del asunto.

Nos encontramos, por peripecias del destino, según ya dije, en el hemisferio norte del planeta, en el noroeste de la vieja Europa, en la Francia victoriosa de entreguerras, la Francia arrogante que vive los desaforados Años Locos, años más o menos dichosos, excéntricos, autocomplacientes, que están a punto de terminarse, y de muy mala manera —aunque nadie lo sospecha aún, o quizás sí, algún pesimista inveterado o uno de esos amargados de la vida—, pero no es elegante ni de buen tono anunciarlo.

Y si lo anuncia no será escuchado.

Lo que nos rodea es París, la vieja Lutecia, en el Arrondissement VIII, en la orilla derecha del sinuoso e imperturbable río Sena, caudalosa y lenta corriente de agua casi vacía de peces, de color oscuro, turbia, que atraviesa la enorme ciudad, cortándola por su centro, en su marcha infatigable de casi 800 kilómetros desde sus fuentes en la meseta de Langres, en las Ardenas —esas boscosas y abruptas montañas que parecen condenadas por el dios de las batallas, una y otra vez, a las más devastadoras matanzas—, rolando hacia su desembocadura atlántica en el Canal de la Mancha, cerca de El Havre.

Los relojes puntuales, que incluso los más costosos fallan, marcan las cuatro y treinta horas de una madrugada parisiense inusitadamente fría, gélida. Es el 3 de noviembre de 1930. ¿O fue el 3 de diciembre, que hasta en las fechas hay dudas e incertidumbres en la malaventurada historia que comenzamos a narrar ahora? Arropa a todos un otoño francés que, por raros e imprevistos caprichos de la naturaleza, se asemeja a esos brutales inviernos moscovitas, como aquel que congeló para siempre las alas del águila imperial napoleónica y como otro aún más salvaje, que frenaría en seco, y sin remedio, doce años después, al soberbio y arrasador ejército del cabito austriaco devenido conquistador de la mitad del mundo.

Estamos, sí, en París. En apariencia lejos, muy lejos —centro y sur de Francia, Península Ibérica y Océano Atlántico por medio— de la Cuba que une en sus raíces comunes, el idioma materno, sus amores, filias, fobias, rencillas, odios, envidias, secretos, creencias e intereses de todo tipo a los principales personajes de este malaventurado suceso que vamos a contarte. Lejos, sí, geográficamente muy lejos de la isla caribeña, y podría pensarse desconectados de todo lo que allí sucede cuando...

Suena, y suena estrepitoso e incordiante como una alarma de incendios, el timbre del pesado teléfono atornillado a la pared estucada del pasillo que conecta la sala, acogedora, bien amueblada pero algo estrecha, con las tres habitaciones del departamento. No es común por estas fechas disponer de un aparato así en París, ciudad que lleva retraso, a diferencia, por ejemplo, de Nueva York, Londres, Berlín o la propia Habana, con la instalación de una buena red de estos modernos artefactos.

Aunque costoso en realidad —un lujo propio de las clases altas— este llamativo cachivache, que escandaliza justo ahora en la noche con sus campanillas de reloj despertador, se ha convertido para el doctor, debido a su profesión, en artículo de imperiosa necesidad., y, hasta cierto punto, —que no olvidemos, son franceses legítimos los habitantes de los demás departamentos del edificio—, en motivo de murmuraciones y tórridas envidias para sus vecinos.

El teléfono que suena y suena despertando a todos, es un dispositivo moderno de construcción sueca reciente, marca Ericsson, diseñado en una caja cuadrada de madera dura, barnizada de marrón, con campanillas cromadas dobles, idénticas a las de los relojes despertadores de cuerda, pero más grandes y sonoras; tiene un disco frontal rotatorio con orificios numerados para meter el dedo índice al discar; micrófono de baquelita negra y gancho metálico dorado para el auricular, también de baquelita y con forma de cornetín de sordos. Una maravilla de la ingeniería y la técnica que han desarrollado esos rubios silenciosos y altos de estatura que viven, como los osos blancos y las focas, en los entornos del círculo polar.

—¡Ya, ya va, carijo, ya va!

Ve el desasosegado propietario del teléfono, a su esposa Tencha, de sueño mucho más ligero que el suyo, sentarse ya en la cama, y echar a un lado sábanas y colchas, justo el despertar abrupto que le quería evitar. Un deseo bienintencionado, pero inútil. ¿Cómo impedir que aquel estruendo del demonio la saque a ella, pobrecita, de forma brutalmente del tan merecido descanso?

—¡He dicho que ya va, carijo!

Es un hombre de baja estatura, recio, de movimientos lentos pero bastante precisos, ya mayor, quizás sesenta y cinco o sesenta y seis años de edad cumplidos, aún semidormido pero en vías de espabilar y entrar en caja en poco tiempo. Duerme vestido con calzoncillos largos de lana, medias hasta el pliegue de las pantorrillas, pijama de franela azul marino y ahora, al ponerse en pie, añade una bata de casa color violeta, algo ridícula, pero gruesa, abrigadora, que toma del respaldo de la butaca colocada junto a la cama y se echa en gesto nervioso por encima de los hombros. Se levanta a trompicones del lecho, se calza a la carrera sus viejas chanclas y va a atender el atormentador teléfono.

—¡Ya va, ya va, carijo, por Dios, ya va!

Pero el dichoso aparato, que está muy lejos de ser un bicho pensante y mucho menos obediente a los pedidos humanos, no se da por enterado de las entrecortadas exclamaciones del hombre, y siguen repicando y repicando sus malditas campanillas —¡cualquiera diría que cada vez más insistentes!— con las aviesas intenciones, o eso parece, de despertar no solo al doctor y su mujer, algo que ya logró hace rato, sino también a todos los infelices vecinos del edificio, incluidos los bebés, los chicos de escuela y las abuelitas, además, claro está, de los que tienen que ir a trabajar poco después, sometidos todos, y sin misericordia alguna, a aquel inaudito tormento en plena madrugada.

—¡Carijo!

Levanta el caballero, al fin, el auricular del gancho, se lo lleva a la oreja derecha, contesta por la bocina con un rasposo ¡alló! ¡alló! Casi sin saludos previos, salvo un seco y contradictorio buenos días, y tras la pregunta de si es con certeza el profesor Domínguez Roldán quien se ha puesto al aparato, se le requiere a este, desde el otro lado de la línea y con suma urgencia, que acuda a visitar, ¡sin demora!, ¡cuanto antes!, ¡ahora mismo!, a una de sus pacientes más lucrativas y al mismo tiempo problemáticas.

Problemática, sí, muy problemática, no por el trato o temperamento de la dama, que la enferma, aunque criolla de las islas del Caribe, nacida en una ciudad del interior de Cuba, en específico la de Matanzas, es una mujer de voz dulce, amable, refinada y de clase. Y mucho menos por el cobro a tiempo y sin regateos de los honorarios del galeno —que dinero, mucho dinero y mano abierta para gastar en lo que se tercie es lo que sobra en esa familia—, sino por lo retador y poco común del caso.

¡Si lo sabrá él!

Se trata de una persona amiga, conocida del doctor más bien, una compatriota relativamente joven, muy enferma, muy grave, o peor, todo indica, y la llamada lo confirma, que se está muriendo.

¡Y se está muriendo sin ningún diagnóstico de su dolencia!

¡Sin que podamos decir, carijo, tiene esto o aquello!

Sí señor, sin diagnóstico, es lo que más irrita al doctor. Tal y como suena, sin la tranquilizadora certidumbre de saber de qué rayos padece esta mujer, a la que no se le ha realizado dictamen clínico certero, que aunque no cure al enfermo o le alargue la vida, por lo menos le permita morir en beatitud, deje en paz las conciencias de los familiares cercanos, los deudos, la de los amigos interesados por quien sufre y, por supuesto, la de los señores médicos implicados en el tratamiento del infortunado paciente, en este caso la enferma. Que no emitir un juicio claro, firme, puntual, académico, es, no lo dude usted, la peor pesadilla para un galeno que se respete.

Acompañar, escuchar con calma, oír con atención, conversar si ello fuese posible, establecer una complicidad amable con el enfermo, estar al pie de la cama, es eso en definitiva lo que quiere decir en griego la palabra clínica, él lo hace. Y hace más, ayuda a enrumbar el alma por caminos de aceptación si no se puede sanar el cuerpo, y está presente, que es una de las mejores medicinas inventadas por el hombre, o los dioses, que eso era Asclepios, Esculapio o como se llame el buen señor con la vara y la culebra enrollada en él.

En fin, todo eso es una parte importante del arte médico del doctor Roldán, y es también su doctrina, su credo, pero, ¡carijo!, la ausencia de un diagnóstico es algo intolerable para su formación académica, y sí, ¡claro que sí!, que el diagnóstico es la puerta que se abre, unas veces sí, otras no, pero a la que hay que asomarse y mirar dentro para poder curar, para eso se es médico y no encantador de serpientes, como algunos descreídos sospechan era el buen señor, o dios, Esculapio.

Al hombre del pijama azul marino, ya despierto del todo y preparándose mentalmente para lo que viene, no le sorprende el apremio con que es solicitado esta vez, es más, lo esperaba en cualquier momento y así se lo había hecho saber a Tencha, su esposa, tratando de evitarle temores infundados, ¿qué madre no los tiene?, relacionados con los hijos, hombres y mujeres ya, con los muchos nietos o con el resto de la familia que permanece allá lejos, en Cuba, pues no todo el mundo se arriesga a semejantes aventuras, tal y como lo han hecho ellos dos, como uno solo, fuera de su tierra.

—En cualquier momento me llaman de la casa de los Baró-Lasa, Tenchita, que esa pobre mujer, la señora Catalina, parece no tener salvación posible —explica Panchón a la fiel Tencha, que sabe por instinto y por su larga experiencia junto al profesor como son de crudas estas cosas de la medicina.

—Qué triste, Panchón, ¿no es verdad?

—La vida es como es, Tencha, así que no te preocupes si ese dichoso aparato telefónico suena en la madrugada —responde el doctor admonitorio—. Lo sé, lo sé, ¡pobrecita!, ¡no sabes cuánta pena me da saber que sufre tanto! Contesta ella, y asiente con la obediencia propia de las buenas esposas de aquellos tiempos.

Pero la realidad es que Tencha está más inquieta por la desazón que provoca en su marido —fanático desde jovencito del buen hacer médico y la buena clínica que le inculcaron sus respetadísimos maestros— la ausencia de un diagnóstico definitivo que aclare, al fin, la dolencia de la enferma, que por el resultado final de la enfermedad, inevitablemente mortal, de la susodicha Catalina. Que en definitiva Tencha no es del entorno ni mucho menos amiga, casi ni conoce en persona a la enferma, que la ha visto de lejos alguna vez de compras en Le Printemps Haussmann, quizás en la ópera, cenando cualquier noche en el Polidor o en algún evento filantrópico, y ella, Tencha, no es de las que disfrutan ni cultivan la vida social y la conversación inane que se practica en esos rutilantes y vacíos eventos, pero sí que conoce muy bien las obsesiones científicas y académicas de su marido

—¡El reconcomio que debe tener por dentro Panchón, el pobre! —piensa más que dice la afectuosa Tencha. El doctor cuelga el auricular en el gancho con un clic y se prepara aguzando sus reflejos, esos reflejos que nunca le han fallado, para un día que amanece hoy demasiado temprano y será, lo intuye, excesivamente largo.

—¡Carijo, y a estas horas!

—¿Qué dices, Panchón?

—Nada, mija, nada, hablo solo, como siempre —refunfuña el doctor.

—Ya veo, ya veo.

Mientras tanto Hortensia, Tencha , la única novia desde que era un adolescente, mujer de toda la vida del doctor y madre de sus hijos, acostumbrada desde hace mucho tiempo a los despertares súbitos y desapacibles propios de la profesión, la religión más bien, que no practica ninguna otra, de Panchón Domínguez Roldán, su marido, corre a la cocina a prepararle, y en un santiamén —que ella es una hábil y experta ama de casa cubana, ¡sí, señor, cubana!—, un oloroso, negro; él, Panchón, le dice prieto, bien prieto, y dulce café cubano.

Ese café que Tencha cuela en manga o media de algodón —que él no acepta otro por la mañana: ¡esas aguas de chirle salidas de las cafeteras no me saben a café, por Dios, parecen cafunga!—, al tiempo que se multiplica en sus tareas y se comunica por el interfono con el chofer del automóvil, Thierry (quien vive en su pequeño cuartito debajo del mezanine), para que espere en la puerta del apartamento, listo para salir en pocos minutos. En fin, el ritual inalterable de siempre durante cuarenta años, la misma secuencia que se conoce ella al dedillo, sin cambios. Salvo que antes de llegar con la modernidad y el desenvolvimiento esos útiles adelantos, había que ordenar el aparejo del caballo y luego urgir a gritos al cochero.

Que así, con esas mañas aprendidas por ellos dos, y a las malas, en los tiempos difíciles, se mantenían funcionando mentalmente a plenitud y en bastante buena forma física. Panchón, a despecho de los casi setenta años de vida agitada y útil que cargaba en sus costillas, y aunque siempre estuviera quejándose de todo y de todos y anunciando el inminente retiro, ¡o es que no ven que ya no doy más, carijo!, poco o nada hacía en realidad por alejarse y descansar. Que según ella y sus pocos amigos cercanos, el doctor moriría sin remedio de tedio y mal genio el día que se viera reducido a andar, como alma en pena, en pantuflas por la casa, sin nada específico qué hacer, o contra qué o quién combatir, llámese enfermedad o algún político o mandamás, respectivamente.

Todo esto es muy bien conocido por ella, tan bien que los anuncios y advertencias de él le hacen sonreír por lo bajo. Sus preocupaciones, las muy privadas de ella, están y estarán siempre ahí, independientemente de los innumerables pacientes de Panchón, aun cuando él le advierte que no se preocupe por los muchachos y la familia lejana. Pero esas inquietudes muy suyas no interfieren, nunca lo han hecho, con la atención a su marido ni sus deberes de esposa, mujer y ama de casa.

—No olvides tu maletín —le dice ella por decir algo, que sería como pedirle al doctor que no dejara por detrás su cabeza. Aunque… ella prefiere creer que de no estar atenta y no alertarlo, sí, en efecto, terminaría él por salir a la calle sin la parte que sobre el cuello, contiene el notable cerebro de Panchón.

—¡No, no, claro que no, carijo! — contesta el doctor de forma maquinal. Ya vestido, después de pasar con fuerza por la cara, las orejas y la nuca una toalla húmeda y previamente entibiada —el agua de los acueductos de París, que sale por los grifos del lavamanos a esta hora, parece venir del Polo Norte—, el doctor toma de pie el café que Tencha le alcanza en su taza preferida (vieja tradición hogareña) sobre una antigua bandejita de plata con fondo nacarado, un regalo de bodas, ¡y todavía en funciones! Abstraído en sus pensamientos, lo bebe a sorbitos, poco a poco. Así, buchito a buchito, como beben los que saben paladear las cosas buenas, el café que se produce en la isla.

Prefiere perder un minuto en esto, que atragantarse o quemarse los carrillos. Como decía el rey no sé quién y él repite a menudo: ¡vísteme despacio que estoy de prisa! Costumbre de toda la vida, mantenida incluso en los difíciles, pero emocionantes años de la guerra en la manigua cubana. Emocionantes, sí, ¡y juveniles, carijo, juveniles! ¡Qué época dichosa aquella, en que estaba seguro de saberlo todo! Aun cuando se acercara una columna española con intenciones de apresarlos o destruirlos, y cundía el caos, y todo eran órdenes a voz en cuello, carreras de un lado al otro, cagaleras que se ocultaban para no pasar vergüenza, gritos de valor y de miedo, ¿quién podría diferenciarlos en momentos como esos?, tiros de un carajal de armas de fuego diferentes y toques de corneta, él, antes de agarrar su machete y su tercerola y correr a montar en su caballo, o a veces correr y correr, y punto, para salvar el pellejo, se terminaba el café poquito a poco. Lo que en una ocasión —ahora ríe con ganas— estuvo a punto de costarle la vida. Pero esa es una jocosa y vieja historia a la que él vuelve de vez en vez, cuando está compartiendo con sus amistades cercanas o con los viejos, y pocos compañeros de armas que van quedando. ¿Quién sabe cuántos se han ido ya?

Aunque no vuelve a ella ahora, claro está.

Termina el café, se limpia los labios con una servilleta de hilo fino bien doblada y el doctor se dirige, con pasitos cortos pero acelerados, al despacho. Su pequeño pero acogedor despacho, que le sirve, además de para consultar a algún que otro paciente —él prefiere atenderlos en la siempre atiborrada y bastante caótica consulta externa del Hopital de Dieu y no en su casa—, de biblioteca, sitio de colección de los libros y estudios médicos e históricos publicados por él en los últimos cuarenta años; las carpetas con las notas y papeles relacionadas con la biografía que escribe ahora sobre el gago Carlos Finlay —hace ya quince años desaparecido—, su maestro y hermano mayor, compañero de tantos sinsabores y desprecios inmerecidos y de tantísimas glorias, pero de todo eso es mejor ni hablar. Y también acumula allí el archivo de historias clínicas y placas radiográficas, todo todo un tesoro ciéntifico bien ordenado y catalogado, que que incluye algunas de las primeras radiografías tomadas por él en Cuba, y en las Américas, y cuidado si no en el mundo, 25 años antes.

Por si todo lo anterior fuera poco, el despacho del doctor es, además, oficina para escribir, almacén de recuerdos, galería de títulos: médico clínico y cirujano en tres países, miembro de las academias de Medicina Cubana, Española y Francesa, Comendador de la Legión de Honor de Francia, Decano de Honor de la Universidad de La Habana y, ¿por qué no?, escondrijo para pensar y meditar con calma acerca de la diversidad de temas, divinos y humanos, que le interesan.

Único lugar de la casa donde Tencha entra de puntillas a quitar el polvo, que ni a la chica de la limpieza le permite poner un pie allí.

—*Non, non*, no te preocupes, que ya sabes como es de quisquilloso y ordenado el doctor con sus papeles y sus cosas —le explica Tencha a la muchacha mientras toma el plumero de las manos.

—*Oui madam. Ce que vous commandez.* —Y la mucama, agradecida en el fondo al ver disminuidas sus tareas, se encoge de hombros—. ¡*Vieíllards fous!*

Agarra entonces el doctor su cabás, el viejo maletín de mano de cuero negro, bastante opaco ya, con asas y un cierre de broche, sin adornos ni cromados, que le acompaña, en las buenas y en las malas, desde Cuba. Maletín que Panchón se niega a cambiar por los de última moda, lujosos, caros, de pieles y colores raros y pasadores niquelados, pero poco prácticos, según él.

Lo abre y se asegura, de un vistazo, de que en el maletín descansen sus armas para la batalla: el magnífico, aunque un poco gastado por el uso, estetoscopio de Camman, su preferido; el ya clásico esfigmomanómetro de Riva-Rocci; un martillete para reflejos tendinosos; el indispensable, si se requiere un buen examen neurológico, diapasón de acero; un termómetro de mercurio algo antiguo pero sólido como un acorazado; depresores para bajar la lengua confeccionados con madera fina; una linterna oftalmoscópica con su cable para conectar a la corriente eléctrica, lo último, y un otoscopio a juego.

Además, que casi siempre hacen falta, varias jeringas de émbolo, de vidrio consistente y bien pulido, guardadas en sus estuches metálicos estériles; una caja de agujas hipodérmicas de varios calibres; algunas pinzas y tijeras de diversas longitudes; cuatro o cinco guantes de caucho, dos o tres rollos de gasa y uno de esparadrapo; ampolletas de estimulantes cardiacos; cafeína; morfina y adrenalina, esta última empleada de igual modo para disminuir los sangramientos y yugular los ataques de asma; recetarios timbrados con su nombre y sus títulos y una pluma estilográfica no muy lujosa pero de batalla, en fin, lo necesario para enfrentarse a la enfermedad y en ocasiones, como esta, a la muerte y forcejear, aunque no haya esperanzas, con ella. Forcejear, sí, con su vieja enemiga, con la parca, con la puñetera pelona, que se ríe de sus esfuerzos,mas le respeta, de la misma forma que él, que la sabe vencedora en casi todos los torneos, la respeta a ella.

Todo eso que va dentro del maletín es ciencia y los instrumentos modernos y útiles que se derivan de ella. Lo otro que lleva encima, mucho más importante, es su arte médico, sus ágiles manos, su comprensión, su palabra, su entrenado cerebro. Y también la fama que le precede, que para muchos ser tratado por el profesor Roldán —aunque Panchón se sienta un ser humano más y sepa de seguro que esa dependencia es pura sugestión—, se vuelve parte, hasta el todo en algunos casos, de la curación.

Listo ya para marchar, se despide de Tencha con un beso en la mejilla, hace un alto en la saleta y aguarda, inquieto, el aviso de la llegada del chofer.

—¡Ya viene, Panchón, ya viene, ten calma, hombre!

—¡La tengo, Tencha, carijo, la tengo!

—¡Pues demuéstralo, hijo mío!

Gruñe el profesor para no decir alguna inconveniencia.

Años y años, ni ellos recuerdan cuándo comenzaron, llevan Tencha y Panchón repitiendo, con pequeñas variantes, este mismo intercambio de frases propias de madrugadores consuetudinarios que se quieren y se necesitan mucho. No han pasado más de dos o tres minutos y ya el avispado Thierry, una de esas joyitas que el doctor Domínguez Roldán ha tenido la suerte de encontrar en París, para que le hagan la vida de emigrado más llevadera, toca suavemente y sin aspavientos, la puerta del departamento.

El doctor, de pie junto a ella, la abre.

—*Bonne nuit,* Thierry.

—*Bonne nuit*, señora, *bonne nuit,* doctor.

—¿En marcha entonces, Thierry?

—En marcha, profesor. —Thierry hace saluda con la mano a Tencha, que está detrás de Panchón, y se echa a un lado para dejar paso libre al doctor en su camino hacia el descansillo que hay frente a la puerta (espacio pobremente iluminado por una bombilla de globo, grande, vistosa, pero de muy poco voltaje), y baja tras él por la escalera que conduce a la entrada del edificio.

—¡Vayan con Dios! —les despide ella y cierra con cuidado la puerta. Podría acostarse otra vez y dormir otro rato, a veces lo hace, pero hoy, cerca ya del amanecer, prefiere ponerse a hacer cosas, ordenar costuras, repasar los trajes de Panchón, lavar por enésima vez utensilios de la vajilla que se usan poco, en fin, comenzar su día y dedicarse a lo que más disfruta después de atender a su marido, su hogar.

—¡*Adieu, adieu!* —se despide el doctor con esa sequedad habitual que no hace más que ocultar al mundo, es su armadura interna, el buen corazón que late en su pecho. Es entonces, camino ya del reto que él mismo escogió hace muchos años, que el ordenado cerebro de médico avezado y su gran experiencia clínica vuelve, como tantas veces antes, a la pregunta que lleva atormentándole desde hace unos tres meses. Esa interrogante que intranquiliza a todo buen médico hasta que la luz, al final del túnel del razonamiento, se hace en forma de diagnóstico.

Pregunta que le tortura no solo a él, sino también a otras luminarias del mundillo médico habanero y luego a los patriarcas y gurús de la gran semiología diagnóstica de la Ciudad Luz, todos consultados una y otra vez, y muy bien remunerados, claro está, por el marido de la enferma.

¿De qué diablos, carijo, se nos está muriendo esta mujer?

¿De qué?

París. 1930

Sí señor.

Créame, si algo merece una historia, una buena y bien contada historia son las escaleras de París, pero por supuesto, lo sé, este no es el momento ni el lugar para irnos por ese interesante camino lleno de pasamanos. Sigamos entonces, cámara en mano, al doctor Domínguez Roldán y a Thierry…

Escaleras abajo.

Thierry, ágil como un gato, controla, por respeto al jefe, su impulso de bajar de tres en tres los escalones y se adapta al paso del doctor, que aunque no es torpe, resiente, ¿quién lo duda?, el curso inexorable de los años y el peso de tantas lecturas, estudios, disecciones, intervenciones quirúrgicas, análisis de placas radiográficas y tantísimos días y malas noches pasadas caminando por pedregales o a lomos de burros, pencos, caballos de gran alzada, coches y fotingos para ir a darse de manotazos, cara a cara, con la enfermedad y la muerte. Pero la vida es eso, seguir tirando y tirando del arreo, que se vuelve cada vez más corto y fino hasta que se rompe.

¿Vérité?

Es plena madrugada parisiense, cuando los dos hombres: Thierry, atemperando su paso para no adelantarse y el doctor Domínguez Roldán, abriendo la marcha, terminan de bajar las escaleras y empujan —con un tétrico chirrido que despierta a la bedela—, el grueso portón de madera barnizada, encristalado en el centro, con tiradores atornillados de metal dorado en forma de tubos transversales, que los lleva al zaguán de entrada del bien acondicionado edificio, último recinto relativamente cálido antes de meterse de cabeza en la gran nevera que es la calle.

Antes de salir, permancen en un bonito y acogedor vestíbulo, algo decadente para los muy exigentes en cuestiones arquitectónicas de actualidad, todo embaldosado en granito rosabel y con dos sólidos ceniceros de piedra blanca tallada en forma octogonal de un metro de altura y un par de grandes espejos que llegan casi hasta el cielo raso en las paredes laterales.

Aunque a decir verdad, el vestíbulo es algo oscuro a pesar de la maciza y muy trabajada lámpara de techo estilo modernista —*art deco* es el término que ha hecho fortuna ahora para esas filigranas, derivado, no faltaba más, de *arts decoratifs*, una denominación que dice bastante poco— suspendida por una cadena de hierro eslabonado en el mismo centro. Uno más de los miles y miles de vestíbulos parisienses semejantes con que nos topamos en edificios de clase media alta descritos ya muchas veces, en la literatura y el cine y seguirán siéndolo de forma eventual por mucho tiempo.

La portera, acostumbrada a las frecuentes salidas nocturnas del doctor y su chofer, repantigada en su alta y bastante incómoda poltrona y embutida en un grueso y floreado cobertor para abrigarse del frío, les mira pasar desde detrás del ventanuco enrejado que la protege de intrusos, beodos e indeseables de toda laya. No es que abunden en ese barrio, pero, ¿quién sabe? Se limita la mujer a mover una mano, que saca con desgano de debajo de la gruesa tela, remedando un saludo y musita algo ininteligible, alguna frase que debe parecerse a un buenas noches o quizás un buenos días, en su francés gutural, de provincias, de *Boucau*, en la vieja Aquitania, según le explicó Tencha una vez a Panchón, ante sus quejas y gruñidos por lo raro y enrevesado del acento de la mujer y sus dificultades, las del doctor, no las de la conserje, para comprender debidamente los recados o recibir con detalles precisos la prensa, el correo y los paquetes que le dejaban en consigna con ella.

—Buenas noches —contesta al vuelo Panchón, en voz baja y en castellano, para molestarla un poco.

—*Bonne nuit, madam* —dice Thierry con la cara seria y la cabeza puesta ya en el frío de perros que les espera afuera.

—¡Vamos Thierry, apura el paso! —le urge el profesor al muchacho, deseoso de llegar al auto cuanto antes y también un poco por joder a la mujer, lo mismo que hace con la parla castellana cuando le habla a la dichosa portera, que Panchón es un pan de bueno pero tiene ese toque de *rancorous* que ni él mismo sabe a veces de donde le viene.

—¡*Oui, Monsieur!*

Ante el poco caso de aquellos dos —el *mal éduqué e incorregible cubain* y ese pobre muchacho de tan buena pinta al que lleva al trote el viejo, *¡pauvre enfant!*— la señora bosteza ostentosamente, cierra los ojos y se arrebuja en su manta floreada, bajo la que se esconde también un gato *chartreux* gris perla que solo deja entrever, entre los pliegues del borde de la tela, el hocico blanco y los finos bigotes. Que no son horas para ponerse a charlar y mucho menos con el *ennuyeux* profesor «Francois Rouldaan» y su gallardo *chauffeur*, enemigos declarados, por lo menos el primero, de las conversaciones intrascendentes y los chismes de vecindario. Ya lo intentaría ella con Thierry, el buen mozo, en otro momento, que siempre, zalamera, aprovecha cualquier oportunidad que aparezca y lo hace.

¡Sorciére!, piensa Panchón de la portera, que atravesada la tiene, mientras sale al exterior. *¡Vieille sorciére!*

Cuando los dos hombres pisan el portalito de entrada, la tibieza relativa del zaguán ha quedado atrás y están de pronto a la intemperie. El golpe del aire frío les corta la cara y el mundo de afuera se les aparece de súbito como una explosión extravagante de extraños colores, matices difusos que producen una experiencia en verdad singular. Es noche cerrada, o así debe ser por la hora, pero lo cierto es que no lo parece. Y no lo parece porque se nota en el ambiente que les arropa ahora, tal y como los cubriría el agua de una piscina, una especie de luminosidad que se les antoja completamente irreal.

¡Surréaliste, carijo, *surréaliste!* Le parece aquello al doctor. Afuera un resplandor extraño los convierte a ellos mismos en fantasmas emisores de una fluorescencia azulenca que trastorna los colores reales de las cosas alterando las formas, los contornos y los movimientos de cuanto sea capaz de moverse en aquel frío bellaco. Incluso el aire, que lo llena todo, es fosforescente debido al brillo difuso de las incontables luces de la gran urbe que pintan el cielo y rebotan de nuevo hacia la tierra. Es un resplandor que se difracta en el manto de nubes bajas y densas, oscuras —invisibles salvo por el reflejo—, que encapotan el cielo desde varias horas antes de la caída del sol, presagio de aguanieves y nevadas, y con más irrealidad ahora, que estamos ya bastante cerca del amanecer (un par de horas o algo menos, quizás), momento en el que, según dicen algunos cultivadores de los tópicos y los refranes optimistas, se hace la noche más oscura.

Pero no es el caso esta noche en particular. Aprecian ellos, y apreciaría quien tenga que salir ahora, una casi fantasmal luminiscencia, un brillo hermoso, en el ambiente que arroja un halo mágico a lo que ven, como si las cosas, todas las cosas, sin excepciones, flotaran, o danzaran, en derredor de uno. Una inusual experiencia que la gran ciudad se permite compartir solo con los escasos noctámbulos que aún quedan por las aceras de París: borrachos tardíos, serenos, policías de ronda, ladrones, putas en retirada muertas de cansancio, pobres sin hogar, recogedores de basura y poetas insomnes. ¡Ah, claro, y médicos de asistencia y sus choferes, pobres tontos, dispuestos a salir a la calle a estas horas como el profesor Domínguez Roldán y el joven Thierry!

Añádase, y no es poca cosa, el cortante frío, un frío implacable, exagerado y para colmo repentino, precoz, tempranero, que se abatió sobre la capital y las comarcas aledañas, la grande *couronne parisién*, desde mediados del otoño, un otoño que aún está por terminar para dar paso, el 22 de diciembre, al invierno de este año 1930 camino del 31.

¡Imaginen el invierno si todo sigue así!

Sorprendente fenómeno para los parisienses el de este absurdo frío, propio de las exóticas tierras de muy al norte: las Finlandias, las Islandias, las Noruegas y esas otras donde moran Papá Noel con el trineo y sus renos o de las estepas infinitas y semisalvajes de la Siberia, donde habitan, solo Dios sabe, qué fenómenos de la naturaleza, además de los pobres condenados que envían allí los zares, antes, y los bolcheviques, ahora, pero para nada común en el casi siempre templado París.

¡Froid sauvage!

Un año insólito por lo frío este de 1930. Pero qué le vamos a hacer, cosas así ocurren cada cierto tiempo en este mundo loco. Les ha tocado entonces este año a los parisienses, qué remedio, una helada destemplada, hiriente, insistente, apreciable en las costras de hielo sucio diseminadas —y peligrosas, muy peligrosas para los caminantes— en las aceras; en el vapor lechoso de los escapes de los vehículos de motor; en la intranquilidad de los caballos de tiro, que los vuelve cagones, huidizos y ariscos a sus amos, y el vaho blanco del aliento; y en el entumecimiento de las manos, los pies, los lóbulos de las orejas y las narices de quienes ven obligados a salir a la intemperie.

Un frío cruel que pide a gritos, por supuesto, recogerse junto a la hospitalaria chimenea casera con los leños secos ardiendo en el hogar alegremente, o aunque sea, no pidamos tanto, una estufa de carbón a falta de algo mejor, un techo, una cama acogedora, almohadas blandas, varias capas de sábanas, un buen edredón, quizás una botella caliente en los pies y de ser posible una tibia y serena compañía, tal y como la que el profesor, ¿y por qué no?, Thierry, están dejando ahora, con pesar, por detrás.

Pero no, no es posible esta noche, que el deber llama y llama con la insistencia, con la machaconería pedante de los que, por poder pagarlo a precio de oro, no admiten ni admitirán nunca un no por respuesta. A diferencia de los pobres, es la experiencia de Panchón, la que solicitan cuando ya no les queda más remedio y siempre piden por favor, y luego agradecen, pero dejemos ese tema ahora, que no viene a cuento.

—¡*Mon dieu!* —se queja Thierry.

—¡*Merde!* —exclama el médico mientras baja a saltitos, ¡mucho cuidado con los huesos de la cadera rotos!, los cuatro o cinco escalones de entrada del sólido edificio.

—¡*Faire attention*, profesor! —le dice Thierry al doctor al tiempo que tiende su mano para ayudarlo a llegar en una sola pieza a la acera. Un gesto que, aunque aceptado esta vez con reticencias, no es muy del agrado del profesor Roldán, que todavía se siente, en ocasiones, como el joven que se fue, treinta y cinco años antes, a pelear a la manigua cubana para ayudar en lo posible posible el nacimiento de una patria que luego no le devolvió debidamente, él no lo hizo por eso, que conste, el favor.

Alumbrado eléctrico hay en toda la ciudad, pero no como para confiarse. Los faroles eléctricos empotrados a los lados de la arcada de entrada, alguna que otra tenue lucecita que se filtra desde un par de ventanas bien cerradas —dos, por lo menos, son de Tencha, que deja prendidas las lamparitas de la sala y la cocina, cuando él, por las noches está fuera—, y los focos de luz amarillenta que se ven con claridad en la distancia, pero no llegan a alumbrar como es debido la espaciosa acera, unas bombillas casi inútiles que cuelgan de postes metálicos equidistantes en ambas esquinas de la extensa cuadra. Todos cercados por la corona de fosforescencia difusa de la que ya hemos hablado y ninguno, en realidad, cumple la función de hacer más clara la noche. Que sería oscura, negra como boca de lobo sin el lustroso brillo que pinta el entorno: árboles, cosas y personas, de una tonalidad áurea algo desvaída.

—*¡Jolie*, hermosa noche, señor Roldán, pero para observarla, bien abrigado, desde detrás de la ventana! —exclama Thierry con esa alegría juvenil que le viene a ratos y que tanto parece gustar a las *filles*. Humm, y puede que a las no tan *filles*.

El doctor hace un leve gesto de asentimiento mientras vigila con mucho cuidado sus pasos. Un espectáculo hermoso el de esta noche, es cierto, si no fuera por el frío espantoso, así lo sienten ellos, y por las razones, nada turísticas que los han sacado a la calle ahora. ¡Hermosa noche, carijo, hermosa, de verdad! Piensa el doctor y mueve la cabeza de un lado al otro en gesto de incredulidad.

Ya en el arcén, sin un techo sobre las cabezas, y moviéndose lo más rápido posible pero con cautela por el resbaladizo hielo ennegrecido que cubre las baldosas, los dos hombres, el doctor y su chofer tiritan de frío. Suben, con sus manos enguantadas y hasta donde les es posible, el cuello de sus largos y pesados abrigos: de grueso paño inglés el del doctor; de mediapiel, una especie de cuero semisintético forrado con guata por dentro, muy a la moda y más barato, el de Thierry, pero ni así entran en calor. —*¡Merde*, carijo, *merde*, este tiempo del demonio no nos torturaría nunca en el inviernillo dulce de La Habana! —dice el doctor en tono bien bajo para que Thierry, siempre listo a responder, no lo escuche y equivocadamente, todavía se enreda bastante a menudo con el castellano, crea que se trata de una orden.

Por tanto, aceleran ambos el paso para abordar de una vez el automóvil, un Delahayez tipo 87, todo negro, con muchos niquelados, cuatro puertas y capota dura modelo 1927. Al doctor le gusta ese vehículo y lo disfruta, aunque no sea lo último de lo último, que él no le da importancia a esas cosas. El auto, frío como un gran bloque de hielo y rodeado por el halo luminoso del que no se escapa nada, y menos su pintura lacada negra que brilla igual a un rescoldo de carbón, está aparcado desde ayer en la calle, justo frente al bloque de viviendas donde residen Tencha y el doctor y paralelo a la anchísima acera, una de esas enormes aceras de París (que vienen de la época de las reformas contrarrevolucionarias del b Haussmann) ordenadas, dicen, por el «bueno» de Napoleón Tercero durante el Segundo Imperio.

Viven el médico y su esposa, desde hace más o menos un lustro, en la Rue de la Tremoille, solo a un par de cuadras de la Avenida Montaigne, el viejo y ahora completamente remozado Callejón de las Viudas, *Allée des Veuves*, es su nombre en francés, del Distrito VIII de París. Vista a vuelo de pájaro, es una zona de edificaciones bastante clásicas, acomodadas, algo caras para la media poblacional y en alza. En alza, sí, pero lejos todavía de la magnificencia de los barrios opulentos, de los verdaderos ricos y famosos que poblaban en aquellos tiempos, año tras año, sin aparentes prisas, pero sin pausa, las dos orillas del Sena en el círculo hipotético comprendido entre la estrella del Arco del Triunfo, los bordes del Bois de Boulogne, el Palais de Chaillot, la plaza y jardines del Trocadero, a la derecha del río; y los puentes, el Point D'léna y el Point de l'Alma, hacia el Campo de Marte y las cercanías ajardinadas y siempre atestadas de paseantes y turistas de la Torre Eiffel, ya en la orilla izquierda.

El cogollo brillante y aristocrático que se mira el ombligo a sí mismo todo el tiempo. La tarta de oro y diamantes del París de 1930.

Pero ninguna de esas banalidades ocupa ahora la mente de los dos hombres ateridos, que se afanan por meterse de una vez en el automóvil. El de más edad sube al fin con cierto envaramiento, los años y el maldito frío pasan factura, y se acomoda con evidente resignación en el mullido asiento trasero del Delahaye. Tira él mismo de la manilla de la portezuela del auto para cerrarla de un golpe, pero antes, y dejando escapar una nubecilla de vapor blanco algodonoso, gruñe más que dice a su fiel Thierry, según su costumbre cuando está ensimismado en sus pensamientos o, como ahora, preocupado por lo que le espera.

—¡Arranca pronto el automóvil y vamos lo más rápido posible a la residencia de los Baró, Thierry, que una vez más volvemos a esa casa! —Y también gruñe el doctor por otra causa que no le gusta reconocer… y es porque se siente un poco harto, bastante, quizás, de una forma de vida, esta, que ama y amó siempre, pero que se le va haciendo cada vez más onerosa de cargar sobre sus ya viejas espaldas. Un cabrón pensamiento que no le gusta ni un poquito, pero que crece y crece en su cerebro.

Diligente, Thierry, el chofer y chico para todo del doctor, con una sonrisa que es casi una mueca por culpa del viento cortante que le pega ahora en la cara, se asegura de que la portezuela trasera esté bien cerrada, y —tras meterse en el vehículo de un salto— cierra con delicadeza la suya, se acomoda debidamente en su puesto y contesta con la claridad del profesional que conoce al dedillo sus obligaciones para con el jefe: —*Oui*, señor, a la orden, *vite*, allá, donde los Baró nos vamos de inmediato.

—¡*Avant, avant*, Thierry!

Thierry es un muchacho sano, de unos veinticuatro o veinticinco años de edad, bastante alto de estatura, flaco, enteco pero de hombros anchos y manos grandes y huesudas. Tiene el pelo rubio no muy largo, con raya al medio y una cabeza bien proporcionada en la que se encasqueta, cuando cumple el papel de chofer del doctor, su gorra negra de plato con cordones y botonaduras doradas, al uso entonces entre los de su oficio. Es un tipo simpático y de sonrisa fácil, pero habitualmente serio para los que no son de su entorno habitual, y sobre todo, en lo que se refiere a su trabajo, que se lo toma con una vehemencia poco común. —A la orden, *seigneur*. A la orden, *madame*. —Y así, que ese es Thierry.

Abstemio es Thierry de alcoholes fuertes, salvo por una copa, o dos, de buen tinto con las comidas, de preferencia un Trousseau del Jura si alcanza el presupuesto, y fanático del café negro en las mañanas y durante las jornadas de trabajo. Ha llegado al extremo de gustarle, y hasta pedir con respeto, ese extraño y dulzón «buuchito» que madame Tencha le cuela varias veces al día al profesor Roldán, que es verdad que uno se acostumbra a todo. Si de fumar se trata, un cigarrillo, un Gauloises Caporal, fuerte y sin filtro para acompañar, que esa mariconería de los cedazos de papel para eliminar la nicotina, invento de los americanos, ¿de quién si no?, no se había entronizado aún en la Francia de 1930. Cigarrillos de tabaco negro para hombres muy hombres y *cigarettes* con filtros y buses de cigarette para mujeres y tipos «blandos», que Thierry es muy amable pero un poco machista —como se diría en un futuro todavía bastante lejano—, aunque la verdad que eso de diferenciar bien los gustos y marcar claramente los apetitos no era un problema entonces, todo lo contrario.

Aunque Thierry ha nacido, casi por casualidad, en la vieja Arles, al sur, en la deslumbrante y cada vez más cotizada entre los *bon vivant* del mundo, costa mediterránea francesa, es hijo de un matrimonio de catalanes procedentes de Sitges, en la periferia pobre de la Barcelona rebelde de principios del siglo XX. Emigrados por el estómago, así les insultan algunos que no saben lo que es el hambre; españoles que vinieron a Francia, donde los gabachos, como ellos dicen, buscando salir de la miseria, crónica por entonces, miseria que continúa hiriendo a tantos peninsulares hoy.

Reclutado por el doctor como conductor de su automóvil, y luego como recadero y secretario informal, el muchacho ocupó un puesto que hacía tiempo necesitaba llenar: su mujer, Tencha, se lo repetía constantemente... —¡Que necesitas ayuda, Panchón, de veras la necesitas!— Y el muchacho le vino como caído del cielo.

Escogió el doctor a Thierry para el puesto, entre otras cosas, al enterarse que el padre del joven, un hombre de una rectitud extrema con sus hijos y un orgullo poco frecuente hoy día —fallecido de cáncer estomacal unos años atrás, y paciente de él en la clínica externa del hospital de Dieu antes del óbito—, había peleado, con probado valor, como sargento de infantería en el batallón Vergara de la comandancia del occidente del ejército expedicionario español destacado en la isla de Cuba, cuando la última guerra de independencia y guardaba con celo en un estuche de cigarros habanos finos, las condecoraciones que demostraban su arrojo. O sea, el padre de Thierry había servido, y muy bien, en el bando contrario al de los independentistas cubanos, que era la bandería de Panchón. Y aunque nunca se vieron las caras, que supieran ellos, sí coincidieron, lo conversaron muchas veces, en algunas acciones de guerra que se libraron con ferocidad y resultados más o menos inciertos. Rivales, sí, pero con pundonor e hidalguía. Que a veces, si no vivir para ver, un enemigo valiente y recto de costumbres es más confiable, en la paz, que un supuesto amigo.

Pero lo que apremiaba ahora era llegar de una vez al hogar de los Baró-Lasa.

¡Y rápido! *¡Rapidement!*

Tras despejar con los limpiaparabrisas una parte del cristal frontal del auto, un área relativamente pequeña, que le permite ver hacia afuera y adelante,y elimina en lo posible la endurecida costra de escarcha acumulada durante la noche, Thierry pone en marcha, con alguna dificultad debido a la baja temperatura ambiente, el motor del automóvil. No lo dice en voz alta sin embargo se alegra para sus adentros de no tener que hacerlo dando cranque a mano limpia, con una manivela de hierro que conecta con otra que viene del motor y en plena calle, a riesgo de partirse un brazo, romperse la jeta o agarrar un catarro, como sucedía antes, y sigue sucediendo, que todavía quedan en uso muchos de esos cacharros.

—¡*Heureusement!*

El sedán, de cilindraje poderoso y porte elegante, pero no demasiado lujoso para lo que está a la última moda entre los que pueden costearse lo mejor, se pone de una vez en movimiento y Thierry, conductor experto, lo acelera poco a poco en un increscendo calculado. El auto avanza con un ronroneo suave, pero perceptible, en el relativo silencio de la noche y en la espesura de una niebla baja que se hace más tupida.

Bruma que se deja penetrar, con cierta dificultad, solo tres o cuatro metros hacia adelante por los grandes faros delanteros de luz amarillenta, neblineros les llaman los expertos a esos A esos bombillos extra que se le coloca a los vehículos de motor, del Delahaye modelo 1927. Dos focos bien atornillados, y muy útiles, sobre los grandes y curvos guardafangos de sólido metal del Delahaye.

Enfila entonces el automóvil, con bríos juveniles, hacia el corazón elegante de la ciudad, aprovechando a placer las amplias calles, las avenidas arboladas y solitarias, las rotondas de magníficas fuentes, estatuas y obeliscos del centro de París, e incluso, que de día son un tremendo incordio, los desvíos producidos por las obras de la nueva línea siete del metro que nos llevará, cuando esté terminado, hasta San Denis. Que guiar así, con poco tráfico y en un auto poderoso y respetable es un placer que Thierry no cambiaría por ninguna otra cosa en este mundo.

¡*Le bien de la vie, oui!*

Circula el Delahaye por espacios casi desiertos ahora gracias a la efímera y relativa inactividad de la breve madrugada. En muy poco tiempo todo cambiará y tanto los bulevares como las callejas se llenarán de vehículos de diverso tipo: carretones tirados por mulas o los pequeños y fortísimos caballos bretones, preferidos de los porteadores parisienses; traqueteantes ómnibus con sus escapes de humo negro; taxis de varios colores (son mayoría los que guían los emigrados rusos que huyen de los bolcheviques, que por hablar francés fluidamente y conocer la ciudad por sus viajes de recreo o negocios de los buenos tiempos, no encontraron mejor cobijo y fuente de vida que trasegar ahora gente de un lado al otro); camiones de cadenas; tranvías; automóviles corrientes junto a Mercedes Benz e Hispano Suiza de lujo que parecen enormes carrozas funerales. Y en particular peatones, muchos peatones, multitud de viandantes que van de un lado al otro de la ciudad como hormigas locas.

Poco antes del amanecer el sosiego, el breve descanso de la gran urbe terminará y la intensa vida económica y social que la hace grande y famosa lo arrollará todo de nuevo, como una noria que nunca cesa de moverse, *¡avant, avant!*. Pero Thierry y el doctor apuntan ahora, antes de que la aglomeración y el gentío comiencen, hacia el destino de esta noche, por suerte, y gracias al poco tránsito, bastante cercano: los arbolados y hermosos aledaños de los distinguidos y amplios Jardins de l'Avenue Foch.

¡Le maximum!

Sale en la noche el profesor Domínguez Roldán, como tantas veces en su ya larga vida profesional, a una casi siempre ingrata brega que comenzó a pie y en algunas ocasiones a caballo o en coche tirado por jamelgos allá en La Habana por el año 1883 u 84. Sale a la calle a cumplir con su obligación, con sus maestros, Guyon, Luys, Walther, Lefort, su amigo del alma Carlos Finlay y muchos otros, y con el Juramento Hipocrático que él siempre tiene presente. Cosas de viejo chocho, según algunos colegas para los que el tal Hipócrates es una arrumbada pieza de museo y la Medicina no es más que un gran negocio con el que hacerse ricos y famosos en poco tiempo. Pero Panchón no, él es médico de verdad, médico de asistencia de quien lo necesite. Pero especialmente, en estos años parisienses, de la multitud de inmigrantes que se asentaron en el París de entreguerras, en su mayoría de habla castellana: españoles, mexicanos, cubanos, dominicanos, centroamericanos y sudamericanos. —¡Sudacas, carijo, y para estos cabrones yo soy uno de ellos! —piensa Panchón con cierto regusto amargo que conoce de antaño pero que sabe, lleva muchos años lidiando con los jodidos franchutes, poner a un lado y no acomplejarse.

Sudacas les llaman algunos a ellos, vengan de donde vengan, así, en bloque. Feo apelativo, desagradable y racista mote que suele aplicarse, con sorna, por los franceses más recalcitrantes a la inmigración. Franchutes fanáticos son esos a los que las izquierdas denominan fascistas, ¡pura mierda!, una morralla que va ganando fuerzas poco a poco, pero de manera constante, o incluso, y eso da pena ajena, se va extendiendo entre los procedentes del mismo sur geográfico que sin embargo se creen diferentes, superiores, por razones de cargos diplomáticos, riquezas bien o mal habidas, en este caso da igual, braguetazos afortunados o apellidos de alcurnia. Decenas, centenares quizás de pacientes tiene el doctor a su cargo entre estos sudacas, algunos de ellos pobres de los de contar monedas de cobre y otros, los menos, ricachos de botar billetes en caprichos y nimiedades pasajeras.

Una extensa y conspicua comunidad iberoamericana asentada desde hace tiempo, pero ahora, con el siglo XX, más que nunca, en la vieja Francia. Una comunidad que busca refugio allí por disímiles razones, desde las contiendas políticas en sus países de orígen, como es el caso del propio doctor, a la búsqueda de una vida mejor, pasando por la escalada, el intento diríamos mejor, de alcanzar la gloria, sea esta artística, literaria, comercial, científica o la que fuere.

Aunque no siempre es así.

Otras veces las causas son más oscuras: la fuga para salvar la vida de perseguidores conocidos o desconocidos: dictadores, rivales, cobradores de deudas, viejos camaradas de fechorías, hijos indeseados, maridos furiosos o el protector olvido de pecados o identidades inconvenientes o sencillamente humillantes. Ciudadanos del mundo se llaman a sí mismos algunos de ellos, los más ilustrados o palabreros, pero Panchón sospecha que en realidad no son ciudadanos de ninguna parte.

Una comunidad heterogénea pero fiel que respetaba y quería al doctor, que reconocía sus logros y méritos profesionales y científicos, su bondad —a despecho de sus notorias, aunque toleradas malas pulgas—, la absoluta dedicación a sus enfermos, en fin, una comunidad que lo apreciaba de veras, a pesar de que no siempre pudiera o quisiera, que de todo había en la viña del Señor, pagarle lo debido.

—¡Ricachones y pobretones, carijo, tan diferentes y distantes unos de otros y al mismo tiempo muy frágiles y humanos todos ellos! —pensó el doctor con cierta mala leche momentos antes de acomodarse dentro del cada vez más cálido coche. Luego se abrigaba el pecho y los brazos con una manta gris oscuro de suave lana, que el leal y eficaz Thierry mantenía limpia y doblada junto al imprescindible maletín negro, en el asiento trasero del sedán. Y de paso aprovechaba, vieja costumbre adquirida desde su juventud en los hospitales (sitios desagradables) y en sus lejanas campañas militares, para descabezar un sueño de cuatro o cinco minutos con los ojos cerrados, la boca entreabierta, ronquidos y todo lo demás que suele ocurrir en estas siestas. Una siesta a deshora de la que ya lo sacaría el diligente Thierry con tacto y comedimiento, como siempre hacía, cuando estuvieran a punto de arribar a la lujosa casona parisiense de los Baró-Lasa.

Cerró los ojos suavemente y dejó caer la cabeza hacia atrás. Pero un segundo antes de rendirse tuvo dos visiones el doctor Domínguez Roldán. Una muy chocante, real, aunque pareciera una broma. La de la Torre Eiffel en la distancia, al otro lado del Sena, iluminada en casi la mitad de sus 300 metros de altura con un enorme letrero de bombillas eléctricas blancas y de colores metiéndole a los parisienses, y a los visitantes, sí, metiéndole por los ojos los autos Citroen. Siete letras: C-I-T-R-O-E-N, que conformaban un esperpento de muy mal gusto, era el criterio de Panchón y el de muchos otros habitantes de la metrópoli, que había dividido las opiniones de los ciudadanos y que no tardaría en ser retirado por la prefectura de la ciudad para evitar las múltiples protestas de la gente. Que más de cien mil firmas, incluyendo la de Panchón, se habían recogido ya al efecto.

Y una irreal, fugaz, pero increíblemente poderosa. La de una Catalina Lasa de Baró sonriéndole con el mismo rostro hermoso y fresco con que él la había conocido años antes, en alguna recepción o acto público, que no recordaba con exactitud el momento, cuando aún no era su paciente.

Quizás soñó, en el tiempo estrecho de la breve siesta, con la torre iluminada, o…, o con ese rostro, el hermoso rostro, ahora destruido, de Catalina Lasa.

¡Le visage magnifique! ¡Le visage etait defigure!

Ese rostro…

Matanzas. 1875

E se rostro...
     Ese rostro, sí, el hermoso y sensual rostro de Catalina Lasa.
Catalina Lasa del Río y Noguerido, apellido este último que ella
no utilizaría casi nunca pues le sonaba mal al oído, Cati para sus
padres, sus hermanos, sus amigos y sus futuros amores, nació, de
parto natural, completamente sana, rolliza, gritona y en cuna de
plata el 30 de abril del año de gracia de 1875.

María Luisa del Río, su madre, la parió rápido, con dolores
soportables y de poca duración que comenzaron casi al momento
de romper la fuente, sin contratiempos en la posición del feto ni
hemorragias de ningún tipo. —¡La Taita no parió la niña, la cagó
—dijo una esclava mulecona de pocos años y lengua suelta que fue
requerida con cierta severidad por el ama de llaves. Esta, que era
una mujer sana y de buen corazón, solo le administró a la negra dos
sonoros bofetones en cada lado y una soberbia patada en el culo
que la tiró al patio de cabeza, entre revolcones. Nada más, y salió
bien la deslenguada, que pudo haber terminado en algún campo
de las haciendas cargando y tirando cañas a las carretas de doce a
catorce horas bajo el sol.

¡Que cuando el Señor pone su mano y todo viene bien! La debida alimentación, incluyendo el consomé de gallina nueva; el agua
de pozo dejada reposar en vasijas con clavos de línea oxidados en
su fondo, y filtrada luego para ingerir con ella el hierro y evitar
la temida clorosis; las caderas anchas y contundentes; los cuatro
partos anteriores, la buena disposición a pujar; la mano santa de la
virgencita y la buena suerte ayudaban mucho en una época donde
desangrarse y morir al dar a luz, o contraer luego las terribles fie-
bres puerperales era tan habitual como empaparse en la lluvia si
no usabas una buena sombrilla.

Fue asistida María Luisa en el alumbramiento, según lo acostumbrado entre las familias pudientes —y no tanto, de entonces—,

por varias negras parteras, matronas solían llamarles. Eran esclavas, exesclavas emancipadas o criollas nacidas libres, pero todas muy experimentadas en las que denominaríamos hoy tareas obstétricas y neonatales. Lo cierto es que en esos tiempos, si todo marchaba como Dios manda y viento en popa, ¿para qué molestar al médico en algo tan usual como traer hijos al mundo?

Y no se crea que el protomedicato de La Habana, que era el que mandaba en la Isla en cosas de partos y medicina, se oponía a las matronas, no, que va, de ninguna manera, que la Ley Moyano, aprobada en la Península en 1857, las aceptaba siempre y cuando por lo menos una de ellas dentro del grupo, recibiera una carta de titulación —saber leer y escribir no se consideraba imprescindible para esas funciones—, después de ser debidamente observada en el ejercicio de sus deberes por un protomédico reconocido. Ni qué decir lo que llegar a ser matrona reconocida constituía en elevación de rango y privilegios para aquellas mujeres. —¡Que ya dijo su mercé, el caballero don José Miguel, que seríamos recompensadas debidamente, y la palabra del Señor José Miguel es ley aquí! —cuenta, en susurros, al coro de negras, la más enterada y parlera del grupo.

—¿Algún dinerito?

—¡Chitón, so burra, no menciones las monedas, que parecemos chaqueteras interesadas, mira que la ropita usada de los amitos nos viene al pelo!

—¡Unas polleras usadas y ropita vieja de los vejigos, qué rico, qué rico! —da saltitos de alegría moviendo el batón de tela basta en ondas y las enormes y sueltas tetas de arriba abajo azotando la tela por dentro.

—¡Razón de más para esmerarnos con la doñita María Luisa en sus labores! ¿No?

—¡Y que la virgencita ayude!

—¡Sí, que la virgen nos ayude a que todo salga como tiene que salir! —y se persignan todas varias veces.

—¡Y quien toas sabemos también!

—¡Siohhh!

Con la niña afuera, y bien; las partes de María Luisa desinflamándose poco a poco; luego de cuatro o cinco días, no más, de chupar y chupar calostro de las tetas de la madre, como era habitual, se dejarían los pechos de la señora en paz, ¡pobrecita!, y por los siguientes meses se haría cargo la nodriza de la alimentación de Catalina.

A la nodriza le llamaban en Cuba nana o ama de leche; era siempre una negra robusta y recién parida, pero no demasiado pegada a su propio alumbramiento. Se miraba con cuidado ese período de tiempo, porque la «edad de la leche», o sea, el espacio entre el último parto de la nodriza y el momento de amamantar a la recién nacida, se consideraba importante en cuanto a la riqueza o la pobreza de los nutrientes que esa leche contenía y a la abundancia de la misma, sobre en especial si la niña era glotona, que Catalina lo fue, y mucho, como se vería después.

Que si todo, gracias a la virgencita, marchaba como era de esperar, esta nodriza debería lactar a la recién nacida durante un período de tiempo bastante prolongado, quizás meses, o hasta años, que casos así se daban. Y si las cosas no venían bien, pues ya se vería, que para rogarle a Dios, prenderle velas a Santa Cecilia —y a Ochún, pero eso no se dice— y cruzar los dedos y tocarse el ombligo siempre hay tiempo.

¡Que Jesús, María y José te escuchen y no pase nada malo!

A veces se establecían relaciones casi familiares entre las amas de leche y los niños que habían mamado de ellas, incluso, en ocasiones, los nombres de estas nanas trascendían en el recuerdo familiar, mas ese no parece haber sido el caso con Cati. O ella, que sepamos, no lo narró nunca así, aunque sí se refirió en alguna ocasión, en buena forma y con palabras cariñosas, pero de manera muy general a las esclavas y esclavos domésticos que pululaban en la casa matancera y en las viviendas de las plantaciones cercanas que les pertenecían.

No se debe olvidar tampoco que Catalina era una más entre nueve hermanos, y eso hacía, algo propio de las familias muy numerosas, que todo lo relacionado con los negros de la dotación casera, tanto la de la ciudad como la de las estancias campestres, se diluyera y pareciera menos importante. ¿O quizás Catalina, ya de mayorcita, no se fijaba mucho ni le importaba demasiado la gente que la servía? ¿O pudiera ser que esa gente, esos esclavos y criados, no fueran del tipo de personas que se dan a querer? ¿O sería algo relacionado, humm, con la mala memoria de Catalina?

¿Quién sabe? Que todo puede ocurrir en la viña del Señor.

El veloz y feliz parto que alumbró a Catalina, como los cuatro anteriores y los cuatro posteriores de sus ocho hermanos, tres varones y cinco hembras, se produjo en una de las espaciosas habitaciones privadas de la casona señorial de la familia en Matanzas. Una estancia que tradicionalmente se preparaba al efecto con varios días, a veces semanas, de antelación, pues las cosas, lo sabe todo el mundo, podían precipitarse y agarrar a los encargados del asunto desprevenidos, más si la mujer en estado interesante se contaba entre las de canal de parto desahogado y eran muy paridoras, como en el caso de María Luisa. «Chochi grande y holgado, parto asegurado», decía la abuela materna de Catalina, una señora de armas tomar, seria y de pocas palabras, pero muy refranera.

Los preparativos revolucionaban a la servidumbre y alteraban la vida de la casa pero en general, salvo que se previera algún problema, eran bastante simples: todo, todito, limpio y reluciente entre las cuatro paredes de la habitación escogida para el evento; colchón grueso, no demasiado blando y completamente forrado con lonas o sábanas bajeras; solo los muebles imprescindibles; ropa de cama de hilo fino y toallas nuevas, felpudas, secadoras; un par de ropones de hilo crudo para el amita; agua caliente en abundancia que sería trasegada en palanganas blancas, recién compradas, desde los anafres de carbón de la cocina y alguno extra que los esclavos varones montaban en el patio, bajo una tolda de loneta, y lo más importante, la ausencia absoluta de hombres en el entorno, tal y como era lo usual por aquellas fechas.

—¡Que los hombres, mija, solo sirven para proveer, y mientras más reales traigan mejor, pero dando vueltas como moscones alrededor de las mujeres en los momentos delicados no hacen más que dar la lata y estorbar!

—¡Así mismito es!

—¡Jesús, María y José, que no te oiga el señor don José Miguel!

—¡Él está en otras cosas de más importancia, mija!

—¡Así y todo, así y todo, que los blancos tienen oídos de tuberculosos!

—¡Veldá, que eso dicen!

Afuera, solo en alma, en la sala de estar o en la biblioteca, sus lugares favoritos para matar el tiempo, el preocupado padre se paseaba, de un lado al otro, nervioso y con el oído atento, esperando el resultado del trabajo de parto de su esposa. Mientras tanto, además de mirar por la ventana hacia la calle para ver pasar los carruajes y las gentes, o estrujarse las manos de vez en cuando para aplacar la ansiedad, se fumaba, poco a poco, un puro de Vuelta Abajo, uno de esos Partagás que guardaba con celo en su humidor de cedro español de grano negro. ¡La espera, la espera! La dura tarea del padre. Y bocanada de humo va y bocanada de humo viene, que esos cigarros que comenzó a fabricar el malogrado catalán don Jaime Partagás en su fábrica de la calle de las Industrias algo tienen para calmar los nervios desbocados.

O se servía él mismo, que ese era el mejor calmante, y siempre tratando de que no lo vieran los criados, una precaución inútil e innecesaria, que José Miguel era el amo y hacía en aquella casa lo que le daba su real gana, traguitos de ginebra inglesa, de algún coñaquito de reserva o, que había decidido probarlo ya, sin esperar el resultado de la parición; de un aguardiente de orujo blanco, especial, plebeyo pero muy bien destilado, traído hacía poco de Galicia. Una botijita de orujo de medio galón, precintada y numerada, que le había regalado un socio de negocios, un valenciano barrigudo y jodedor, pero lámpara levantando capitales, para brindar en una ocasión tan especial, con más razón si el recién nacido resultaba ser varón.

Y así, entre chupadas al excelente puro vueltabajero y traguitos de orujo, acompañados de paseos a la ventana, mirar un rato por ella y vuelta a empezar, siguió penando el amo José Miguel hasta que…

—¡Don José Miguel, don José Miguel, amito!

—¡Al fin, mujer, al fin! ¿Todo bien, dime, todo bien?

—¡Mejor no ha podido ser la parición, señor!

—¿Pero dime de una vez, por Dios, varón o hembra?

—¡Pues niña, señor, pero es una preciosidad que da gusto verla, y rosada y sanita como un querubín!

—¡Menos mal! ¿Y la señora?

—Un poco cansada, mi señor, pero perfectamente bien, y muy contenta, sobre todo eso, muy feliz de que la niña esté tan linda y tan sanita.

—¡Gracias a Dios que todo ha ido bien! —seca don José Miguel su frente con un pañuelo de seda blanco, aliviado.

—¡Y a la Purísima Concepción, mi señor!

—Claro, claro. Mas, a decir verdad… —respira profundo y hace un gesto al aire con la mano derecha— ¡ya van siendo demasiadas mujeres en esta casa!

—¡Pero va a ser pa'bien, don José Miguel, que las hembras luego traen hijos y esos hijos se vuelven nietos y esos nietos le alegrarán la vejez a ustedes, los amitos, mi señor!

—Sí, mujer, puede que tengas razón.

—¡Amén, señor!

Aunque la llegada de un varón hubiera sido el máximo regalo para José Miguel, y por extensión para María Luisa, presta siempre a complacer a su marido, no deja de ser el de hoy un día claro y feliz en el hogar de los Lasa-del Río. Ese hogar de los Lasa-del Río, donde en una de sus muchas habitaciones vino al mundo Catalina, estaba ubicado en el comercial, muy concurrido y ruidoso centro de la pintoresca ciudad de Matanzas, a unos pasos de la Plaza de la Vigía u original Plaza de Armas, y muy cerca, casi a tiro de piedra, de la Catedral de San Carlos Borromeo, del edificio de la Aduana, —entre los más antiguos de la ciudad—, del primitivo cuartel de bomberos, el palacio Junco y del bello y muy acústico Teatro Colón, terminado de construir en 1860. Un teatro, este, ¿quién lo diría?, que bajo otro nombre seguiría dando funciones, y hasta reuniones de un partido político, ciento cincuenta años después.

San Carlos y San Severino de Matanzas, nombre completo de la ciudad, que así, con apelativos largos y pomposos nombraban los conquistadores españoles sus asentamientos en el nuevo mundo, era en 1875 una relativamente grande y alargada —remedando la forma de una letra U muy abierta— urbe marítima poseedora de un buen puerto de aguas profundas (entre 500 y 600 metros de la superficie al fondo arenoso se sondaban en algunos fondeaderos, los más hondos de la bahía) comercialmente activo y muy acogedor para las naves de arribada, sobre todo las que venían de África en tiempos de la trata de piezas de ébano, eufemismo para designar a los negros esclavos aún por vender, y las que partirían a los puertos en Estados Unidos y Europa cargadas con cajas de azúcar, melazas, aguardientes, rones y otros derivados del próspero negocio de plantación de caña. La ciudad está ubicada en la parte más saliente de la costa norte cubana y a poco más de cien kilómetros al este de La Habana, capital de la siempre fiel a España isla de Cuba.

Matanzas era por entonces, y en parte sigue siendo, la cabecera política, económica, judicial, seglar y cultural de la provincia cubana del mismo nombre, territorio situado geográficamente como el más al este de la región occidental de la isla, dividida a su vez en tres provincias: Pinar del Río, La Habana y la susodicha Matanzas. El gobierno peninsular había establecido, desde mucho tiempo atrás y con fines de organización administrativa y militar, tres regiones geográficas en la isla de Cuba: la occidental, la central y la oriental.

Que si la bocana del puerto de Matanzas hubiera sido más estrecha, igual que la del puerto de La Habana, dicen algunos, otro gallo hubiera cantado en cuanto a la importancia de Matanzas como primera ciudad y capital de Cuba. Puede ser. El famoso «*if*» tan grato a los escribidores imaginativos, pero la realidad es la realidad y de ella somos prisioneros.

Como anécdota curiosa que gustan narrar los matanceros, es famosa y muy comentada por los cronistas e historiadores la corta pelea y destrucción casi completa, frente a la anchísima boca del puerto de Matanzas, de la llamada flota española anual de la plata o flota de las Indias. Dieciséis galeones en total, que transportaban el oro, los lingotes de plata, los cofres de monedas de metales preciosos, las esmeraldas, la cochinilla, el índigo y otras riquezas de las tierras americanas, más un buen grupo de personajes importantes, en especial, comerciantes, traficantes y algún que otro funcionario del Imperio, hacia la Península Ibérica.

La catástrofe española vino esta vez de la mano, y de los sables y cañones, del corsario holandés Piet Pieterszoon Hein, uno de los mejores guerreros del mar de la época, y ocurrió, según las crónicas, en el año 1628. Siempre se termina la historia, por demás cierta, con el relato de la tremenda incapacidad del almirante español, don Juan de Benavides Bazán para prevenir el ataque y defender luego, con inteligencia y valor, sus desdichados barcos y las aún más desdichadas tripulaciones y pasajeros. Quede dicho aquí también que no nos extraña la desidia del susodich« gentilhombre, porque con bastante frecuencia esos comandos y «almirantazgos» se obtenían de la corona por medio de títulos de nobleza, comprados o heredados, dinero, compadrazgos y cosas así pero no por méritos militares reales. Que la puñetera corrupción que tanto nos echan en cara a los iberoamericanos ni es nueva y mucho menos huérfana de padre y madre.

Un golpe trapero y durísimo para el Imperio español el que le propinó el holandés, formidable y despiadado marino, y un reto permanente y adictivo para los que todavía hoy buscan pecios con tesoros —¡esos cofres rebosantes de monedas y joyas, rediós!—, hundidos en las profundidades de las azules y generalmente tranquilas —salvo en épocas de huracanes, claro— aguas de la bahía matancera. Que por ahí, semienterrados en la arena del fondo y los filosos corales deben de estar los maderámenes de las naves desfondadas con sus bodegas atiborradas de barras de oro y lingotes de plata maciza, con sus viejos cañones, cadenas, anclas y esqueletos humanos de huesos blanqueados por la sal, esperando a que alguien los saque a la superficie y los vuelva a la vida, algo, que por lo menos en lo referente a los esqueletos, es un decir.

Matanzas fue conocida también, y aún se le conoce de esa manera, como «La Atenas de Cuba», título que le viene de los muchos artistas y hombres de letras oriundos de allí o que la habitaron y alabaron con sus obras. Y si nos detenemos en sus características geográficas y arquitectónicas se le nombró «La Ciudad de los Puentes», por las treinta y tantas más de esas construcciones —algunas de ellas muy llamativas, gracias a sus peculiares adornos y a las inteligentes soluciones arquitectónicas adoptadas por sus diseñadores—, que cruzan tres ríos de cierto caudal, que corren de sur a norte a través de la ciudad, para luego desembocar en diferentes puntos de la bahía matancera. El Yumurí, el Canímar y el San Juan, han sido cantados en poemas y composiciones musicales de diversos autores en distintas épocas, incluyendo la actual.

Y si de buena música hablamos, entonces debemos mencionar que dos géneros rítmicos profundamente cubanos, aunque con evidentes raíces africanas, nacieron en Matanzas y sus entornos. La rumba, ritmo africano, negro, casi puro, y en menor medida el danzón, que es un género mestizo, pues tiene raíces africanas, pero también se nutre de la contradanza y la danza europeas. Ambos se extenderían por el mundo como embajadores de la música de la isla y crecerán en diferentes países y regiones.

En fin, Matanzas fue, y es, una hermosa, amable y próspera ciudad, estupenda para nacer y guardar luego en la memoria. Y es la que le tocó en suerte a Catalina. Una linda, sí, pero pequeña y provinciana urbe que muy pronto se le hubiera quedado chica a Caty, con independencia de los caminos que el destino le haría recorrer en el futuro. Cuesta concebir a una Catalina Lasa felizmente casada, y hacendosa ama de casa y criando hijos en un pueblo de provincias durante toda su vida. Cuesta, y mucho tragarse semejante historia. Pero no, no nos preocupemos demasiado, que que esta mujer, por circunstancias de la vida y por suerte, o por desgracia, vaya usted a saber, para ella, no echaría huesos viejos en el puerto de Matanzas.

Debe decirse también, en aras de la verdad histórica, que nunca se ha encontrado, o no se ha buscado debidamente, su partida de bautismo. Establecido esto, no caben dudas, y sus propias palabras muchas veces repetidas lo dejan claro, que la bella Cati, era matancera legítima. Nacida en Matanzas, diríamos mejor, porque su destino, el que la ha convertido en una especie de precoz mito del feminismo cubano, un feminismo bastante poco claro y muy controvertido, bastardo para algunos, debería cumplirse fuera de allí. De Matanzas a La Habana, de aquí a Tampa, de Tampa y La Florida al mundo occidental y del mundo occidental al mito. Ese sería, más o menos, su recorrido futuro. Pero no nos adelantemos con nuestras especulaciones.

Y ya que estamos en el campo de las especulaciones, pues contemos entonces que alguien ha señalado, sin muy sólidos argumentos, la posibilidad de que Catalina Lasa viniera al mundo en una bonita casona de recreo que poseían sus padres en la norteña ciudad de Cárdenas, puerto de mar situado a unos cincuenta kilómetros y algo al noreste de Matanzas, y de bastante menor importancia comercial que esta última, aunque con una respetable tradición en la destilación e importación de melazas, mieles finales y rones de calidad superior. Una ciudad menos prominente desde el punto de vista económico, es cierto, pero con un gran peso en la historia rebelde y revolucionaria de la isla de Cuba.

Allí, en las calles y plazas de Cárdenas, se enarboló por primera vez, el 19 de mayo de 1850, la bandera cubana, la misma que está en uso, y abuso, actualmente. Y ese gesto de tanta significación posterior —que en aquel momento pocos, poquísimos, se enteraron de lo ocurrido— lo llevó a cabo el general español de origen venezolano Narciso López de Urriola al arribar a Cuba con una fuerza expedicionaria armada y bien nutrida con alrededor de 600 hombres y abundantes vituallas.

La expedición provenía del puerto norteamericano de Nueva Orleans, en el corazón del sur profundo de la inestable unión americana, y los pelotones de asalto estaban compuestos en su mayoría por unos pocos voluntarios nacidos en Cuba y un gran número de soldados norteamericanos, algunos de ellos también voluntarios y muchos, en su mayoría, mercenarios pagados. Contratistas les llamarían siglo y medio después. Y como casi todos los expedicionarios, exceptuando el puñado de cubanos, eran veteranos de la guerra de Estados Unidos con México, el general López dio por sentado que se impondrían con facilidad a las autoridades militares españolas por la fuerza de las armas. Craso error…

Que dice una vieja sentencia popular, probablemente hispánica, que una cosa piensa el borracho y otra…

Porque el general Narciso López obtuvo un fracaso rotundo en sus metas por la falta, casi total, de apoyo de los pobladores de la ciudad de Cárdenas. O eso alegó él en su posterior defensa de la aventura y parece ser cierto. Pero es de todos modos una descortesía para con los cubanos, el culparlos de notable carencia de combatividad y arrojo, que no eran pocos ni estaban desarmados. Tampoco puede pasarse por alto, y quizás en este hecho radique una buena parte de la verdad sobre la derrota, el avance hacia Cárdenas, desde la ciudad de Matanzas, de una fuerte columna de soldados españoles, columna que no llegó a combatir en batalla frontal con los hombres de López por la simple razón de que estos, ni cortos ni perezosos, se dieron, como almas que lleva el diablo, a la fuga. Y los españoles, que no eran bobos, aplicaron aquello de... «a enemigo que huye, puente de plata».

Narciso López, un anexionista y proesclavista declarado y con muchos contactos entre los políticos sureños norteamericanos, terminaría ejecutado en garrote vil por las autoridades del gobierno de la corona en la isla de Cuba unos pocos años después, tras una segunda y también infausta expedición militar que desembarcó cerca del puerto de Bahía Honda, en Pinar del Río. Resumiendo y en unas pocas palabras: aunque al final murió valientemente, Narciso López fue un desastre como político, como planificador militar y como general de tropas combatientes, pero le legó al pueblo cubano, por uno de esos singulares avatares de la historia, su bandera nacional.

En realidad, volviendo a Catalina Lasa, que no hay pruebas documentales que avalen esta poco fiable suposición de su nacimiento en la ciudad de Cárdenas. Ni ella, ni sus familiares o amigos cercanos parecen haber mencionado nunca a Cárdenas —aunque la casona de recreo propiedad de la familia sí existió— como lugar de nacimiento de Cati. Un muy probable bulo histórico con fines... desconocidos.

Mencionamos al comienzo, que Catalina Lasa había nacido en cuna de plata. Pues bien, de haber venido al mundo media década antes, pudo haber nacido en cuna de oro, o de brillantes, pero ya los tiempos que corrían en 1875, malos tiempos para los habitantes de la isla de Cuba, no daban para tanto.

La verdad monda y lironda es que la cuna de Catalina no fue de oro porque su padre, José Miguel Lasa y Barbería, descendiente por línea directa de una añeja y noble familia vasca, los Soler de Lasa, guipuzcoanos de pro y con escudo de armas reconocido —aunque

José Miguel no lo utilizaba por razones de índole sucesoria—, afincada en Cuba desde casi un siglo y medio atrás; y su madre, María Luisa del Río Noguerido y Sedano, criolla, hija de un oficial de marina y tesorero de la Real Lotería de la isla de Cuba, estaban sufriendo los embates de la aguda crísis económica producida por la denominada Guerra de los Diez Años.

Y eso, como veremos más adelante, tuvo consecuencias. Muy importantes y serias consecuencias en la vida de Catalina.

Que el destino se cumple inexorablemente quieras o no.

SUEÑOS Y PREGUNTAS

No fue porque soñara el doctor Domínguez —en los pocos minutos de su brevísima y profunda siesta en el asiento trasero del auto— con el gigantesco, desproporcionado y poco elegante anuncio lumínico de la compañía de autos Citroen empastado verticalmente, desde hacía unos meses ya, en la estructura metálica de la torre Eiffel, ni tampoco porque tuvieran que ver sus *flashes* oníricos con el —en otros tiempos, en verdad no muy lejanos— hermosísimo rostro de la matancera Catalina Lasa.

No, no soñó el profesor Domínguez Roldán durante su estado de sopor y fantasía con ninguno esos dos tópicos que pasaron galopando fugazmente por su cabeza justo antes de caer rendido en el asiento trasero de su auto.

Pero soñó, claro que soñó, que esas pequeñas siestas a deshora, esas cabezadas casi incontrolables suelen ser, por razones que la ciencia desconoce, ricas, muy ricas en destapes del inconsciente, en caprichos de la mente, un hecho que el pintor aragonés, el sordo Goya describió con prolijidad en sus tenebrosas pinturas con aquello de «que el sueño de la razón produce monstruos».

Soñó el doctor, confusa y rápidamente —como en un caleidoscopio descolocado, imposible de reorganizar, una vez despierto—, con la tibieza dulce y acariciadora del aire transparente, incluso en el fingido invierno cubano, del portal de la casa de su familia en la casi campestre barriada de las lomas de La Víbora. Y con la bendita y sensual luz del sol que lo cegaba al atardecer en las pocetas (el público le llamaba los baños), una abrupta línea costera donde el paseo marítimo del Malecón —futura imagen icónica de Cuba en el mundo—, llegaría, cambiando por completo el paisaje, en poco tiempo.

Soñó también con una desordenada oficina, ¿la suya?, en el antiguo Palacio de los Capitanes Generales, donde él mismo, Panchón Domínguez Roldán —en su uniforme de coronel del ejército libertador y los atributos de gobernador civil del occidente de la isla, un anacronismo—, se mezclaba con la visión de un Mario García

Menocal —machete y revolvón Colt Pacemaker al cinto, uniformado de manera incongruente para la época, de general mambí—, que entraba en ella a caballo y daba fuete a diestra y siniestra. ¡Qué locura! Soñó con cinco o seis sillones de balancín que se mecían acompasadamente sobre un suelo de brillantes losas cuadriculadas en blanco y negro. Entretanto, sonaba en el piano —¿dónde, que no se veían por ninguna parte ni piano ni pianista?— una bella y pegajosa melodía cubana. De... ¿el guanabocoense Lecuona; el medio francés Amadeo Roldán, pariente lejano suyo; Joaquín Nin; Corona; su amigo Grenet o uno de sus hermanos; el remediano, y juez, García Caturla; José White; alguno de los Romeu; Cecilia Arizti; el contradancista Saumell; el mulato Brindis de Salas (que él conoció en 1910, ya tuberculoso y en el camino del olvido); Fornaris; Villalón; Lico Jiménez; Cervantes, el músico cubano, no el supuesto manco; el matancero Faílde; Gonzalito Roig? ¡Carijo!, que no alcanzaba a descifrar el autor, ¡carijo otra vez!, aunque la escuchaba clara y afinadamente.

Fantaseó, imaginó o lo que fuera, también, con un par de viejos taburetes de cuero sin curtir y una extraña partida de dominó con muchos doble nueve donde no había jugadores. Volvió a ver el entierro del cabrón de Alberto Yarini y Ponce de León, personaje con el que compartió un café y una parrafada intrascendente una vez, poco después de las celebraciones del 20 de mayo de 1902, y luego el gentío, una manifestación de duelo nacional, señoras de alcurnia que lloraban a escondidas las fantasías que las humedecieron tantas veces y que ya no podían ser, políticos que lo alababan, pueblo conmocionado que marchaba y todo por un deleznable chulo de putas de pene largo, lengua dulce y buenas relaciones políticas que de haber seguido como iba hubiera llegado, ¡juégueselo al canelo!, a presidente de la República de Cuba.

Soñó con una pirámide de Partagás, una de las pocas vitolas de esa soberbia marca, su preferida, que, ¡mire usted!, no le gustaba. Y soñó con Carlos Finlay, que era, además de uno de sus maestros, como un hermano pausado, sereno, que siempre le pedía calma y cordura en la eterna pelea con los gringos por los cabrones mosquitos y la más cabrona fiebre amarilla, mala enfermedad entre las peores. Mosquitos, mosquitos, que todo el mundo habla de Atila, de Napoleón y del hijo de puta de Valeriano Weyler, pero nadie ha matado más gente en la historia de la humanidad que los mosquitos. Y sufrió la incómoda y fastidiosa visión de un pasillo con puertas blancas, todas cerradas con llave, corredor tan largo, que uno recorría y recorría y no se acababa nunca —cosas raras de los sueños—, situado, de eso estaba seguro, en los bajos del Hospital Reina Mercedes, donde había montado hacía ya tanto tiempo su primer departamento radiológico.

Y se le apareció en el sueño, no faltaba más, que eso era recurrente, al extremo de habérselo contado a Tencha alguna vez, la estatua de la fuente de La India, la que está al final del campo de Marte, y una vieja postal de la fotografía que le hiciera Rezzonico, antiquísima placa fotográfica retocada a mano que no podía quitarse de la cabeza desde que era un muchacho de pantalones cortos, probablemente por su masturbatorio erotismo adolescente. ¡Esas, sí señor, esas retadoras y duras tetas al aire y las piernotas de mármol de la esbelta cacique que ocultaban y a la vez insinuaban, carijo, la cosa peluda que seguramente guardaba al final de los muslos, en eso que llaman los jodedores el arco del triunfo!

En difusa sucesión soñó con los leones del Prado, el patio del Hotel Almendares, los campanarios disparejos de la Catedral habanera, la tienda de cigarros La Primadora, y soñó, entremezclando los rostros, con sus amigos, que bien podían ser sus nietos, de la *revista de avance:* el sabihondo de Jorgito Mañach, Casanovas, Paquito Ichaso, el eterno Tallet, Juancito Marinello y toda esa tropa de demócratas de café con leche, algunos medio comunistas y comunistas completos los otros, con los que se pasaba la vida contando historias, discutiendo de política y hablando mierdas, como dicen que hacen todos los cubanos cuando se presenta la oportunidad de charlar. Vislumbró también los acogedores zaguanes y arcos de cristales coloreados de medio punto de las casonas de su ciudad natal, La Habana.

Y… Y, ¡Carijo!, una ensoñación de la brisa de verano que, teniendo en cuenta el clima miserable, abusador, que se abatía sobre París esta noche, bordeaba la pesadilla, sobre todo porque había que abandonarla, dejarla por detrás al despertarse, imponerse olvidarla y regresar a la cruda realidad a la cual se dirigían él y su chofer ahora mismo.

Que en definitiva no deberíamos ni soñar, piensa el doctor al despertarse, porque los malditos sueños o nos ponen nerviosos con sus malvados embustes, o nos asustan, o el despertar nos obliga a abandonarlos y olvidarlos cuando nos satisfacen y quisiéramos convertirlos en certezas disfrutables. Razón tenía Samuel Johnson, uno de los escritores favoritos de Panchón: «¿Cómo es posible que un benefactor tan liberal e imparcial como el sueño atraiga a tan pocos historiadores?». Y razón tienen también, sonríe el doctor con malicia al acordarse de las tetas turgentes de la India de la fuente del Campo de Marte, hoy el Prado, de persignarse y rezar antes de dormir, no vaya a ser que la muerte te sorprenda mientras duermes y el Diablo, el Maligno hijo de puta, ese perverso caballero se adueñe de tu alma cuando más indefenso estás. Pero basta de boberías y pajas, que hay que volver, y volver rápido, sin transición, como en la guerra, a las jodidas circunstancias que tenemos que encarar cada día y, sí… como hoy, cada noche.

Y dejar atrás, en la neblina de los sueños, a su amada capital isleña, esa Habana bañada por el mar azul del Caribe, la ciudad de las columnas, como la denominara en un reciente artículo en *Le Figaro* un tal Alejo Carpentier, un joven y atildado musicólogo y escritor, otro de los muchachos de la *revista de avance*, que algunos decían había nacido en Suiza, el acento gutural y las erres arrastradas lo hacían parecer francés a una milla de distancia, pero que también amaba a Cuba, o decía amarla, y que se dejaba caer por París de vez en cuando siguiendo, como buen alumno, más bien como un amable corifeo, a la pandilla de los surrealistas liderada por el miope y obcecado Breton y sus secuaces, Eluard, Tzara, Tanguy, Aragón, Desnos, Chirico y otro montón más de buscavidas y locos de atar. Que su querida Cuba estaba lejos, muy lejos, qué remedio. Y París, por el momento, era su mundo, el mundo que, gustárale o no, le tocara en suerte desde hacía bastante tiempo.

Su París, el París del doctor.

Su París era este, el que le había sacado a la calle hoy con un frío de perros, el de su extensa y diversa clientela particular para la que ya no daba abasto. El París de los médicos clínicos de primera línea, los punteros en el mundo, así lo creía él de corazón. El de los investigadores famosos como Louis Pasteur, con el que conversó, desde su ignorancia de entonces, varias veces; y el cubano Joaquín

Albarrán, a quien viera de lejos en más de una ocasión, y pudo haber abordado, preguntado cualquier cosa y no lo hizo, por sentirlo muy distante, muy superior a él, el mismo al que siempre quiso emular en sus tiempos de estudiante de la Universidad en la capital.

Ser, algún día como Albarrán, era su loca aspiración de la época universitaria parisiense. O no tan loca, porque hasta cierto punto se había convertido, con esfuerzo y sacrificios, en uno de los médicos más reconocidos de Cuba y en una figura que se codeaba de tú a tú con los grandes de la clínica francesa, algo que se callaba, ser modesto era elegante, ¿no?, para que otros lo dijeran.

Su París.

El París de los profesores y maestros de renombre internacional como el neurólogo francopolaco Joseph Babinsky, el pediatra Jean Antoine Marfan y el cirujano, biólogo y pedante de campeonato, que se le perdonaba por ser el primero en practicar los trasplantes de órganos, Alexis Carrel, compañeros del hospital y amigos personales suyos los tres. ¡Ah! y el París de las publicaciones médicas y científicas en general, tanto las francesas como las inglesas y alemanas que traía el correo con religiosidad, y que él, Panchón, horror de horrores, debía pedir, cuando Tencha no le libraba de ese suplicio, a la necia de su portera. Eran estas las mejores y más actualizadas fuentes de cultura médica del mundo: revistas, informaciones limitadas, comunicaciones personales, gacetas y magazines que recibía en su casa cada semana o mes por mes y leía y estudiaba minuciosamente y con deleite incluso mientras desayunaba, hábito de toda la vida que ponía a Tencha arisca, peleona, porque alegaba, quizás con toda razón —Tencha siempre la tenía aunque le jodiera reconocerlo—, que la comida no caía bien y nutría menos si no se masticaba con la debida atención.

Ese era su París.

Y también, claro que sí, el París de los enormes y atiborrados hospitales de la ciudad, todos, o casi todos, centros de referencia internacional. Entre ellos el viejo Necker, con sus 600 camas para niños enfermos que nunca había visto vacías, salvo por el breve intervalo entre el egreso, o más a menudo la muerte del desdichado infante y el ingreso casi inmediato de un nuevo paciente.

¡Triste y sombrío lugar!

O el Hotel-Dieu, el rey de los nosocomios parisienses, ubicado en la margen izquierda de la Ile de la Cité, justo detrás de la catedral de Notre Dame. Una bonita construcción la del Hotel Dieu, reformada y vuelta a reformar cien veces y casi inadvertida para los paseantes, todos miraban la catedral y nadie se ocupaba de los edificios bajos rodeados por una cerca de piedra y pegados al río, que contaba —desde que la fundara Landry, un prior elevado luego a los altares—, con casi 1400 años. El Dieu era el hospital donde había trabajado sin descanso el en su juventud, cuando no era más que un interno del montón con deseos de comerse el mundo a dentelladas, de adquirir todas, todas las experiencias, nombre que se le suele dar a las metidas de pata, posibles en cuatro meses. Y todo eso justo un par de años antes de irse a pelear, o a lo que fuera, a la guerra por la independencia de la isla de Cuba. Un sitio acogedor y entrañable, el Dieu, al que todavía visitaba a menudo —permanecía en su nómina— al menos una vez por semana, en la aparentemente caótica consulta externa, para tratar, o aliviar, sobre todo eso, aliviar, consolar, dar ánimos, a pacientes desahuciados, tal había sido el caso del valiente y terco padre del joven Thierry, su chofer.

O el hospital Saint-Louis, con su increíble, y para algunos remilgados simplemente asqueroso museo de cera de enfermedades de la piel, con sus llagas, máculas, úlceras, forúnculos, ampollas, nódulos, erosiones, ronchas y fístulas que parecían supurar, como si fueran de verdad y no modelos hechos a mano. Toda la panoplia del horrible mundo de los padecimientos dermatológicos, en especial los venéreos, frente a los ojos del mirón. Panchón, al que no le gustaba la dermatología, se impuso recorrer, en sus años de estudiante, aquel museo fundado por el profesor Devergié, y todavía hoy podía reconocer de un vistazo muchas dolencias cutáneas, entre ellas las lesiones sifilíticas poco comunes, que se le escapaban con frecuencia a clínicos de mayor renombre y honorarios más elevados.

Sobre todo el moderno y acogedor Institut Curie, que había ayudado personalmente a fundar, incluso con algún modesto, pero nada despreciable aporte monetario, en 1920 y donde tanto había aprendido de los grandes, y tanto había enseñado a los pinos nuevos, a los jóvenes internos y residentes, los últimos adelantos, signos y ardides diagnósticos de su gran pasión, la relativamente nueva, pero siempre en evolución y crecimiento, ciencia radiológica.

Una ciencia, revolucionaria, de avanzada, que él había llevado por primera vez a Cuba entre los años 1905 y 1907, pagando los más recientes equipos de rayos X y aparatos Finser de su propio peculio e incluso fabricando algunos con la ayuda de los entusiastas precursores, bien pocos, por cierto, de la especialidad y creando de la nada un servicio hospitalario de máxima calidad. Un servicio que había levantado a pulso, luchando a brazo partido contra la incredulidad y desidia del ambiente, en los predios del Hospital Nuestra Señora de las Mercedes, o Reina Mercedes, como le llamaba la gente. Un departamento de rayos X modelo, con técnicos muy bien formados, enfermeras eficientes y preparadas y doctores jóvenes y apasionados por empujar hacia delante su ciencia.

Y no solo eso, una sección de radiología y radioterapia que llevó a la Quinta Covadonga cuando fue su director, a la Quinta la Benéfica y al Hospital Calixto García, el que con el tiempo superaría, en modernidad, calidad docente y volumen de trabajo al Reina Mercedes, hijos de él todos. —¡Cómo podían ser tan brutos, carijo! —le decía a sus amigos y discípulos con su reconocida falta de tacto y mala leche— ¡Que no comprendan que en los Rayos X está el futuro del diagnóstico! ¿O es que piensan que nos vamos a pasar toda la vida tocando con los dedos desde la coronilla hasta el ano, como le dicen los libros científicos al pobre y escondido ojo del culo, mirando la lengua, percutiendo los pulmones, auscultando el corazón, buscando ganglios y pelotas, por fuera del cuerpo cuando podemos mirar a plenitud y con total seguridad lo que hay adentro?

Un departamento radiológico servicio radiológico completo y extendido a toda la capital del país, valga la inmodestia, que esa virtud, tan llevada y traída, no era su fuerte, pionero en las Américas y que muy poco tenía que envidiar a los mejores del mundo. Pero todo ese sacrificio y ese tiempo empleados en desarrollar las ciencias médicas y la enseñanza universitaria, ¡profesor en la Universidad de La Habana desde 1893, carijo!, en su patria no le habían valido de nada. Cuba, dicho sea de paso, lejos de agradecer sus desvelos, solía remunerarle pérfidamente con enemistades políticas y envidias insanas. Una Cuba que había ayudado a construir con las armas y con la cabeza, que ahora ostentaba nombre y apellido propios: nación cubana, pero a la que lamentablemente, no le satisfacía dar la razón a quienes así la llamaban, le faltaba todavía construir a los cubanos.

Pero a fin de cuentas…

¿Qué importaban ahora las historias y remembranzas? Esas cosas, incluyendo los recuerdos, sus recuerdos, y no mucho más, si exceptuamos a su Tencha, conformaban el París del doctor, su París personal. Ese París, ese mar de deseos y rostros, como definió la ciudad en una conferencia en 1925 el gran arquitecto Le Corbusier, uno de los padres del París moderno.

En diez o doce minutos que se fueron en un suspiro, arribó el Delahaye modelo 1927, guiado por Thierry, al *petit-hotel* donde hacían vida y socializaban en grande los Baró-Lasa, o donde, para hablar con propiedad, lo hacían en otros tiempos, tiempos normales, mucho más felices que estos de ahora. Thierry, solícito, después de tocarle suavemente en un hombro, para que despertara de su breve siesta, abrió la puerta trasera del auto y lo ayudó a poner pie en las baldosas de concreto de la entrada. Acto seguido alcanzó del asiento trasero el maletín del doctor y lo mantuvo en sus manos hasta nueva orden. —¡Que hemos llegado y ya veremos! —pensó el Panchón saliendo rápidamente de las brumas oníricas y tomando el mando de su afilado cerebro.

Cuando Panchón descendió del auto se encontró con las manos fuertes y frías como hielo del caballero, el señor, Juan Pedró Baró —quien lo esperaba en la rotondilla de entrada de la residencia, súbitamente ajeno a la helada imperante—, que estrecharon con gratitud y evidente aflicción las suyas, despojadas ya de los guantes de cabritilla, que ya el doctor había metido en uno de los grandes bolsillos de su abrigo.

Sin perder tiempo en conversaciones inútiles, Baró, el propietario de la mansión, condujo al doctor —asiéndole amablemente el codo—, a través del pequeño y cuidado jardín delantero, por los tres escalones de mármol de Carrara blanco y la espléndida puerta de roble y cristales biselados con dibujos modernistas —*art noveu* le llamaban desde hace un tiempo a esa moda— hasta el interior del primer piso de la casa de la Avenida Foch número 88, ubicada a poco más de una milla en línea recta, a siete u ocho bloques, de la plaza de L'Etoile y el Arco del Triunfo, centro de la ciudad e icónica imagen de París, además, claro, de la tan llevada y traída torre de vigas de acero y pernos del señor Eiffel.

Una vez dentro de las tibias paredes de la vasta vivienda, tomó él mismo, Juan Pedro Baró, el grueso abrigo del recién llegado y se lo entregó de inmediato y con gestos breves pero elegantes al mayordomo. El sirviente de rango, un tipo alto y austero, tieso y alerta como una caña de bambú y perfectamente uniformado, recogió la prenda, hizo una reverencia y dio un paso al lado. Entonces, sin pronunciar palabra, Baró invitó al doctor, con un gesto de la mano, a continuar, sala, saleta, salón de música, salita de fumar y pasillo adornado con pinturas clásicas y una mesa larga y de poca profundidad atestada de antigüedades, miniaturas de Lalique y fotos de familia adosadas a la pared, adelante, rumbo a la habitación privada de la condueña de todo aquello, que imponía por lo bien montado, distinguido y acogedor.

¡Mon Dieu, carijo, *mon dieu!* Pensó Panchón, que no dejaba de maravillarse una y otra vez de las innumerables piezas de museo, eso le parecían a él, con las que se tropezaba a cada paso y a cada mirada, sin saltarse un rincón de aquella casa digna de una emperatriz. ¡O de dos emperadores porque con Baró había que contar de todas todas!

El *petit-hotel* de la Avenida Foch número 88 no era más, en realidad, que un enorme departamento que ocupaba las dos primeras plantas de un recientemente remozado edificio de seis pisos. El susodicho edificio estaba compuesto solo por tres grandes unidades habitacionales, todas más o menos iguales en tamaño y distribución y todas, no faltaba más, competidoras entre sí en lujos, comodidades inimaginables y modernos adelantos técnicos que tardarían años en llegar al común de los mortales.

La construcción, ubicada en uno de los barrios más linajudos de la nata aristocrática parisiense, pasaría, con los años, a convertirse en la Embajada de la República de Cuba en Francia y más tarde aún sería, adquirida directamente del gobierno cubano, y a muy buen precio, por el armador y multimillonario griego Aristóteles Onassis para regalarlo a su musa de entonces, la temperamental soprano griego-norteamericana María Callas. Pero ninguna de esas historias, que pertenecen al futuro, se corresponden con este libro.

Volvamos pues a la mansión de la Avenida Foch. El ambiente era de abatimiento y contenida aflicción, fúnebre más bien. Y también era obvio que los presentes en aquella casa, el señor Juan Pedro

Baró, tres hermanas de la enferma, dos de sus hijos del primer matrimonio y el nutrido servicio doméstico habían pasado la noche en vela y se preparaban, cada uno en su puesto y con diferentes grados de responsabilidad, entereza y demostraciones de duelo, para algún acontecimiento desagradable, funesto, pero previsto, eso era palpable, con bastante antelación. Bastaba penetrar en aquellos aposentos poco iluminados para sentir el agobio del momento y la presencia de lo que ya no tiene remedio.

Cierto, pero había que seguir adelante, que aunque poca, todavía quedaba algo de vida en la enferma. La maciza puerta de la habitación de la señora Catalina estaba solo entornada y frente a ella montaba guardia, por así decirlo, una sirvienta vestida con cofia color crema y uniforme de rayas azules verticales finas sobre fondo blanco; calzaba unos zapatones negros de cordones que tenían que ser muy pesados, ¡pobrecita!, y medias oscuras. La mucama dio paso a los dos hombres con una reverencia, al tiempo que terminaba de abrir la puerta y se echaba hacia atrás para volver a quedar del lado de afuera, plantada allí como una alabardera en un palacio de la Edad Media.

Ambos, el doctor y Baró entraron al aposento y se acercaron a la cama con dosel donde yacía la enferma. El olor de las aguas de colonia alemana, Colonia Farina legítima, y el espliego de lavanda no ocultaban del todo, aunque lograban confundir por un tiempo el olfato, cierto desagradable efluvio a secreciones corporales, a dolencia física, a sufrimiento humano, peor, a podredumbre. ¡A muerte, carijo! Pensó el doctor. Decenas de veces en su ya larga vida profesional: en hospitales universitarios, clínicas privadas, sanatorios antituberculosos, manicomios, casas de socorro, bohíos, barracones, cuarteles, campos de batalla, casas de vecindad, hogares humildes, mansiones, había pasado el profesor Domínguez Roldán por aquello.

Pero, humano al fin, no pudo evitar abrir algo más de lo habitual los ojos, única expresión de asombro en aquel rostro endurecido, controlado por la vasta práctica médica, al observar, en una ojeada rápida pero muy profesional, los estragos que la enfermedad, para la que no tenía todavía un diagnóstico de certeza, había consumado en el cuerpo, ¡y en el semblante!, de la otrora belleza caribeña que yacía frente a él tendida en su desmesurado lecho. Una cama que pudo haber sido alguna vez un imán para el amor y que ahora semejaba un territorio casi desierto, hasta cenagoso, en el que se perdía un cuerpo mínimo.

—*¡Saint christ!*

Completamente arropada entre sábanas de sedas chinas legítimas, edredones que costaban un ojo de la cara y almohadones de plumas de avestruz, todavía consciente aunque casi sin voz para expresarse y convertida en un guiñapo humano, yacía frente a él la que otrora fuera el blanco de envidia de tantas mujeres y objeto del deseo de infinidad de hombres. Lo que quedaba, ¡señor!, del alguna vez rutilante y muy deseable cuerpo de Catalina Lasa del Río.

Miró el doctor a Juan Pedro Baró y comprendió en el acto que el hombre, pálido y ojeroso, pero enhiesto y sereno como un militar en una parada, había perdido las esperanzas desde bastante antes de la llamada de esa noche. Solo necesitó el doctor unos pocos segundos para comprender que Catalina Lasa del Río de Baró, la enferma que tenía delante, estaba a punto de expirar y que ya no se le requería allí para luchar por salvarle la vida, cosa que desde algún tiempo intentaba, infructuosamente, junto a otras eminencias médicas de París y de Cuba, sino para dar fe, mediante un certificado de defunción bien escrito y mejor argumentado, de una muerte que era ya inevitable. —¡Me han hecho venir aquí como testigo, carajo, no como participante activo en una batalla por la vida! —pensó, casi se le va y lo dice, cayendo en la cuenta de una realidad que se le hacía del todo evidente ahora.

Sí, cayó en la cuenta, como se cae uno en un hueco tapado por el agua, de que ya no se le reclamaba en aquella casa para luchar por una vida, sino solo para firmar un certificado de defunción bien escrito y argumentado. Sí, pero... ¿Con qué argumentos contaba para redactar aquel documento? ¿Qué enfermedad, infección, veneno, conjuro o lo que fuera estaba matando a aquella mujer? ¿Por qué no podía dar con un diagnóstico de certeza que convenciera, en primerísimo lugar a él mismo?

Preguntas, preguntas. En fin, ya pensaría en eso más adelante.

Mientras tanto, que por eso era médico y no cura ni funerario, decidió el doctor Domínguez Roldán —tras informar someramente al señor Baró y extender en un gesto decidido la mano, para que el mayordomo le alcanzara el maletín—, llevar a cabo algunas medidas de reanimación extremas.

Por supuesto…

Inútiles.

La Habana. 1888

Crece y se hace mujer Catalina.

Catalina Lasa del Río, Cati, que nació y vivió sus primeros años, como sabemos, en la ciudad de Matanzas, reside, desde hace ya casi una década en la casa familiar, algo más modesta, de La Habana. La urbe de la isla, que en lo esencial ha mantenido su estructura ajena a los avatares y calamidades de la larga y devastadora guerra pasada. Alcanza Catalina, vigorosa y feliz, los trece años de edad. Ya no es una chica de provincias, no, se ha convertido en una joven capitalina de rara belleza, dotada con una gran personalidad y autoestima, e instintivamente luchará por conquistar el mundo social que le rodea y en el que ella se sumerje gustosa. Ese pequeño pero sobresaliente y muy atractivo orbe de La Habana de los elegantes y los que son jóvenes y bellos, o pasan por serlo.

Y por suerte para ella se mantiene en el mismo entorno familiar de siempre, el que tan bien conoce y disfruta, junto a sus padres, sus hermanos, sus muchos primos y toda la gente que la quiere y que ella quiere. Es el pequeño y cerrado mundo isleño de Catalina. Que todavía faltan algunos años para que salga a recorrer otras tierras, en las que dejar su impronta de aventuras, elegancia y pasión.

Bienllevados todos, dentro de lo que cabe, viven los Lasa-del Río. Son proclives por naturaleza, a ayudarse unos a otros, como Dios manda, y se mantienen los mayores, gracias a la buena salud natural que poseen y a una vida tranquila y sana, con pocos achaques. Gente que por suerte, ¡gracias a Dios!, no ha sufrido grandes pérdidas ni enfermedades de cuidado como la tuberculosis, bastante común entonces, o epidemias terribles como la viruela, el cólera morbo o la fiebre amarilla, ese espantoso vómito negro que tantas buenas personas se ha llevado entre los familiares lejanos y conocidos de los Lasa. Y es que morir joven, o no tan viejo, era algo muy frecuente en algunos, o muchos, miembros de las familias extensas de aquella época, a veces importando muy poco el nivel, más o menos elevado de comodidades y riquezas materiales que tuvieran.

Téngase en cuenta las pésimas condiciones sanitarias medioambientales del país en general y de la ciudad de La Habana en particular. El acueducto diseñado por el ingeniero Francisco de Albear en 1855, sustituto imprescindible, y único, en la ciudad de La Habana de una zanja abierta, conocida como Zanja Real, de donde se surtían directamente lo mismo personas que animales, y en funciones desde el siglo XVI, por poner un solo ejemplo, no se terminaría hasta el año 1893, cuando Catalina contaba dieciocho años.

Se suman al mencionado desastre medioambiental, la ausencia de tratamientos efectivos para las infecciones —las llamadas por el pueblo y los médicos miasmas— y las epidemias que a menudo se presentan, sobre todo en la capital, donde proliferan el hacinamiento en ciertas barriadas, que han crecido desmesuradamente fuera de las viejas murallas; el uso de las calles como basureros; el demedido trasiego portuario; los mataderos clandestinos de cerdos y todo tipo de animales; la prostitución endémica; la mendicidad y la enorme cantidad de ratas, ratones cucarachas, moscas, mosquitos y alimañas de toda índole que campan por sus respetos por doquier sin el debido control.

¡Solavaya!

Ajena a todo eso, la moza, la chica, la adolescente (una palabra aún desconocida en los tiempos de Catalina, un concepto biológico transicional ese de «adolescencia» inventado mucho después del ciclo de vida de ella, alrededor de los años cuarenta del siglo XX), la niña, convertida delante de los ojos de todos en mujer, la muchacha, la recién llegada a la pubertad, que de todas esas maneras, menos adolescente, por supuesto, la mencionan los que la conocieron y trataron por aquellas fechas, se hace de notar sin paliativos en su pequeño pero socialmente relevante círculo habanero. Y sabemos, además, que Catalina solo solo se interesa por sus asuntos y no está dispuesta, a sus trece o casi catorce años de vida a pensar o preocuparse por problemas y asuntos de adultos, o viejos, circunspectos y pesados. Viejos, sí, vejetes, que todo aquel que le lleve diez u once años es, en su cabeza, y en sus expresiones, todo un anciano en camino de la decrepitud. Una forma de pensar que cambiará alguna vez, una sola vez en realidad, pero de forma dramática.

Esa Cati, nacida bajo el signo astrológico de Tauro, crece y se desarrolla activa, fuerte de carácter, independiente, tan independiente como podía serlo dentro de los patrones establecidos para una persona del sexo femenino en una colonia española del Caribe en la segunda mital del siglo XIX. Patrones que, por cierto, ella comienza a tantear, aunque sin muchos aspavientos, en sus límites posibles, y alguna que otra vez, no muchas por ahora, en los imposibles. Y sigue desarrollándose a ojos vista, sin grandes limitaciones, salvo las ferreamente establecidas por el medio. Robusta de cuerpo y de mente, su carisma comienza a descollar y a imponerse muy pronto, ya lo hacía desde que era pequeñita, entre todos sus hermanos, sus numerosos primos y los vástagos de las amistades de sus padres.

—¡Esta niña, por Dios, esta niña! ¿A quién habrá salido tan despabilada y coqueta? ¡Que hasta me asusta a veces! —se queja María Luisa, la madre de Cati conversando de sobremesa, y a solas, con su marido.

—¡No te preocupes, mujer, que ya se le encontrará a su tiempo un marido que la tranquilice y la llene de hijos!

—¡Ojalá y no nos dé dolores de cabeza!

—¡Ya verás que no, mujer, ya verás!

—¡Quiera Dios, José Miguel, quiera Dios que tengas la razón!

—¡Ten fe, mujer, ten fe! —le toma una mano entre las suyas con cariño—: Que tú has sido una madre modelo y serás para ella un buen ejemplo.

—¡Y tú eres también un magnífico padre y un gran ejemplo!

—¡Por eso todo irá bien, ya verás!

—¡Dios te oiga!

—¡Nos oirá, ya lo verás!

No es que fuera un portento de sabiduría o cualidades humanas, pero obviamente Catalina era diferente, en grado superlativo, a la media que la rodeaba. Y se notaba al instante, y se comentaba, sobre todo cuando daba la impresión de copar el espacio para sí, de succionar el aire al hacer acto de presencia en sitios concurridos, como misas, cumpleaños, bodas, fiestas parroquiales, veladas musicales caseras y reuniones sociales de todo tipo. Entre tantos hermanos, nueve en total contándola a ella, siempre se corría el riesgo de pasar inadvertido, pero eso no valía un pepino para Catalina. Todo aquel que la conoció por entonces, y fueron muchos — que ella cautivaba a la gente como la miel a las moscas—, estaban de acuerdo en que… que entre los jóvenes que la rodeaban, tanto hembras como varones, no tenía

Cati rivales de consideración que pudieran compararse a ella, por sus atractivos y magnetismo.

Tenía el don de gustar.

Gustaba, sí, gustaba. Quizás esa era la palabra para definir la atracción que desencadenaba Catalina. Gustaba, y gustaba mucho, fuera ese un sentimiento abierto y obvio entre los varones cercanos a su edad o un sentimiento turbio y negado entre algunas hembras y muchos varones mayores que ella.

Y no estamos hablando, que conste, solo de atractivo físico, gracia, donaire y belleza de líneas en el rostro, que Cati tenía todo eso de sobra. Esa fresca hermosura, ese aire majo, ese erotismo subliminal, todavía oculto para ella misma, ¿o no, quién sabe?, pero que no pasaba inadvertido para los lascivos; esa sensualidad tan femenina que, por supuesto, se iba haciendo cada vez más llamativa y evidente a medida que su cuerpo iba espigando, que las caderas y las nalgas crecían y se endurecían y los senos, esos pechos que volverían locos a más de uno ganaban en tamaño y turgencia: «¡Tetas de oro tienes, niña! ¿Quién pudiera verlas y sobarlas para que crezcan bravas?», le gritó cierta vez —cuando ella regresaba de misa, a pie con su tía y sus hermanas— un carretonero, chabacano, todo sucio de harina de pan y embarrado hasta las cejas de tierra colorada de la papa que venden en la calle de los Mercaderes,

Esos atributos estaban allí, en ella, aunque más o menos ocultos, vano intento, por polizones, muselinas, gasas, faldas, trapos, crinolinas, cintas, cordones y corsés, a la vista del que quisiera ver con los ojos de la experiencia o de la lujuria, que como sabemos, existían desde milenios antes que los rayos X. A la vista del que quisiera ver, sí, porque un volumen pectoral tan erguido como el de Catalina, la línea recta y profunda entre sus pechos rotundos, percibida más que divisada; su pelo negrísimo, atrayente incluso desde lejos, estuviera recogido en un moño o suelto y libre al viento; su esbelto cuello; sus semiescondidos tobillos, que ella hacía visibles sin querer, o vaya usted a saber si queriendo, en sus juegos; el movimiento de sus manos o el armonioso vaivén de sus soberbias ancas de criolla en flor, que no podían ocultarse a los ojos codiciosos de los mirones.

Ese placer oculto, luego recordado en momentos de soledad y siempre rotundamente negado, del observador vergonzante, a pesar de los trece años de Cati. Que no olvidemos que en la época de Catalina se era mujer, hecha y derecha, y apetecible para el matrimonio, el sexo y la procreación, pero también para el devaneo romántico y la sensualidad morbosa, mucho antes que ahora, que la vida era corta y el sino, y hasta la ley, de las mujeres era casarse para parir y parir, de ser posible, como paren las conejas. Podía ser, incluso fugaz, que llegar a los sesenta siendo mujer era toda una proeza, y había que aprovecharla.

No obstante, Catalina era, para asombro de algunos, disfrute de la mayoría y escándalo de otros mucho más que una niña. En efecto se había convertido de pronto, de un día para otro, en una hembra en flor. ¡Y qué prospecto de hembra! Sí, señor, que no en balde su abuela materna se persignaba y elevaba una plegaria cuando Catalina —¿niña?, ¿mujer?— pasaba volando como una tromba hacia la sala de la casa para recibir, alborotada y alborotando, a algún joven amigo de los Lasa, todos algo mayores que ella.

—¡Niña, niña, compórtate como se te ha enseñado, por Dios!, ¿adónde crees que vas con ese desespero?

—¡Luego, abuelita, luego te cuento, que estoy muy apurada!

Y la abuela, sabia, se queda pensando que a los hijos y nietos al final se les perdonará todo lo que hagan, aunque ellos no siempre sean igual de justos con sus padres y abuelos. Dicen algunos que la cualidad más significativa, más relevante de lo bello es su inutilidad. Humm, falso, que Cati era bella y…, bueno, en fin, dejemos eso.

Hablamos también, no podía ser de otra manera, de su disposición para vivir a plenitud, su recio temperamento y su talante. Cati siempre descollaba, fuera el día alegre y luminoso o imperara el aburrimiento o la tristeza, como la más inteligente, la más agradable, la más viva y amena conversadora, la más halagadora y zalamera, en fin, sobresalía en el grupo y eso era algo que se daba por sentado. Pero también Catalina se imponía por su carácter firme, intenso, discutidor, porfiado, voluntarioso, testarudo más bien, a veces obstinado y, por qué no, por su probada eficacia en la manipulación de los demás, de forma general, pero no siempre, en el buen sentido de la palabra.

—¡Que si fuera hombre, quede claro eso, si fuera hombre sería abogado, o político, que no se puede ser más inteligente de lo que ella es! —comentan algunos que la conocen bien. Todos la querían y la mimaban, es cierto, ¡era Cati tan simpática, tan buena amiga nuestra, tan linda!, pero a veces ocurrían roces, saltaban chispas, discrepancias, estallaban controversias por nimiedades, dimes y diretes propios de muchachos, de los que ella se defendía, y atacaba, como si le fuera la vida en el asunto, sin importar el sexo de los oponentes.

Para enfrentarse a Catalina había que pensarlo dos veces, entre otras razones porque su sarcasmo podía ser vitriólico y su distanciamiento y frialdad para el rival, aunque de corta duración, resultaban muy hirientes. Y una befa, un escarnio, una herida inflingida por Cati, por alguna extraña razón, dolía el doble. Se nos ocurre pensar que si Catalina Lasa hubiera sido un país, valga la metáfora, el destierro decretado por ella hubiera sido un castigo mucho peor que la muerte.

—Por favor, señor…, no recuerdo su nombre, puede hacerse usted a un lado que me oculta con su oscuridad la luz del sol.

—¡Cati, que soy tu hermano!

—¡Ah, perdone usted, caballero, no lo había notado!

—¡Cati, Cati, por Dios!

—¿Por Dios, dice usted, caballero?

—¡Soy tu hermano mayor, Cati, no me trates así!

—¿Es que acaso merece usted, caballero, otro trato? —sarcasmos que manejaba Catalina como un finísimo estilete, tan fino, tan agudo, que penetraba directamente el corazón del aludido sin dejar heridas visibles, pero que dolían por mucho tiempo.

¿Rencorosa, vengativa?

Quizás un poco, pero no parecen haber sido sus armas de defensa y ataque favoritas. Disponía de otras, más elaboradas, rápidas y letales.

No obstante, sea como fuere, predominaba en ella el lado amable de su personalidad, entre otras cosas por su buena y estricta educación, que se centraba, además de en las tareas hogareñas propias de las mujeres —tareas que detestaba, vale— y el laborioso cuidado personal —que adoraba—, en los buenos modales y el respeto y consideración especial a los mayores.

¿Bipolaridad?

No vayamos tan lejos, que en definitiva no la conocimos personalmente y corremos el riesgo cierto de exagerar. Y al igual que el de «adolescencia», ese también, «bipolaridad», es un concepto, o más bien un diagnóstico psiquiátrico, que pertenece al presente y no a los tiempos, —en apariencia más simples, y mucho más difíciles y oscuros para las mujeres— que le tocó vivir, y sobrevivir, a Catalina.

Aquí va un ejemplo, entre los muchos que pudiéramos mencionar, del don de gentes y la popularidad de Cati. La «maga halagadora» la denominaría un importante rotativo habanero cuyos bien conservados e interesantes archivos son de suma importancia hoy para estudiar y comprender la intrahistoria cubana de aquella época. La describió así cuando ella ganó, alrededor del año 1902, cerca ya de la treintena —algo muy inusual entonces y ahora—, uno de varios concursos de belleza, elegancia y prestancia, así los llamaban entonces, en los que participó. Certámenes, dicho sea de paso, muy frecuentes entre las jóvenes de las clases altas cubanas de esos años y que Catalina Lasa dominó de una manera abrumadora casi siempre, sobre todo los celebrados en la ciudad de Matanzas, a la que regresaba de vez en cuando, y en la capital, La Habana, desde los años noventa del siglo anterior.

¿Que se compraban los resultados de esos certámenes de belleza? Pues en ocasiones sí, casi siempre cuando la ganadora poseía ciertas condiciones que facilitaban el fraude. ¿Qué mujer de pocos recursos podía costearse las lujosas ropas de diseñador, el carísimo calzado, los perfumes europeos, los rebuscadísimos peinados, los sombreros, las cremas hechas a mano y toda la parafernalia necesaria, sin olvidar, ojo, los padres o los maridos adecuados que se prestaran a permitirlo y apoyarles? Comprar los títulos de belleza en esas competiciones no era nada raro, pero eso era algo que Catalina Lasa no necesitaba hacer, o peor (para las rivales), algo que ella impedía a las posibles compradoras de títulos con su sola y apabullante presencia, un hecho, registrado en algunas crónicas y mentideros de la época, que le procuró muchas envidias y enemistades.

—¿Y qué periódico es ese? —preguntó ella, quizás fingiendo desinterés, la primera vez que se vio retratada en una de sus páginas siendo todavía una jovencita—. Ese periódico era *El Fígaro*, que surgió primero como papel diario, dedicado en especial al *baseball*, esa nueva moda de competencia atlética norteamericana, aunque tocaba algunos otros temas deportivos y literarios. Luego pasó a ser una revista semanal y más tarde una publicación mensual. *El Fígaro* fue el pionero de la prensa deportiva en Cuba, y lo fue también del uso extensivo del *spanglish* en términos «beisboleros», forma de hablar muy cubana —¡tres estrais, poncha'o! ¡le hizo suin! ¡se quedó con la carabina al hombro! ¡quieto en base!— que perdura, y prospera como la verdolaga, hasta hoy, y luego fue creciendo en calidad y tirada y se fue extendiendo a los campos artísticos, literarios, del cuidado del cuerpo y la salud, opiniones médicas, temas comerciales, sociales y al muy lucrativo y algo novedoso de las cuitas y zaraos de las personalidades del mundo de la moda, la elegancia, el dinero, sin mencionarlo directamente, por supuesto, que ese «detalle» no se consideraba de buen gusto, y las joyas. En fin, lo que casi un siglo después se denominaría en todas partes la *jet set*. Por cierto, y hablando del futuro, de haber vivido hoy Catalina sería, sin discusión, eso que llaman una *influencer*.

Es interesante señalar que *El Fígaro* mostraba una marcada tendencia pronorteamericana, sin por eso desdeñar todo lo europeo, en una época donde Europa, en particular Francia, determinaba las tendencias de la sociedad culta. Entendiendo en este caso por culta a la clase pudiente. Pero lo «americano», lo norteamericano, a diferencia de lo europeo, estaba ya en el horizonte y parece que seguirá estando marcado a fuego, para bien y para mal, en el destino del pueblo cubano.

Cati fue también asidua invitada y rostro preferido, las viejas fotos lo prueban, de las páginas de la revista *La Habana Elegante*. Una publicación esta, de marcada influencia francesa, sobre todo la de la moda y costumbres parisienses y el arte de los poetas simbolistas y decadentistas, introducidos en Cuba y glorificados hasta el delirio por el habanero Julián del Casal, sempiterno colaborador de las páginas de la misma, hasta su temprana e inesperada muerte producida, no se burle, querido lector, por un ataque de risa.

Fue del Casal, paradójicamente, uno de los creadores, al mismo nivel que el médico mexicano Manuel Gutiérrez Nájera y el colombiano, diplomático de bajo nivel y suicida temprano, José Asunción Silva, del denominado movimiento modernista, cuyos epítomes serían el cubano José Martí y el nicaragüense Rubén Darío. ¿Qué tanto hubiera aportado a la literatura cubana e internacional Julián del Casal, de no haber muerto a los 29 años de edad? Es una de esas preguntas sin respuesta que quedan para los amantes de las especulaciones. Muy interesante hubiera sido, y con seguridad nos hubiera dado algunas luces sobre la hermosura y las maneras de Cati a edad tan temprana, que Julián del Casal la retrara en alguno de sus artículos o poemas, aunque fuera de forma indirecta, tal y como hizo con las bellezas españolas que él idealizaba en su poema «Una maja». *Muerden su pelo negro, sedoso y rizo,/ los dientes nacarados de alta peineta./ y surge de sus dedos la castañeta/ cual mariposa negra de entre el granizo.*

¿Que si es posible que Julián del Casal se haya cruzado con Catalina en algún teatro o reunión social? Pues claro que sí, que los dos habitaban en esa ciudad tan centrada en sí misma y tan gustosa de los deslices faranduleros llamada La Habana. Aunque es de rigor pensar que las carencias económicas de Julián, y su apocamiento, o aversión, todo sea dicho, para con el sexo opuesto, no lo hacen demasiado probable.

Volvamos a la prensa, que las dos anteriores publicaciones no fueron las únicas que se ocuparon de la bella Cati. También le dedicaron a Catalina artículos elogiosos, reseñas de sus premios de belleza, fotografías y comentarios de la llamada crónica social las publicaciones *La Habana Literaria, El Hogar, Ecos de las Damas, El Triunfo, El Diario de la Familia* y *Cuba y América* así como periódicos nacionales de mayor importancia y gran circulación como *La Discusión* y *El Mundo*.

Para un amante de la historia cultural de la época se hace evidente, notoria, una ausencia. Falta en la lista antes mencionada *El Diario de la Marina*, el rotativo de mayor tirada en Cuba y en ocasiones el más poderoso políticamente, pero también el más reaccionario y proespañol de la isla. El caso es que este periódico no favorecía ni ensalzaba a familias criollas como las de Catalina. Era un diario orgulloso de su extremismo integrista y sus editores no perdonaban a linajes de raigambre cubana como los Lasa, a los que acusaban de manifestar «veleidades proindependentistas», sin importar —salvo excepciones, que las hubo— la clase o el dinero que pudieran tener estos clanes. Pero Catalina se enorgullecía de aparecer retratada y homenajeada en los muchos sitios donde era acogida y festejada con tanta frecuencia y no dio a entender nunca, ¡Dios nos libre!, que le molestara el impostado desdén hacia su familia, y en especial hacia ella, de *El Diario de la Marina*.

—¿Que ellos se lo pierden, no? —Que el desaire de un lado, con la cabeza en alto y mucho orgullo se paga del otro. Así se comportaba Cati desde niña, y así lo haría siempre ante las dificultades y los retos que la vida impone. Sobre todo cuando estaba decidida, costare lo que costare, a lograr sus propósitos y objetivos.

Un ejemplo que viene a cuento sobre este rasgo, la testarudez, de Catalina, es el de los concursos de belleza. Cuando no pasaba de los veinte años y era una muchacha soltera y libre, todo el mundo se lo tomaba a bien, pero luego de casarse, tener hijos y comenzar a alejarse de los veinte abriles, muchos en su entorno comenzaron a cuestionarse aquel férreo deseo de continuar participando —¡y ganando una y otra vez!— en esos eventos, algo que en realidad no necesitaba y donde ya tenía muy poco que probar, salvo la imbatible persistencia de su belleza y sí, claro que sí, de su afán competitivo y por ende de su inflamado ego. Ser un referente de la moda en la isla —luego lo sería en otras ciudades—, era una manera de imitar lo último que se llevaba en el mundo, digamos París o Londres, y al mismo tiempo de diferenciarse, elevándose por encima de sus (poquísimas) iguales. Una paradoja pero una paradoja muy humana y muy propia de la gente con mucho ego, y ¿quién puede dudar que el ego de Catalina era bastante desarrollado?

Pero dejemos a un lado los fuegos artificiales y volvamos a la vida real.

En La Habana vivían los abuelos de Catalina, tanto los paternos como los maternos, y en La Habana se asentaron, reduciendo significativamente sus gastos, los Lasa-del Río. Y se mudaron a la capital no por placer o deseos de cambio, sino porque los desastres económicos de la Guerra de los Diez Años, la guerra grande, como ya·le llamaban las gentes del pueblo, habían recortado de una manera ostensible la fortuna de la familia, obligando al padre a buscar nuevas formas de hacer negocios y obtener ganancias para mantener, en lo posible, el estilo de vida al que se había acostumbrado su numerosa tribu.

A los Lasa-del Río, de vieja prosapia peninsular, también antigua integración criolla y grandes caudales, la vida en provincias, que eso era Matanzas, se les colocaba en el centro de atención de la llamada alta sociedad, tanto la provinciana como, por cercanía, la habanera, lo que les obligaba, no podían columbrarlo de otra forma, a mantener un nivel de vida de muy elevado y sostenido perfil. «Pueblo chiquito, infierno grande», reza el viejo, y sabio, refrán español. En la capital de la Isla, por el contrario, la presión social parecía disminuir un poco. Eran más los ricos, o en apariencia ricos, y claro, tocaban, se supone, a menos retos y miradas desde el endogámico mundo de los «iguales». Parodiando al refrán pudiéramos decir que «Pueblo grande, paraíso grande». Aunque, claro está, podía ser solo una ilusión óptica.

Y también es verdad, era una singularidad del momento histórico, que las diferentes tendencias políticas que se agitaban en el país: integristas, anexionistas, autonomistas e independentistas, reflejadas con más fuerza en la vida de la sociedad habanera, facilitaban cierta dispersión en los intereses de ese grupo humano que se consideraba a sí mismo tan selecto. En fin, que todo se hacía un poco más fácil, más llevadero, para capear el temporal social, económico y humano que había dejado la guerra.

Eran los Lasa, desde algo más de un siglo y medio antes, plantadores de caña de azúcar, productores industriales de sus derivados, exportadores del dulce y comerciantes de ultramarinos con una gran experiencia en esos giros. Y eran también, cómo no, propietarios de esclavos, una buena parte de los cuales prefirieron quedarse al servicio de la familia como libertos. No olvidemos que primero se promulgó, en 1870 la Ley de Vientres Libres o Ley Moret, luego el llamado «patronato», en 1880, una forma solapada de esclavitud que limitaba o impedía de hecho, por razones económicas y legales, la manumisión, y más tarde, en 1886, las Cortes de España aprobaron la abolición definitiva de la esclavitud, con paga mínima o simplemente la concesión de la comida y la vivienda.

La realidad es que todos los miembros de la familia, unos más, otros menos, haciendo de la necesidad virtud, enfrentaron las dolorosas pérdidas materiales de la guerra y sus secuelas. Fueron años muy duros y frustrantes para un grupo familiar acostumbrado a no pensar en el día a día, ni tan siquiera en el futuro, que se daba por descontado sería tan cómodo y brillante como lo había sido siempre. Es muy probable que el padre, sobre cuyos hombros recaían las decisiones y responsabilidades económicas, fuera la excepción. Y lo cierto es que supo cargar con sus obligaciones y mantuvo a la familia, con con sus altas y bajas, en el mejor rumbo posible.

Pero la realidad no siempre coincide con los deseos y mucho menos con los sueños. Se sumaron además, al relativo descalabro financiero de los Lasa, la inestabilidad de las importaciones y exportaciones mercantiles de infinidad de productos de intercambio, con el resultante encarecimiento de las mercancías y la disminución del crédito, una consecuencia esperada que comenzó durante los largos años de la guerra y se mantuvo, o se incrementó incluso, en el período inmediato de paz relativa, posterior a aquella. Y como las malas noticias nunca vienen solas, se añadieron a los problemas de la familia algunas desacertadas inversiones económicas del padre, un hombre muy prudente como negociante, pero ansioso, mala cosa, por recuperarse lo antes posible de sus pérdidas. Añádase a eso el enfrentar, aparentando, como si aquí no pasara nada, solvencia, más la crianza de tantos hijos, sobre todo hembras, factores todos que habían hecho declinar de forma ostensible el patrimonio y la liquidez monetaria familiar. Reveses de la fortuna para las que casi nunca las personas comunes y corrientes están en realidad preparadas.

Una prueba concreta, por demás, muy dolorosa para los Lasa, de cuanto se ha dicho con anterioridad fue la devastación de dos de sus más queridas haciendas, causada a partes iguales por la tea incendiaria mambisa, un arma económica más que militar, relativamente eficaz, a veces contraproducente, pero espantosa desde el punto de vista humano, y las violentas e inmisericordes operaciones contrainsurgentes del numeroso ejército español en campaña. Esas dos grandes estancias cañeras, con sus correspondientes casas de vivienda, barracones de esclavos, ingenios azucareros, sembradíos de vegetales y legumbres, animales de cría, regadíos y almacenes de cajas de azúcar y aperos de labranza, además, claro está, de la materia prima del azúcar, los dilatados cañaverales, se ubicaban en la fértil planicie matancera. Una de ellas, cercana al pueblo de Colón, casi justo en el centro de la provincia, incluía una finca y el ingenio Santiago; la otra estancia llamada La Casualidad con su trapiche anexo, se encontraba situada en los alrededores de la propia ciudad de Matanzas, propiedad extensa y particularmente próspera antes de la debacle bélica.

Si se quiere, fue un golpe, dos más bien, de mala suerte. Y lo fueron porque las hostilidades durante casi toda la guerra se habían mantenido centradas en Las Villas, el Camagüey y los territorios orientales de la isla, principales focos insurreccionales desde el inicio mismo de la contienda. Pero el afán de los revolucionarios por extender las operaciones militares al occidente y sobre todo por mermar la economía del gobierno español en la isla, desangrando de esta forma a España y obligándola, si no a capitular por lo menos a pactar una paz ventajosa para los cubanos, les llevaron a atacar, con resultados variables, la zona matancera, una de las más ricas en cuanto a la producción de azúcar.

Una mala época, sin dudas, para los Lasa y para casi todos los cubanos, pero Catalina tenía trece años y toda una vida por delante. Y lo cierto es que a ella le gustaba La Habana y la disfrutaba.

¡A qué tanto preocuparse! Eso era cosa de los viejos.

La muerte ha entrado en la estancia

París. Avenida Foch # 88.

El sol pugna por salir y el cerrado manto de nubes bajas y grises que persiste desde ayer en la tarde, se lo impide. También se afana el astro rey por comenzar a calentar la mañana parisiense pero no lo logra. De hecho ni siquiera logra hacerse ver en el horizonte, y la claridad que anuncia el día es tan famélica que se requiere de la iluminación artificial para andar con cierta seguridad por las aceras y orientarse en las calles.

Amanecer glacial y brumoso en un París que ha despertado. Un París que se ha puesto en movimiento, no queda de otra, desde hace por lo menos una hora larga. Que hay que vivir y ganarse el pan.

Para millones de parisienses es una jornada más de labor, de dura brega, de mercado, de servicios, de taller, de industria, de transporte, de oficina, de hospital, de cuartel o de colegio. Para unos algunos bienaventurados es la hora de arrebujarse con verdadero placer entre las mantas que les cubren y continuar durmiendo la mañana. Para los que trabajan de noche, no importa quiénes ni en qué, va siendo la hora de zamparse cuanto antes un desayuno común y rutinario, meterse en la cama y dormir aprisa, que el día se va volando y la noche vuelve en un suspiro. Siempre, y sin remedio, vuelve la noche, y vuelve, y vuelve.

No es precisamente el París burbujeante y bullanguero que nos muestra magistratmente bien el músico norteamericano George Gershwin en su soberbia suite «An American in Paris», pero en algo, hay que reconcerlo, se parece.

Para los Baró-Lasa, todos ellos, de uno u otro lado de las líneas de batalla, porque esas líneas existen aunque hoy se declare, por razones de fuerza mayor un armisticio, ajenos en estas horas a cualquier cosa que pase fuera de su pequeño y muy especial mundo, concentrados todos en la desgracia de Catalina que es también su desgracia, resulta este de hoy un triste e inolvidable amanecer. En realidad un paréntesis, cortito, en una vieja pelea que se apagará solo con el tiempo y el tedio de lo que ya, de tanto llevar y traerse, no vale la pena continuar y termina por aburrir.

Se ve caer como en cámara lenta el aguanieve. Esporádica, no mucha, cabrilleando en la luz mortecina del amanecer a través de los cuatro ventanales de la gran sala del palacete de los Baró-Lasa. Los cristales y los marcos de maderas preciosas, que van del suelo al techo están cubiertos en parte por cortinajes de tela repujada *scalamandre falk manor*, fabricados a mano en la India inglesa, muy gruesos, robustos, pesados y a la moda, pero dejando, por claridad, algún espacio libre por el que comienza a vislumbrarse tenuemente el movimiento de la calle y el parque arbolado al otro lado.

Una vista habitual, repetida, que no parece interesarle a alguien en aquella casa sobre la que planea y ataca hoy la desventura. O sí. Porque la verdad es que el único que se entretiene allí viendo el paisaje, en este caso el del fondo de la mansión, mucho menos hermoso que el del frente —Roldán. Thierry, solo y un poco aburrido, mata el tiempo mientras bebe té verde caliente aromatizado y come con apetito cruasanes recién horneados de pasta de leche, miel y mermelada de grosellas, obviamente deliciosos, que va tomando —con sigilo, para no aparentar gula— de una gran bandeja metálica acabada de traer, como cada mañana, de la cercana panadería del pastelero Jean Millet y sus hijos.

Dicen los conocedores gastronómicos que la *Jean Millet et les enfants,* que seguirá existiendo y horneado *cruasanes* casi un siglo después de estas crónicas, es una de las mejores *boulangeries* de la ciudad, y hasta los más entusiastas de todo lo francés, los francófilos de corazón, defienden y discuten, ¡humm, que también lo es de todo el mundo!

¿Tendrán razón? Pues… probablemente sí.

Sentado a una mesa de madera cruda, de apariencia basta, pero de magnífica hechura, en la cocina de la enorme vivienda, Thierry bebe su té, mastica lentamente y espera con paciencia, que esa es la parte menos interesante, aunque a veces, como hoy, es remunerativa desde el punto de vista gastronómico, de su trabajo con el doctor Domínguez Rouldaaan, como le llama la lenguaraz y cizañera portera del edificio donde viven. Un trabajo que agradece de corazón y que no cambiaría por ningún otro.

Alguien, quizás el chofer del señor Baró, un tipo callado, eficiente y por lo visto buena persona con los de su condición, le ha puesto junto a los cubiertos un diario *Le Figaro*, que aún huele a tinta recién salida de las rotativas y del que él, Thierry, solo ha visto, y con desgano, los titulares, los de siempre, y las predicciones para las carreras de caballos de la tarde, pasatiempo del que sabe un poco y que le ha proporcionado en ocasiones, las ganancias suficientes para llevar a una chica al teatro y a un buen restaurante del Barrio Latino. ¡Y hasta para algo más que no debe contarse! Lo cierto es que no le hace ninguna gracia al muchacho mancharse los dedos de las manos con el pigmento negro del periódico y arriesgase a estropear el vistoso uniforme que luce con tanto garbo y placer.

Aunque atendido con distante respeto y aturdidora eficiencia por un ama de llaves que más parece la madre superiora de un convento de clausura cerrado a cal y canto, lo cierto es que nadie le hace mucho caso al chofer del doctor Roldán ni a ninguna otra cosa que no tenga que ver con lo que está ocurriendo en la alcoba de la señora Catalina. Y lo que está ocurriendo allí cerrará el ciclo de una vida, la de Cati, y cambiará de paso la vida de todos en la casa y cambiará el destino de la propia casa.

Pero seamos formales con el presente.

El final, ese final que todos han temido, y esperado, se acaba de producir hace unos minutos. La muerte ha entrado en la estancia de la señora a reclamar lo que de hecho ya le pertenecía desde hace algún tiempo, y como es natural, se escuchan en uno u otro rincón de la mansión gemidos, suspiros aislados, voces en sordina, carrerillas para cumplir órdenes perentorias del señor Baró, del mayordomo, del ama de llaves o de las amitas, las hermanas de la señora, en fín, lo de siempre en estos casos pero con la contención y parsimonia autoimpuestos de la gente de clase.

¡Sí señor, de mucha clase!

Y por eso mismo, porque las reglas de la elegancia imponen una rígida autodisciplina, aunque la procesión vaya por dentro, una paz densa, pesada, se ha ido adueñando de todos y de todo. Comienza el día y la vida, que nunca se detiene, debe volver a tomar las riendas y seguir el camino que conducirá a cada cual a su destino y del que todos guardarán imágenes, la historia que ahora termina para comenzar una nueva, como una parada recordable en la carretera, en una sola dirección que es el vivir.

Digámoslo con palabras más claras y sencillas…

Catalina Lasa del Río y Noguerido de Baró ha muerto.

Transcribimos a continuación un recuento muy breve de los eventos relacionados con el fallecimiento de Catalina Lasa del Río, ocurridos en París, en este amanecer del 30 de noviembre de 1930, y extraídos de las libretas de notas del doctor. Apuntes con fines recordatorios, tomados a vuela pluma por el profesor Francisco Domínguez Roldán, —con su enrevesada letra de médico que a él mismo le cuesta luego dios y ayuda entender—, para su asiento posterior en el archivo personal de historias clínicas.

No constituyen estas notas, de ninguna manera, un certificado formal de defunción, ya que el mismo, cuando sea emitido, deberá contener, y demostrar en lo posible, las causas directas e indirectas del fallecimiento de la occisa. No son tampoco, ni mucho menos, un intento de diagnóstico etiológico, causal, de la, o las patologías que han llevado a la enferma a la por ahora inexplicable muerte. Estas notas solo apuntan a demostrar formalmente que la paciente ha fallecido y a recordar, con fines de archivo, el aspecto y características particulares del cadáver en los primeros minutos posteriores al deceso. No excluyen, al contrario, hacen imprescindible, un certificado formal de defunción. Y mucho menos descartan una autopsia ejecutada en debida forma y por especialistas en la materia, único evento forense que nos arrojaría alguna luz sobre las causas reales de la muerte de la difunta.

Las observaciones clínicas finales, inmediatas y solo externas, del cuerpo yacente de Catalina Lasa del Río, efectuadas por el doctor Francisco Domínguez Roldán, únicamente recogen —aunque por escrito y firmadas como es debido por el el galeno, según su costumbre— los signos de la muerte.

Nada más.

Y como es de rigor se exponen a continuación:

Nota: El lenguaje del doctor es básicamente coloquial, pendiente de una elaboración posterior más apegada aun, si cabe, a la jerga científico-médica.

- Aspecto cadavérico. Es una observación claramente subjetiva, de puro sentido común, pero amparada por nuestra ya larga experiencia en la materia.
- Palidez extrema en las zonas no afectadas por las múltiples lesiones de la piel y mucosas que presenta el cuerpo. Se observan ya algunas manchas violáceas en zonas declives (livideces cadavéricas, *livor mortis*) pero aún son pequeñas y no confluyentes, aunque eventualmente se extenderán y confluirán en las próximas horas.
- Se observa cierto grado de cianosis peribucal. También se observa cianosis ligera en las falanges distales de las manos. No mencionamos las uñas porque la paciente insistió casi hasta el último aliento en mantenerlas arregladas y cubiertas de esmalte.
- Uñas de pies y manos cuarteadas, sin lustre, sin brillo y muy ásperas. Lo que se aprecia, a pesar del susodicho esmalte que las cubre, en algunas zonas donde este se ha perdido o se ha retirado exprofeso por el médico de asistencia.
- La lengua está seca (deshidratada), saburral y retraída. Encías y cielo palatino ennegrecidos. Faltan algunas piezas dentarias, lo que se aprecia ahora al haberse retirado las prótesis que cubrían esas ausencias en los últimos días.
- Pérdida de la coloración rosada normal de las palmas de las manos. Las líneas palmares son profundas y se aprecian exangues, blancas, lo que es sinónimo de la ausencia de circulación sanguínea.
- Pulso en las muñecas (pulsos periféricos) y en el cuello, ausentes a la palpación.
- Se aprecia al contacto simple y directo la frialdad de miembros, manos y pies que crece de momento en momento y se extiende progresivamente al resto del cuerpo. El termómetro de mercurio no recoge una temperatura compatible con el estado vital. Confirmamos, por tanto, por palpación y termométricamente, el algor *mortis.*
- Reflejo plantar, ausente.
- Reflejo rotuliano, ausente.
- Reflejo tricipital, ausente.

- Reflejo pupilar completamente ausente a la luz. Ambas pupilas están dilatadas al máximo (midriasis extrema). Conjuntivas ictéricas y con algunas petequias (hemorragias subconjuntivales).
- Hundimiento parcial de los globos oculares (Signo de Stenon Louis).
- Reflejo corneal, ausente.
- Inconsciencia. Ausencia total de respuesta a los repetidos llamados. Son señalamientos obvios, y hasta cierto punto subjetivos, pero lo mencionamos por pertenecer a la descripción de muerte que detallan, desde siempre, los clásicos.
- Movimientos respiratorios torácicos y abdominales, sonidos de entrada y salida de aire al pulmón y humedad del aliento en el espejo (empañamiento), todos ausentes. Se auscultaban abundantes estertores y frémito pleural hasta justo antes de la expiración, pero estos signos han desaparecido completamente.
- Latidos cardiacos auscultados, ausentes.
- Tensión arterial imposible de tomar por ausencia de pulsos en el pliegue del codo. No se aprecia la recoloración rosada de la piel del brazo después de retirar la presión del manguito del esfigmomanómetro.
- Pérdida evidente del tono muscular general.
- Relajamiento de esfínteres propio de la ausencia de un tono muscular adecuado por pérdida de la actividad nerviosa motora.
- Respuesta a los estímulos dolorosos (pinchazos, compresión y pellizcamiento), nula.
- No se observan aún signos de rigidez cadavérica (*rigor mortis*), pero es presumible que aparecerán en un tiempo prudencial. Debe señalarse que la gran pérdida de masa muscular de la occisa y el encamamiento prolongado, muy anteriores al óbito, pueden, quizás, disminuir o abortar en parte la susodicha rigidez.

Los estertores agónicos (gasps) terminaron definitivamente a las 6.09 a. m.

Declaré la muerte de la paciente a las 6.11 a. m.

Mantuve informado todo el tiempo al señor Baró, esposo de la paciente, de los intentos terapéuticos, obviamente inútiles, para retrasar el óbito, y del momento de la expiración de la misma. Él se mantuvo atento y expectante todo el tiempo pero siempre al margen de los acontecimientos.

Somos, y lo confirmamos con nuestro nombre y firma, parte tratante y testigos presenciales, al mismo tiempo, del luctuoso acontecimiento.

Dr. Prof. Titular Medicina Francisco Domínguez Roldán. LdH

Hasta aquí las pertinentes observaciones clínicas propias de un profesional médico de primera línea, pero…

Ese profesional médico también es un ser humano. Un gran ser humano. Un humanista consciente de la diferencia entre la frialdad de la exposición estrictamente científica y los valores y sentimientos. Por tanto, lo que sigue a continuación, el doctor Domínguez Roldán no lo escribirá nunca en un registro de datos de interés puramente científico.

Pero lo piensa:

Estamos ante el cuerpo de un ser humano que se ha debilitado hasta perder todo vestigio de vida, y no por el agotamiento propio y natural de la vejez, sino por la arremetida brutal y a destiempo de algún agente, alguna noxa, algún veneno interno o externo que aún no hemos podido detectar y/o precisar. Observamos un cuerpo disminuido, maltrecho, quebrantado, venido a menos, pudiera decirse que ya en estado pútrido, lleno de cicatrices recientes, llagas, pústulas, fístulas supurantes, pápulas, vesículas llenas de líquido seroso, áreas herpetiformes y hematomas que configuran un insulto a la vista del observador al desparramarse sobre casi toda la superficie de aquella piel que había sido, hasta unos pocos meses atrás, blanca y suave al tacto como los narcisos de invierno. Un cuerpo que, como nos ilustra la lectura del antiquísimo libro tibetano de los muertos, ya no escuchará sus propios aplausos, ni proyectará sombra bajo el sol, ni dejará huellas en la arena húmeda. En fin…

Un exquisito cuerpo femenino por el que más de uno, en otro tiempo y lugar, hubiera suspirado, que digo, matado y que ahora… ahora, hay que hacer un esfuerzo, un verdadero acto de valor y disciplina personal para sentir, primero que todo, el respeto de un profesional al ser humano que ha sufrido, y luego lástima, misericordia, sincera congoja y no la repulsión o el rechazo natural al que nos empujan nuestros ancestrales instintos.

¿Cómo carijo ha podido llegarse a esto?

¡Dios mío!

Desprendió con cierta estudiada lentitud las pulidas olivas del estetoscopio de sus oídos, se quitó el adminículo del cuello con un movimiento mecánico miles de veces repetido y lo puso, con calma y elegancia, a un lado de la cama, sobre el filo de las sábanas y junto a un par de toallas húmedas y ajadas, un recipiente metálico arriñonado conteniendo una sonda y unas agujas, una bandeja que dejaba ver cuatro o cinco jeringas de grueso cristal recientemente usadas, una goma de compresión, algodones con alcohol ya seco y varias ampolletas de Coramina, Cafeína, Digitoxina y Adrenalina rotas y vacías.

—¡*Touché! ¡c'est fini dans!* —dejó escapar el doctor como en un gruñido.

Cerró entonces el profesor Roldán los ojos obscenamente abiertos de la difunta pasando su mano derecha extendida, de arriba hacia abajo, sobre los hinchados párpados. Cubrió hasta el pecho el cadáver desnudo a medias con una sábana de hilo puro —que fue alguna vez blanca como la nieve, ahora arrugada y con manchas de vómito y otras secreciones corporales— e hizo un leve movimiento de cabeza, una especie de silencioso y sutil saludo de despedida a aquella mujer que ya había terminado, al fin, de sufrir.

Una mujer controvertida, amada y odiada a partes iguales, temperamental, impositiva, egoista casi siempre, pero a la que había que reconocerle valor. Mucho valor. Una mujer que en su momento se había puesto de espaldas a la sociedad a la que pertenecía por derecho, que hizo con su vida y su cuerpo, ese cuerpo de diosa de la carne, lo que le había dado su realísima gana. Que había enfrentado una enfermedad —¿sabrá Dios que enfermedad?— con un valor y una entereza poco vistas.

No, no era el consabido discursito de tópicos y lugares comunes que se hace cuando la gente ya no respira, no, es el reconocimiento a una persona que pudo haberse equivocado muchas ocasiones, que hizo mal a sabiendas, que ganó unas veces y perdió otras, pero que nunca se rindió ante ese mundo que supo ponerse por montera.

¡Que descanse en paz!

Se levantó con cierta dificultad, ¡el cansancio y los años, carijo, que se van dejando sentir, sobre todo en nochecitas como esta!, de la banqueta baja en la que estaba sentado, junto al lecho y se volvió con la calma, el aplomo, del profesional experimentado hacia Juan Pedro Baró, que observaba de pie, pálido como la muerte y silencioso como una vieja tumba en un cementerio de provincias.

—¡Todo ha terminado, Baró. Lo siento, lo siento mucho! —No le gustaban los pésames y mucho menos las inútiles palabras de consuelo, es más, siempre todas esas peroratas le habían parecido hipócritas, hasta ridículas, por eso, cuanto antes se terminara con ese formalismo tonto, mucho mejor para él y para el marido de la muerta.

Se hizo un silencio pesado, ambiguo, que duró quizás quince o veinte segundos, pero que al doctor le parecieron horas. Por unos instantes el doctor tuvo la sensación de que Juan Pedro Baró, o la estatua de Juan Pedro Baró, parada a sus espaldas hasta ese momento y ahora, mirándolo de frente y sin pestañear, había perdido el habla.

Pero no.

—No, no todo, doctor Domínguez, no todo ha terminado.

La frialdad de la respuesta de Baró sorprendió al profesor.

—¿Cómo dice?

—Le explicaré.

—Le escucho.

Juan Pedro Baró, aplomado, tan seguro de sí mismo como siempre, se tomó su tiempo para continuar. —Sé lo cansado que debe sentirse, profesor Roldán, pero es muy importante, es necesario que conversemos ahora sobre algo referente a la pobre Catalina, a la familia y a mí mismo. —Hizo una pausa, quizás para matizar un poco sus palabras—: Si no fuera absolutamente necesario, profesor Roldán, no abusaría de su persona solicitándole una breve conversación privada después de todo lo que usted ha hecho por Catalina, que en paz descanse, y por todos nosotros.

El doctor, que esperaba los lamentos de dolor usuales en aquella situación, y no una invitación a conversar tan pronta, tan puntual y tan carente de emoción, respiró profundo, se sobrepuso a la perplejidad y contestó lo único razonable que podía decir.

—Pues… sí, claro que sí. Estoy a su disposición, Baró.

—Lo agradezco, y le ruego, doctor, permita, mejor dicho, permitamos usted y yo a las hijas y hermanas de Catalina acercarse a la pobre difunta… —puso una mano gélida pero firme en el hombro del doctor.

—Por supuesto…

—Acompáñeme usted, entonces, profesor Roldán, a la biblioteca a tomar un café con unas gotas de coñac o alguna otra bebida. Creo que lo merecemos, ¿no?

—Sí…, sí, no nos vendría mal.

—Pues venga conmigo, doctor.

—Lo sigo.

—Andando.

El doctor Domínguez Roldán, consciente de que no ha terminado aún sus labores, desea comenzar a llenar el certificado de defunción provisional de la difunta cuanto antes. Y desea también solicitar a Juan Pedro Baró le permita contactar de inmediato a un patólogo forense amigo e indicar la autopsia de la fallecida. Eso sobre todo, pero lo cierto es que no le vendría nada mal un buen café con coñac ahora mismo. Y sí, piensa que realmente lo merece, o lo merecen ambos, teniendo en cuenta el estoicismo, eso le parece a Panchón aquel rigor, aquella tiesura de poste telegráfico que el hombre, el imperturbable marido de Catalina Lasa, ha mantenido toda la santa noche.

—Lo acompaño con gusto, caballero, pero me gustaría antes asearme las manos. —Y orinar, que no lo dice, pero su próstata ya no es, ni mucho menos, la de un muchacho.

—Por supuesto, doctor, no faltaba más.

—Le agradezco. Y ambos salen de la habitación a la que ya están ingresando, se cruzan en la puerta, en silencio, compungidos, pero serenos, se diría que resignados, los miembros de la familia que se encuentran en la casa.

—Sígame, doctor.

A Catalina Lasa del Río de Baró, la hermosa Cati, aunque aún le queda por delante a su cuerpo, y sobre todo a su nombre, un largo recorrido de mito y morbo, se le empieza a desdibujar su aura, cuidada con tanto celo, de hembra fuerte y desarmante belleza terrenal para convertirse en la mujer de los amores no aceptados por la sociedad, de los hijos abandonados y no vistos en años, de las escapadas rocambolescas, de las supuestas persecuciones policiacas por diversos países y continentes, de las citas a oscuras y escondidas, de las mansiones de cuentos de hadas, de las rosas únicas hipotéticamente creadas para ella, de las joyas faraónicas llevadas hasta en el catafalco, de los gigantescos sobornos a funcionarios, presidentes y papas, de las tumbas inverosímiles, de los maleficios y apariciones, en fin, la mujer de las conjeturas y misterios nunca aclarados y con toda probabilidad exagerados hasta el delirio.

Mito comienza a ser Catalina Lasa desde ya y mito será por los siglos de los siglos. De ese mito, prueba al canto, es esta misma crónica que usted está leyendo ahora. Pero ningún contemporáneo suyo, nadie cercano lo sabe aún, que lo mítico requiere del tiempo para asentarse y consolidarse. Primero, todo lo que ocurre es presente inadvertido, luego, será pasado, después, y solo después, se hará, con mucha suerte, mito. Todo mito que se precie, todo mito establecido, todo mito que quede en la conciencia colectiva vendrá siempre del ayer, cada vez más nebuloso y distante. Pero como pieza que nadie pone en duda, será invencible.

El pasado, esa cosa amorfa y moldeable, algo que cada cual cuenta a su manera, puede ser cambiado, modificado, atraído hacia uno o empujado y alejado de sí, mas, al final es, y siempre será, inderrotable. Que como decía Wilde, «...todo santo tiene un pasado y todo pecador tiene un futuro». Santa verdad.

Y entonces, antes que mito, comienza Catalina Lasa desde ese lúgubre amanecer parisién, quién lo diría, a convertirse en pasado. Morboso, idealizado, fantasmal, aunque algo cada vez más lejano, añejo, eso es...

Sí, al fin y al cabo... pasado.

Y luego, solo luego, mito.

Tampa. 1896

¿Hubo alegría? Pues… sí. Hasta cierto punto sí.

La alegría por el final de la Guerra de los Diez Años en Cuba y la tan cacareada paz, si es que en algún momento la hubo, duró poco. Y añádasele a eso que el objetivo de la parte beligerante, o por lo menos simpatizante de la población criolla, independizarse de España, no se logró a pesar de los grandes esfuerzos y sacrificios que costó la contienda. Al finalizar en el año 1878 esa guerra grande —un choque armado entre cubanos y españoles que asoló buena parte del territorio de la Isla, sobre todo el Camagüey y el Oriente, las provincias de mayor tamaño y más atrasadas económicamente, y costó la vida, sobre todo por hambre y enfermedades, de casi un tercio de la población de Cuba—, muchos criollos sufrieron la frustración de la derrota y se replegaron, amargados y humillados, en sí mismos.

Concluyeron, era la lógica de la derrota, que la independencia de la incipiente nación cubana estaba demasiado lejos, si es que habría de llegar algún día, y se apartaron a un lado, dedicándose a sus asuntos privados y a sobrevivir en un medio que se les hacía cada vez más hostil. Una desilusión comprensible por el chasco de haber fracasado con las armas después de tantos sacrificios y muertes, agudizado ahora por la hiriente euforia y soberbia de los vencedores.

Cuba sería española, se afirmaba, o no sería, o peor, sería «negra», como Haití, argumento con el que se intentaba aterrorizar a la población criolla sabedora de que la población afrodescendiente era casi tan grande, o quizás incluso mayor, que la blanca, parecía ser el corolario de aquella guerra fratricida. La maldición de la esclavitud, de la que tanto hablaban los abolicionistas: Que el negro es esclavo del blanco, pero sin darse cuenta el blanco se va convirtiendo poco a poco en esclavo del negro —¿o no es acaso el terror permanente a una rebelión negra, como ocurrió en Haití en 1791, una forma de esclavitud moral e incluso física, que quién no sabe que el miedo se siente en todo el cuerpo?— Y encima el racismo, abierto, franco, duro, o el peor, larvado, vergonzante, cínico, como forma de exorcismo.

Pero volvamos a los perdedores.

Incluso algunos, sobre todo los jóvenes que deseaban estudiar carreras universitarias en centros internacionales de alto nivel —que podían (ellos o sus familias) pagar el costo de sus estudios—, así como médicos, abogados, periodistas y escritores de renombre, profesionales de diversas ramas, maestros, boticarios, obreros urbanos, artesanos —entre ellos una buena parte de los expertos operarios dedicados al ramo fabril del tabaco, considerado ese producto cubano el mejor del mundo— y gente de todas clases y perfiles, emigraron y se fueron a vivir y a luchar por salir adelante, a otras tierras y países. Dando forma así a la casi siempre presente, con sus altas y sus bajas, diáspora cubana.

Otros criollos, quizás los menos, una vez finalizada la guerra grande, comenzaron a prepararse de inmediato para la previsible, y muy temida, revancha. Un desquite que llegaría en alrededor de dieciseis meses con la frustrada, por prematura y mal preparada, guerra Chiquita y unos pocos años más tarde con la guerra de Independencia de 1895. Otros reenfocaron sus energías en formas formas de lucha diferentes, como el autonomismo, el reformismo y el anexionismo, todas con una larga prosapia, y numerosos adeptos, en las ideologías políticas cubanas. Y por último los hubo, sobre todo entre los más pudientes, que aunque con algún descontento interior, en el fondo se consideraban, y eran, orgullosos criollos nacidos en Cuba, que sintieron el alivio de la paz y la progresiva vuelta del trabajo, principalmente el agrícola, la producción de azúcar y sus derivados, el renacer de los cultivos de café y tabaco, los negocios comerciales y la posiblidad real de la anhelada recuperación económica. Y claro, ni cortos ni perezosos, se pusieron a la tarea de hacer dinero nuevamente y levantar fortunas, que detrás de la tormenta, por lo menos esta vez, y por algún tiempo, vino la calma.

Pero esa calma, cargada de malos presagios, fue más ilusoria que otra cosa.

La realidad es que la guerra fue un atroz conflicto armado que, lejos de saldarse con una victoria contundente por parte de la bandería española, lo que hizo al terminar con una inestable paz pactada, fue cerrar la desolladura en falso y dejar heridas latentes que pronto, antes quizás de lo esperado, volverían a abrirse. Ni España había ganado del todo ni los cubanos independentistas habían perdido del todo. La guerra concluyó oficialmente en un acuerdo, la denominada Paz del Zanjón, que no fue otra cosa que una especie de armisticio, un alto al fuego más o menos aparente entre las partes que no dejó verdaderamente felices, ni convencidos, a casi nadie. Ni de un bando ni del otro.

Todo, al principio de la vuelta a la «paz», pareció mejorar económica y socialmente para un cierto número de familias poderosas desde el punto de vista financiero, sobre todo habaneras, tanto criollas, en su mayoría derrotadas en sus deseos de independencia (o de anexión a Estados Unidos), como integristas, las que favorecían la continuación del dominio de la metrópoli española sobre la isla de Cuba, algo que habían conseguido estos últimos, como se demostraría más adelante, solo de forma provisional, estirando y estirando el arribo de lo inevitable.

Este pasajero apogeo se produjo sobre todo en las regiones occidentales de la isla: de Pinar del Río, al extremo oeste, hasta la región de Las Villas, al centro, desde siempre las provincias más prósperas del país y también las relativamente menos afectadas por los inmensos estragos de la recién finalizada guerra. Y la familia Lasa del Río, junto con otras en su misma situación, se recuperó en parte, y por un tiempo, del severo perjuicio material sufrido. Pero lo cierto es que nunca más pudieron regresar al bienestar y holgura financiera que disfrutaban antes del comienzo de la contienda fratricida.

Con el tiempo, el ambiente social, político y económico de la colonia se fue enrareciendo nuevamente y las cosas fueron a peor para muchos cubanos, sobre todo para los de menos recursos, en especial los campesinos, pero esta vez no se salvaron tampoco ni los más pudientes, entre ellos los Lasa del Río.

Tras un período de relativa paz de unos dieciseis años de duración, se reinició con bastante fuerza la lucha armada el 24 de febrero de 1895. Esa contienda bélica, la tercera en tres decenios —un nuevo brote revolucionario que para algunos historiadores forma parte de una única guerra de treinta años de duración matizada con algunos períodos de paz intermitente o reflujo bélico—, se cerraría con una intervención norteamericana de unos pocos meses de campaña militar, fundamentalmente naval, con un aparatoso desembarco en la costa sur de la provincia de Oriente, que casi no alcanza el éxito o hubiera sido costosísimo, sin la colaboración de las tropas del general cubano Calixto García. Lo que daría lugar a cuatro años de gobierno castrense transicional dirigido por gobernadores militares norteamericanos.

Y entonces, después de muchas dudas, discusiones y transacciones, se decretó, al fin, la independencia de la isla de Cuba. Pero fue solo una independencia incompleta, tutelada, supeditada por un apéndice constitucional impuesto (la denominada Enmienda Platt) a las decisiones del gobierno norteamericano de turno: «O se aceptaba el *dictum* imperial que limitaba la soberanía o no había independencia». Así de simple.

Catalina Lasa vivió en Cuba, en La Habana, todos los años transcurridos entre 1878 y 1895, pero no puede decirse de manera cabal que los haya sufrido demasiado ni que su vida estuviera cargada de sacrificios y mucho menos de penurias. Su mundo, de los trece a los veinte años de edad siguió siendo esencialmente el mismo de siempre: vida mansa, feliz y hogareña; desayunos, meriendas y comidas en familia; veladas de canto y piano en las noches; algunas invitaciones a fiestas, bodas y cumpleaños y paseos domingueros a la iglesia y a comprar sorbetes y otras chucherías.

Estaban los fines de semana y las vacaciones de verano, cuando se desplazaban a los pueblos y campos cercanos a la ciudad de La Habana, en excursiones que Cati y al parecer todos en la familia adoraban. Así como los placenteros viajes a Matanzas, al centro de la ciudad, donde mantenían la vieja mansión —a Cati le encantaban esas travesías— en la que habían venido al mundo Catalina y casi todos sus hermanos. Para trasladarse hasta allá, utilizaban alguna que otra vez incómodos coches tirados por caballos. Llegaban molidos y polvorientos, y aunque los jóvenes no parecían sentirlo, para los adultos era otra cosa y preferían el cómodo ferrocarril de Güines y sus extensiones.

También viajaban a poblaciones y sitios menos distantes de La Habana, como el animado y pacífico pueblo de Marianao —cuyo trayecto de nada menos que doce emocionantes kilómetros, se hacía en un hermoso y moderno tren inaugurado en 1863—; a los cristalinos arroyos de Puentes Grandes que con el tiempo, la mano del hombre y la correspondiente avaricia por construir y construir para ganar sin cuidar el entorno, irían perdiendo su belleza y la fuerza de sus corrientes de agua. Visitaban también a otras localidades más distantes: Managua, con sus dos lomas gemelas de más de doscientos metros de alto, antiguas guías de navegantes, que les sacaban los colores de la cara a las niñas, y a las señoras, cuando las mencionaban por su nombre popular, que no se le conoce otro: «las Tetas de Managua»; Santiago de las Vegas y Alquízar, recorrido en el que solía incluirse las fuentes del río Almendares, lugar idóneo para llevar a cabo magníficos almuerzos campestres; el bucólico Santa María del Rosario, a donde iban los domingos para escuchar la misa en su hermosa y antigua iglesia, a la que denominara el siempre recordado Obispo Espada «la Catedral de los campos de Cuba», con el añadido de poder contemplar las pinturas —pechinas les llaman los entendidos— de José Nicolás de Escalera, el primer pintor cubano reconocido como tal y de paso beber allí las aguas, dulces, buenas y saludables aguas —¡que lo digan los enfermos!— de los manantiales del Cotorro.

Guanabacoa, del otro lado de la bahía, un pueblo de magníficas escuelas (en los Escolapios de Guanabacoa estudió Panchón Domínguez Roldán el bachillerato, algo que no tenía por qué saber Catalina), buenos músicos y sonados rituales de santería era uno de los puntos favoritos de los excursionistas. Otro lo era el floreciente Bejucal, también sobre la línea del ferrocarril al que llamaban de «los chinos», porque fueron estos los que lo construyeron para la familia Pedroso, una de las más ricas de Cuba y que tuvo la idea, cuarenta o cincuenta años atrás, de traer peones del país asiático en vez de esclavos africanos. Una idea que les fue muy productiva y que daría lugar, con el tiempo, a una comunidad china muy arraigada en Cuba, con un vecindario propio en La Habana, El Barrio Chino en las cercanías de la Zanja Real. De todas estas excursiones, la más distante, la más aventurera y la más apetecible era la que hacían a la finca, propiedad de los Lasa, aledaña al puerto de Cabañas, sitio paradisíaco que Catalina amaba de una manera especial.

Para completar, después de Cati cumplir los quince años, las idas al teatro: el Albisu, el Irijoa y el Payret que eran los preferidos de la familia, sobre todo de los más jóvenes. Y claro, costura, clases de buenas maneras y de idiomas, cuidados personales y pruebas de vestidos nuevos y mucha charla y juegos entre amigos. La habitual vida de una joven blanca y de buena posición económica de aquella época.

¿Pretendientes?

Unos cuantos, pero ella parecía no hacerles caso y sus padres no estaban todavía apurados por casarla, que era muy joven. ¿Novios no oficiales, noviecitos, enamorados, amigos con ciertas licencias dadas por ella misma? No hay constancia de que existieran, pero es perfectamente posible, es más, conociéndola, o creyendo conocerla, que de esta época de su vida se sabe bastante poco, es de dudar que no los tuviera. Eso sí, sin concederles demasiada importancia, que el gran amor de Catalina por aquel entonces era... la propia Catalina. Y quizás todo hubiera seguido más o menos así, con algún noviazgo formal y un matrimonio para toda la vida en el futuro cercano, de no ser por el abrupto reinicio de la revolución independentista el 24 de febrero de 1895 y el vendaval de consecuencias negativas, y algunas positivas, ¿por qué no?, que este acontecimiento capital trajo consigo.

El fin del universo conocido.

Que así fue como se derrumbó el techo del mundo sobre las cabezas de los Lasa-del Río y estalló la burbuja rosa de Catalina. Dentro de una situación muy confusa y políticamente inestable en la isla y una situación social que se hacía cada vez más caótica y peligrosa debido al avivamiento de los viejos rencores entre independentistas e integristas, dos acontecimientos inesperados vinieron a poner fin, esta vez de una manera radical, a esa tranquilidad aparente, cargada de rumores y malos presagios en que la familia Lasa desenvolvía su día a día en La Habana.

El primero de esos acontecimientos fue la socialmente incómoda decisión de Juan Antonio Lasa, Chema para sus allegados, hermano mayor de Catalina, muchacho impetuoso y de sentimientos libertarios desde muy niño, de enrolarse como combatiente en la expedición a la isla del viejo general cubano Calixto García Íñiguez. Hablamos de un importante desembarco militar que arribó a Cuba por la playa de Maraví, jurisdicción de Baracoa, en el extremo oriente de la isla, el 24 de marzo de 1896, a trece meses justos del reinicio de las hostilidades. ¡Un mambí hecho y derecho en la nutrida tribu de los Lasa del Río! Pues sí, sí señor, y de los de verdad, con todos los compromisos y riesgos que un acto de valor como ese conllevaba, no solo para él, sino también para toda la familia. Y conllevaba muchos, porque el integrismo español, sabiéndose débil, se hacía cada vez más rencoroso y violento.

Juan Antonio Lasa, después de vivir aventuras, peligros y avatares de todo tipo en el campo insurgente, sobreviviría los riesgos y penurias que corrían los alzados en armas y terminaría la guerra de independencia con los grados de coronel a las órdenes del general mambí Mario García Menocal y Deop, uno de los guerreros independentistas más influyentes y respetados entre las filas revolucionarias. Mario García Menocal, ingeniero de profesión, graduado en los Estados Unidos, y hombre de ciertos recursos económicos, se reconvertiría luego en político al frente del Partido Conservador —nada extraño, por cierto, había en dedicarse a la política activa entre los oficiales mambises de alta graduación que sobrevivieron a las hostilidades—, y alcanzaría posteriormente la presidencia de la república entre 1913 y 1921. La estrecha amistad y camaradería, forjada en los campos de batalla, primero, y las posteriores contiendas políticas, que lucharon y recorrieron juntos Juan Antonio Lasa y el general García Menocal —apodado peyorativamente El Mayoral, por ser propietario de un gran central azucarero, el Chaparra, en la provincia de Oriente—, jugará un papel, como veremos después, de alguna importancia en la vida futura de su hermana Catalina.

Así como la incorporación de Juan Antonio al ejército insurrecto trajo a la familia graves y fundados temores por su vida y un muy mal ambiente entre la sociedad proespañola de la capital, el segundo acontecimiento al que nos referíamos fue muy doloroso, en lo económico y en lo sentimental, para los Lasa.

Cuando el general Maceo entró como una tromba en la provincia de Pinar del Río, una de sus primeras medidas militares fue ordenar la destrucción hasta sus cimientos de las fuentes de pertrechos de boca del ejército español, y ahí cayeron envueltos en llamas, el trapiche y la finca de La Tinaja, una hermosa posesión de los Lasa del Río —con casa de vivienda—, ubicada cerca del pueblo y la bahía de Cabañas. La Tinaja, herencia de los antepasados de la familia, fue construida en una tierra muy feraz y pintoresca situada en la costa norte de la provincia de Pinar del Río, bastante al oeste de La Habana. Es muy probable que con este desastre se agotara sin vuelta atrás, una importante fuente de ganancias económicas para los Lasa y y se perdiera un sitio al que ellos acudían con frecuencia a disfrutar sus ocios y solazarse. Desaparecía el pasado sentimental de los Lasa-del Río.

Y Catalina perdía uno de sus tesoros de momentos de felicidad y los recuerdos más queridos. Lo superaría, claro que sí, pero nunca dejaría de mencionar los días de gozo que pasó en aquel lugar paradisiaco Fueron golpes —¿quién lo duda?— difíciles de asimilar debidamente por los Lasa. Catalina, siempre tan optimista y despreocupada, comprendió, o suponemos que comprendió, quizás por primera vez en su vida, que el mundo real podía ser mucho más duro y peligroso de lo que ella había sospechado hasta ese momento.

Estos dos hechos, unidos a la situación general del país, las dificultades económicas cada vez más apremiantes y la preocupación por la vida y el futuro de los otros dos hijos varones, hermanos de un oficial mambí, algo potencialmente peligrosísimo en esos tiempos, llevaron a los Lasa a tomar una decisión muy penosa para ellos. La de dejar en manos amigas sus ya menguantes posesiones en la isla y viajar fuera de Cuba. Escogieron para emigrar, y tras mucho pensarlo, la ciudad de Tampa y hacia ella marcharon en calidad de exiliados políticos, emigrados, como se decía entonces. Allí, en la por entonces pujante ciudad floridana, en el enclave harto cubano de Ybor City, esperarían con ansiedad los Lasa el desenlace, que anhelaban definitivo, de las operaciones militares en la manigua cubana y la cada vez más comentada, y deseada por muchos, posibilidad de una intervención norteamericana en la contienda.

Que se supone que a la tercera va la vencida... ¿O no?

Este cambio radical para la existencia muelle, y hasta cierto punto provinciana de Catalina, comenzaría a abrirle los ojos de una manera brutal a nuevas y diferentes experiencias. Que la vida, basta vivirla para saberlo, se transforma en un instante. Ya no era una niña de buena posición económica, disfrutando de la tranquilidad y el sosiego en su hogar de siempre .Ahora era una mujer de veintiún años, casadera y emigrada a la que se le abría la puerta, con repentina brusquedad, a nuevas experiencias y a nuevos mundos.

Y esos nuevos mundos comenzaban para ella por la ciudad de Tampa.

Cualquier otra persona menos fuerte de espíritu se hubiera amilanado ante un reto existencial de tamaña magnitud. Pero Catalina

Lasa del Río, genio y figura hasta la sepultura, no estaba hecha de ese material. Así como brilló por bella, por inteligente y por coqueta en la vida social de la ciudad de La Habana, así volvió a brillar en los días nostálgicos, pero también luminosos y esperanzadores, por lo menos para ella y sus amigos, que vivió en la ciudad de Tampa. Todo era nuevo para Catalina, pero ella sabría familiarizarse con todo aquello a una velocidad vertiginosa y al mismo tiempo convertir lo nuevo en lo que le era familiar.

Trajo Catalina su mundo a Tampa y convirtió Tampa en su mundo. San Pablo decía que «creer es crear», y Catalina, que no leía a San Pablo y mucho menos conocía sus aforismos, creía en ella y creó su propio mundo en derredor.

En Ybor City, el barrio industrial, comercial y de viviendas fundado por el valenciano Vicente Martínez Ybor, que murió el mismo año en que arribaron como emigrados los Lasa-del Río a la ciudad, Catalina se convirtió, en menos de dos meses, en el centro de atracción de la sociedad de habla hispana —la porción cubana en Tampa era mayoritaria pero no única pues había muchos españoles asentados allí desde bastante tiempo atrás— social y pecuniariamente activa. A veces, daba la impresión que Catalina se había traído con ella la elegante e intensa vida social de La Habana de los buenos tiempos. Y con más libertad, porque ahora Cati podía expresar abiertamente los sentimientos de apoyo a la independencia de su país de nacimiento —que su hermano mayor defendía en la manigua cubana con las armas en la mano—, y también —que el cambio de ambientes promueve la confusión de los sentidos— podía manifestarse ella misma, como mujer plena y con absoluta conciencia de sus capacidades de seducción.

A pesar de que Catalina no coincidiera en la ciudad de Tampa con José Martí (este había muerto, de extraña e inútil manera, en los campos de batalla de Cuba un año antes), la presencia del gran poeta, sugestivo y metafórico orador y regular político cubano —¿fue acaso realmente útil para Cuba la guerra de Independencia?— flotaba en ese pueblo floridano que había visitado en múltiples ocasiones, entre los años 1891 y 1894. Un pueblo donde con sus discursos había colaborado, como pocos, a sembrar los pilares, más míticos que reales, del futuro y del tantas veces deformado y abusado nacionalismo cubano: una gloria eterna que vendría de un pasado ideal, un deseo innato e inventado, el tiempo lo demostraría, de democracia, la sana rebeldía contra el tirano de siempre, en este caso España, y una conformación identitaria compleja cimentada por una confraternidad más deseada que real. Los mitos del cubano.

Ese idealismo bastante utópico de Martí lo eclipsaría relativamente durante la ocupación norteamericana y los primeros años de la recién nacida república, para luego resurgir con ímpetu de la mano de todos los políticos cubanos, sin excepción, con independencia de sus ideologías o intereses partidarios, convirtiéndolo así en una especie de santo benefactor de todas las banderías. Pero esa es otra historia.

Y Catalina, aunque sus aportes personales a la causa independentista se limitaban a la colaboración económica, y tampoco eso significa que aportara mucho, quizás alguna breve y risueña visita de cortesía al club Ignacio Agramonte, donde José Martí había pronunciado su ya famoso discurso conocido por la icónica frase «Con todos y para el bien de todos» y la presencia en alguno que otro acto de reafirmación patriótica y recogida de fondos en el antiguo caserón de la Liga Patriótica Cubana, el sitio donde el patriota de verbo inflamado y poco convencional, para algunos casi ininteligible, pronunciara su también célebre arenga «Los pinos nuevos», no fue ajena ella, en el entusiasmo por sus ideas y la pena por su desaparición física, a esa presencia.

Cati era Cati, genio y figura, como ya señalamos antes, y el patriotismo se mezclaba con la diversión y la intensa vida social. Comidas y ágapes familiares; banquetes para conmemorar fechas patrias que se iban acumulando con el paso del tiempo y el sufrimiento creciente de los criollos; saraos juveniles; recitales de poemas aderezados con el piano, el violín o algún otro instrumento musical; celebración de festividades religiosas o eventos para recaudar fondos para la causa de Cuba y de paso socializar; discusiones e inflamados debates sobre el futuro de la patria en los que ella participaba de forma más bien simbólica y muy de vez en vez; ferias, colectas caritativas o patrióticas; paseos en barca por la hermosa bahía tampeña, la antigua bahía española del Espíritu Santo; y recorridos por las playas, cercanas a Tampa, bañadas por el Golfo de México; notas periodísticas laudatorias; concursos de belleza en los que ella arrasaba, y, entrando en arenas movedizas, muy probables y no probados devaneos ocultos y pronto olvidados.

¿Y qué más?

Pues, ocupar el tiempo muerto, mantenerse activa y envolver de paso a los que tuviera cerca, resolver rompecabezas a cuatro o más manos, o jugar parchís, o dominó con moneditas, damas, damas chinas, las barajas españolas, que lo mismo te leía la suerte en broma que era una maestra jugando brisca, mus, tute y zanga, o el beano, que más tarde se conocería en el mundo entero por bingo, con frijoles, uno de sus preferidos, o el novísimo rummy gin, las cartas francesas e inglesas, el chinchón, el whist, el póquer, que no le gustaba tanto porque había que pensar mucho y todo, sí señor, todo lo que se jugara en parejas o grupos, que los aburridos solitarios que jugaban su madre y sus tías carnales y políticas no se avenían con el fuerte temperamento de Catalina.

Y lo de aburrido funcionaba también para el juego de ajedrez, que ella no estaba para gastar horas y horas, como hacían su padre y uno de sus hermanos, en meditar los movimientos de un caballito, una torre de mentirijillas o una pieza picuda a la que llamaban alfil, todo para rendir, acostándolo en el tablero, a un pobre rey. Pero eso sí, mucho después, en París, para preciarse de recibir en su casa, y agasajar como era debido, a un caballero de absorbente conversación, porte gentil y gran cultura llamado José Raúl Capablanca, que algo sabía del juego de los escaques porque todos, y hablamos del mundo entero, lo consideraban un gran maestro y un campeón de ese juego tan complicado.

En fin, Cati se convirtió de un día para el otro en un imán para los jóvenes solteros de la creciente comunidad cubana de la ciudad, muchos de los cuales se preparaban —algunos lograrían enrolarse en una u otra de las varias expediciones que partieron de Tampa u otros lugares de La Florida hacia territorio cubano e incluso unos cuantos de ellos morirían en el empeño— para regresar a la isla y unirse a las fuerzas insurgentes que peleaban en los campos contra el cada vez más hipertrofiado ejército español. Una marea de carne de cañón era ese ejército, empujada a una guerra injusta por un gobierno soberbio y obtuso, desplegada en todo el territorio. Un ejército como no se vio jamás, ochenta años antes cuando las guerras de independencia, en realidad guerras civiles de toda Sudamérica.

Una fuerza militar de ocupación enorme para la época, la de este ejército español perfectamente armado, avituallado y presto —no entraremos en el tema de las deserciones o de las lesiones y enfermedades ficticias—, para el combate, pero muy pronto diezmado, más que por las muy inferiores armas insurrectas, por el calor infernal del Caribe, la corrupción de los mandos medios y algunos superiores, las ratas, las moscas, los mosquitos, el agua contaminada y las temibles epidemias: fiebre amarilla, paludismo, cólera, gripes malignas, disentería amebiana, fiebre tifoidea y algunas otras, todas difíciles de tratar y aun peor de controlar en un período, donde la epidemiología estaba en pañales. Un ejército enviado por la metrópoli al interminable matadero cubano, un verdadero pozo sin fondo, siguiendo al pie de la letra aquella consigna absurda y cruel del presidente del consejo de ministros de la corona española, el señor Cánovas del Castillo, de «combatiremos por Cuba hasta el último hombre y la última peseta».

Y así fue.

Catalina, aunque preocupada por el destino de su país, Cuba, y sobre todo por su hermano Juan Antonio, Chema, que combatía allá en los ensangrentados campos de la isla, se encontraba a siglos de distancia de todas aquellas penurias y tragedias. Estaba al tanto, es cierto, de las pocas noticias que se filtraban desde los frentesde batalla, pero no estaba acostumbrada, ni deseaba, poner a un lado sus actividades sociales y no lo hizo. Era, y su madre y sus hermanas y hermanos se lo llamaban a cada rato, «una contenta», una de esas personas que siempre, o casi siempre, ven las cosas por el lado bueno. O por el más cómodo.

Mientras María Luisa del Río, la madre de Catalina y de Juan Antonio lloraba a escondidas como una Magdalena y rezaba rosario tras rosario para que las balas o las pestes respetaran a su hijo convertido en todo un oficial mambí, y José Miguel Lasa, el padre de ambos, se encerraba en su despacho horas y horas sin hablar con nadie, sufriendo como un Sísifo por las mismas razones, Catalina se reía, por lo menos de dientes para afuera, y aseguraba, con el aplomo de una pitonisa, que a su hermano, el tontorrón de su hermano... —¡Tan guapo, tan guapo y tan bueno conmigo y pasar todos esos trabajos! ¡Como si no hubiera hombres de sobra en esos campos de Dios! No solo terminaría la guerra y sobreviviría, sino que tampoco le pasaría nada.

Y todo sucedió tal y como ella lo predijo, que Juan Antonio, vivo, coleando y sin heridas continuaría siendo un caballero de muy buen ver por muchos años, militar de alta graduación en la república y hasta se metería en política con bastante éxito. —¡Tontillos, tontillos!, ¿no les dije acaso que no sufrieran tanto? —repetía Catalina, muerta de la risa, cuando se supo la noticia del fin de las hostilidades.

Con razón en este caso, y en muchos otros, la verdad es que algunos de su entorno cercano no dejaban de pensar, aunque no lo dijeran, que Catalina tenía un algo de ligera, de no demasiado seria, incluso de irresponsable, pero… pero ¡qué se podía hacer con eso, que ella era así y a la muy pilla esa forma de ser tan imprudente la hacía todavía más simpática y más deseada!

¿Y el amor?

Pues claro que sí. En Tampa Cati descubrió el amor, por lo menos el amor reconocido oficialmente por ella y por todos, que flirtear con delicadeza ya era un arte, y un oculto placer, para Catalina desde su precoz pubertad habanera.

El elegante y extraordinariamente rico joven cubano Pedro Nolasco Abreu revolucionario e hijo de revolucionarios, e independentista furibundo él mismo, que iba retrasando en la emigración floridana —hasta que con suerte se presentaran desenlaces futuros menos violentos para su país— el peligroso sacrificio de los mosquitos, el paludismo, las cargas al machete y las balas de pólvora y metralla de los cañones españoles, se sentía atraído por Catalina Lasa. Cuando se acercó por primera vez a ella, quedaron pocas dudas de que ese encuentro, aplaudido por todos, menos por la madre del joven, que de eso hablaremos luego, terminaría en boda.

¡Y qué boda!

El certificado de defunción

Naciente aún es el alba.

Pero ya es de día. Un día triste, es cierto, sombrío. El sol, que daría vida a las cosas, y a la gente, no se ve, no puede verse por el impenetrable colchón de nubes bajas que encapotan el cielo de la ciudad y sus periferias desde hace casi veinte horas. Sin embargo se presiente, se sabe que el sol está, como la mitad de una pelota anaranjada, en algún lugar al este del horizonte.

De todas maneras, ha amanecido.

Ha amanecido y comienza una mañana cargada de amargas certezas de lo irremediable —que esos finales definitivos y sin apelación de lo que se ha amado o se ha apreciado mucho suelen ser así, acres, intimidadores—. Mañana que pesa como una losa de granito en el ánimo de la mayoría de los presentes. Es que nadie ha dormido debidamente en aquella casa, basta ver los rostros demacrados y los ojos chuscos de los moradores para probarlo, y en el que el sueño reparador, sin pesadillas, sin angustias, tardará —¡quién sabe cuánto!— en llegar.

Aunque llegará, por supuesto que el sueño reparador, descansado y limpio de horrores llegará, que todas las tribulaciones y pesadumbres de los seres humanos, más tarde o más temprano, pasan y terminan por desvanecerse como el humo denso en el aire ligero. Se disuelven, hasta se olvidan, sí, casi todas, salvo algunas, unas pocas de esas tragedias que están tocadas por un algo indefinido, sutil, que las hace diferentes. Quizás sea ese el caso de Catalina Lasa, que termina, con el tiempo, convirtiéndose en esas formas de verdad sin fisuras, sin discusión posible a las que los hombres llaman, desde mucho antes del comienzo de la escritura, mitos y leyendas.

Puede ser, sí, puede que con el tiempo, Catalina Lasa termine por convertirse en un mito del amor apasionado y dispuesto a todos los sacrificios, como la Julieta de Romeo, la Malinche de Cortés o la Anna Karenina del egoísta conde Vronski. Puede ser, sí, que llegue al extremo de abandonar a sus hijos por el amor, y el sexo apasionado, de un hombre, ¡y hasta que se le perdone, y se alabe, semejante conducta! pero... Pero basta por ahora de cavilaciones hacia el futuro, el abandono de los hijos y todo lo demás que es pasado, que la realidad presente existe y termina por imponerse. Y tanto el caballero Juan Pedro Baró, como el profesor Domínguez Roldán no están esta mañana para novelas y cuentos de hadas.

Se encierran los dos hombres en la impresionante y barroca biblioteca completamente forrada de maderas preciosas, que es también la oficina privada y el cuartel general de los variados y algo oscuros negocios del dueño de la casa. La biblioteca está ubicada en la planta baja, al otro lado del inmenso comedor y con vistas a un jardín lateral, ahora cubierto por la leve escarcha nocturna, del fastuoso hogar parisién de la familia Baró-Lasa. Un binomio, ese Baró-Lasa, brillante y respetado en el mundillo de los ricos y famosos de París, de Roma, de Madrid, de Nueva York y de La Habana, que ahora puede que comience a perder lustre, a ver esfumarse sutilmente y por razones obvias, que no hay descendientes, este matrimonio no trajo al mundo hijos que los hereden y ya no figura entre los vivos, desde hace un rato, la segunda parte de la dupla, el apellido Lasa.

O quizás no ocurra eso, que puede que el señor Baró esté dispuesto a luchar, y parece que sí lo está, por conservar el binomio como un blasón grabado en piedra, aunque esa piedra forme parte de una casa portentosa y vacía, con fantasmas incluidos, en lo mejor del Vedado, un lugar selecto de La Habana y, como colofón una tumba increíble, que se convertirá en algo así como el Taj Mahal cubano, ubicada en el cementerio más grande y ostentoso del mundo, un poco venido a menos ahora, la necrópolis de Cristóbal Colón. La casa ya existe, y está, y estará vacía, o circunstancialmente ocupada, por mucho tiempo, empollando el mito de los amores de Catalina y Pedro Baró. Ese Taj Mahal cubano se hará, claro que se construirá, que Baró tiene el orgullo, el empuje y el dinero suficientes para lograrlo.

Eso no ha sucedido aún, pero sucederá.

Volvamos al presente. Juan Pedro Baró de un lado, alto, bien formado, erguido al extremo del dolor de espaldas, bigotudo, pálido, hierático, serio (dicen que la seriedad es refugio de superficiales, lo que puede ser un infundio); el profesor Panchón Domínguez Roldán del otro lado, bajo de estatura, bien sentado, cómodo, perfectamente afeitado, rechoncho y calvo; el prototipo del cubano amante de la buena conversación con sus amigos, de una breva olorosa y aún más de una espléndida comelata en familia con abundante carne de cerdo, chicharrones, arroz blanco y frijoles negros. Semejan ambos, y abusamos de las similitudes, un Don Quijote perverso y manipulador, el caballero Baró y un Sancho Panza ilustrado y cargado de ciencia, el doctor Roldán.

¡Qué par, Dios mío, qué par!

No hay testigos que perturben la conversación y mucho menos la absoluta reserva que reclama Baró en casi todo lo que hace. Justo entre los dos y ocupando un espacio significativo, un objeto inerte pero impresionante, el enorme y pesadísimo escritorio y gavetero construído de nogal español (juglans regia) pardo rojizo, exquisitamente tallado y barnizado por el decorador y ebanista catalán Gaspar Homar, del que Juan Pedro Baró es antiguo cliente, confiable financista y amigo personal, todo en uno. Mueble que incluye compartimientos secretos donde ocultar de ojos imprudentes dinero, cartas y documentos, y dos escondites para armas de fuego y un estoque.

Y también frente a ambos señores, sobre la pulida, deslumbrante, superficie del escritorio, ahora despejada —al efecto de contentar a ambos caballeros—, de carpetas, papeles, informes, abrecartas, tinteros, secantes y varias estilográficas Montegrappa de oro grabadas con el nombre del dueño, ha colocado el mayordomo, que se ha marchado, volatilizado más bien, justo antes de que ellos entraran, el humeante café, olorosísimo, y un frasco de cristal de Bohemia que contiene el exquisito brandy prometido.

Todo está cuidadosamente depositado y ordenado, en un servicio inglés de plata esterlina 925 con tres bandejas, una grande, más larga que ancha y con asas en los extremos, idónea para la cafetera, la azucarera, el licor, las pastas y los demás elementos necesarios a una exquisita degustación. Esa bandeja en el centro, y dos patenas más pequeñas, personales, con servilletas bordadas a mano en hilos áureos, con las letras B y la L familiar entrelazadas, platillo hondo con cubitos de azúcar, revolvedores y cucharillas de plata bruñida, que así es mejor para que no se estorben uno al otro los dos caballeros presentes, el amo de todo aquello y el invitado.

Todo en orden milimétrico y bajo unas reglas de elegancia impresionantes.

Elegancia y orden, es verdad, pero demasiado, tanto de lo uno y de lo otro que aturden, y que bien mirados, resultan un poco embarazosos, hasta quizás cargantes, teniendo en cuenta que Panchón, aunque acostumbrado a codearse con las élites de su país, sean políticas económicas, y también, y por muchos años, con europeos en general y franceses de pro, sobre todo los científicos y los profesores universitarios, una clase relativamente privilegiada en los años treinta —de los artistas, escritores y pintores, franceses o de otra parte, mejor ni hablar porque esos, en su mayoría, viven en las buhardillas y se mueren de hambre, de frío, del abuso del absenta, de las drogas, la sífilis y de la «romántica» y feroz tisis—, es en el fondo un hombre de pueblo que pasó de joven, y con pundonor, por una guerra espantosa y que ha vivido siempre de su trabajo en un hogar con muy agradables comodidades. Que Tencha y él no son dados al enojoso y poco útil masoquismo de vivir mal a propósito, pero tampoco necesitan los lujos desmesurados de los ricachones que nunca en su puñetera vida han sudado la camisa en trabajos fuertes.

Es así, de acuerdo, pero dejemos esas disquisiciones para otro lugar y volvamos a la biblioteca personal de Juan Pedro Baró, que es lo que nos interesa ahora. Prueba el café el profesor Domínguez y no puede evitar que algo, que no es solo el calor de la infusión ni las gotas de buen alcohol que le han añadido, le levante un poco el ánimo decaído, mustio, después de haber perdido una batalla, que no por esperada e inevitable la derrota deja de ser siempre una herida, una de tantas, en su orgullo de médico a toda prueba. No sabe con certeza lo que es ese algo, pero tiene que ver, posiblemente, con la sensación del deber cumplido y con la cercanía cierta de abandonar aquel lugar.

Panchón bebe su café, sorbito a sorbito, y espera, intrigado, la propuesta, la petición o lo que sea, de aquel que tiene delante. Un hombre que mientras él, Panchón, luchaba a brazo partido porque no se extinguiera el último hálito de vida de la difunta, no le quitaba ojo de encima, de pie a sus espaldas como uno de esos imperturbables soldados vestidos de rojo sangre y tocados con un morrión negro, de la guardia de los reyes de Inglaterra.

Paciencia entonces.

Beben ambos un café comercializado como Blue Mountain, cultivado por los pocos colonos franceses, afincados desde el siglo XVIII en unas montañas de difícil acceso, de más de dos mil metros de altitud, de igual nombre que el café y situadas en la zona este de la cordillera central de la isla caribeña de Jamaica, al sur de la provincia cubana de Oriente. El grano, ya seleccionado y molido para obtener un polvo fino, es traído en saquitos de esparto de un kilogramo de peso, de los secaderos jamaicanos perdidos entre las nubes hasta el puerto de Amberes, en Bélgica, y luego distribuido especialmente, de eso se encargan correos personales, en mano para algunas familias de la élite parisiense, o de otras capitales europeas, por un importador belga muy avispado y especializado desde hace muchos años en ese género de sutilezas gastronómicas, de gusto refinado y muy alto coste. ¿Es caro? no, no, ¡es carísimo!, pero el tal café jamaicano es bueno, muy bueno, extraordinario, y si se le añade un chorrito de un Brandy Peinado Solera Gran Reserva de 100 años, como en este caso, entonces se vuelve néctar del gusto de los dioses.

Eso no quita que el doctor sienta una larvada añoranza por el cafecito cubano que cuela Tencha, que aunque se lo traen de Cuba vía embajada, es veinte o treinta veces más barato, cierto, pero preparado con amor y mucho sabor casero. Sin embargo, esa tacita, en el punto de dulzor que a él le gusta, la beberá dentro de un rato y en su casa así que, ¡qué carijo, disfrutemos este ahora! Se distrae el profesor Roldán en sus meditaciones cafeteras y… Baró saca a Panchón, con una parrafada pedagógica y una pregunta breve, pero contundente, y muy en su estilo, de las cavilaciones que le pasan por la cabeza. —A esta hora tan temprana y después de una noche atroz como la pasada prefiero, para acompañar el café de la mañana, un buen brandy español al coñac francés, doctor, pero si no está de acuerdo con mi elección estamos a tiempo de cambiar.

—¿Usted me dice?

Ese es Juan Pedro Baró en estado puro, que el mundo puede estarse derrumbando y él se va a aferrar, como si tuviera pezuñas, a sus elegantes modos de puntilloso esteta y caballero mundano. Fatiga la inaudita habilidad de este hombre enigmático para mantener la compostura a todo trance, un hombre que —cuesta creerlo— ha nacido y vivido largas temporadas en Cuba y ganado millones y millones de pesos con sus socios de la isla, que así piensan muchos que le conocen bastante bien. Y luego, y para más inri, esa aplastante seguridad en sí mismo, a despecho de lo que esté pasando a su alrededor. Talentos, virtudes quizás, que son dignas de admiración, o…

O de miedo —piensa el doctor. —¡No, no, de ninguna manera, Baró, este café y el brandy son excepcionales! —Panchón se apresura, quizás un poco torpemente, en tratar de terminar de alguna manera con la conversación intrascendente y entrar de una vez en el misterio que se trae Baró entre manos. Ese misterio, o misterios, que le han traído a ambos allí, a aquella elegantísima biblioteca en una hora tan intempestiva.

—Sí, lo son, son dos productos verdaderamente excepcionales, y un poco caros, nada del otro mundo, pero… París bien vale una misa, doctor Roldán ¿no le parece? —Y entonces, después de una breve pausa, Juan Pedro Baró, ese es su natural, pontifica otra vez—: Casi todo el mundo piensa que el coñac, cualquier coñac, es superior al brandy, solo porque el primero es francés y el otro, al que menosprecian por ignorancia, lo suponen español. Baró hace un alto para probar, con mano segura, un sorbo de su propia taza de la infusión. Panchón asiente de forma casi imperceptible con la cabeza. Se está aburriendo y aún teme que se le note, que la educación y todo eso…

—Pero eso pasa, doctor Domínguez, porque desconocen la historia del brandy, que ni tan siquiera comienza en España. —Coloca la taza, de porcelana de Lanternier, un clásico entre las de Limoges, en la bandeja—. También desconocen los que le desprecian, los que se creen connaisseurs, qué cosa es y como seleccionar un buen brandy. ¿No está de acuerdo conmigo, profesor?

¡Toda una conferencia digna de una degustación de licores o de la historia de la enología en algún curso de extensión universitaria. Jodida manera de preguntar y preguntar para que le confirmen lo que él mismo ya sabe y quiere oír! Vuelve a pensar Panchón, pero su boca, que de vez en cuando sabe evadirse, dice otra cosa para evitar confrontaciones en temas en los que no se siente preparado.

—No, no, definitivamente no soy un gran conocedor de licores y marcas, Baró, esa es la pura verdad —respira profundo para continuar—: Pero este brandy de cien años, que, por cierto, nunca antes había probado, es realmente formidable. Y el doctor, aunque lo que manifiesta es cierto, que no le viene bien a su carácter contar mentiras, lo dice por decir algo, por cubrir la forma, que ya siente las cosquillas de terminar con toda aquella impertinente conversación, teniendo en cuenta las circunstancias que la rodean, y regresar a la tibieza y la paz de su casa, que aquí, en este lugar que huele a muerte, se siente como sapo de otro estanque.

—¡Lo es, lo es, estimado doctor! ¿Sabe lo que escribió Leonardo DaVinci? —y no espera respuesta para recitarlo—: «Creo que se da mucha felicidad a los hombres que nacen donde se encuentran los vinos buenos».

Panchón asiente.

Y se sorprende un poco ahora de la erudición de este señor —¿será legítima o impostada de retazos?—, pero se calla para no dar pie a que siga. ¡Veremos!, piensa, y se resigna, ya con un dejo de encabronamiento, a seguir esperando.

—Los licores corrientes, baratos, los que consume la canalla, el populacho, calientan el estómago, doctor Domínguez, y si se beben en exceso también acaloran la cabeza de los que no saben controlarse, pero los caldos superiores, como este que disfrutamos ahora, elevan el alma por encima de la plebe. —Baró abre las manos con parsimonia, como haría el Papa en la basílica de San Pedro, en Roma al recibir y bendecir, a un invitado ilustre—. ¡Y hasta puede que los buenos licores, como este, nos hagan mejores personas, o por lo menos nos alejen de la envidia, que mientras mejores bienes puede comprar el dinero más feo se hace ser un pobrete! Le sonríe Juan Pedro Baró a su propio sarcasmo con una especie de mueca profunda, un poco tenebrosa, o eso le parece al médico.

Asiente otra vez el doctor con un gesto afirmativo de la calva cabeza. —Sí, debe ser así, es seguro que lleva usted razón, Baró ⊠eso lo afirma con palabras Panchón, pero no puede evitar pensar, y ya con una cierta molestia que le va creciendo y creciendo dentro del pecho por lo absurdo de todo aquello en una situación tan particular, cuánto de arrogancia escondida, y ni tanto, hay en aquel hombre y sí, también, cuánto dinero, ¡carijo! ,costará aquella botella de brandy español de cien años—. ¡Una fortuna, coño, una verdadera fortuna vale esa botella de brandy español sacada vaya usted a saber de dónde! —reflexiona el doctor en silencio, dejando salir de paso la cubanía palabrera que guarda por dentro desde muchacho, que no en balde se lleva tan bien con lo que este hombre, Baró, denomina plebe.

—No bebo casi nunca, doctor, jamás he sido amante de los tragos ni de los cocteles, pero si llega el caso, como ahora, que sea de lo mejor —vuelve Baró a la carga y de paso vuelve también a tomar un sorbo de la taza de café bien cargado que tiene delante —¡Que la vida es corta, mi estimado doctor Domínguez, muy corta, nos lo acaba de demostrar a todos nosotros esta noche, el deceso de la pobre Catalina, que Dios la tenga en su gloria! El rostro de Juan Pedro Baró, máscara pálida y pétrea, refleja, por primera vez desde que están el doctor y él en la biblioteca, cierto dolor, quizás hasta un destello muy sutil de compasión. ¿Será sincero su dolor? ¿Tendrá un corazón en el pecho como todo el mundo, o solo una maquinilla de sacar cuentas en la cabeza?

¿Quién sabe?

Lo cierto es que Panchón, conocedor profundo de los seres humanos, sobre todo de aquellos que sufren, y también un poco de los que dicen y proclaman que sufren, no se deja engatusar por el torrente de palabras que está cayendo sobre él este jodido amanecer. —¡Qué frialdad la de este hombre, por Dios! —piensa con perplejidad el doctor—: ¡La mujer muerta no hace nada, todavía caliente y tendida a diez metros de aquí, bajo el mismo techo, y él dándome charlas dignas de un sommelier de la corte de Luis XVI y clases de filosofía barata! Lo piensa, sí, pero no dice, por respeto, ni esta boca es mía, aunque ya se va hartando de todas aquellas disquisiciones etílicas y metafísicas sin que acabe de una vez, el señor Juan Pedro Baró, de entrar en materia.

Juan Pedro Baró, que de momento ha hecho silencio y mira al frente, sombrío, aparentemente dispuesto a explicarse de una vez con claridad y sin circunloquios, está sentado como un rey en una poltrona diseñada por el decorador italiano, radicado en París, Carlo Bugatti. Una silla de despacho de fino cuero negro con patas equipadas con ruedas que le permiten desplazarse de un lado al otro con facilidad. Un tipo de mueble que se convertiría en algo común y corriente con los años, pero que en aquella época todavía era una rareza. ¡Una costosísima rareza, valga decirlo! Debe valer la susodicha silla rodante un Potosí, eso es seguro, pero al doctor, un tipo práctico y hasta cierto punto refractario a los lujos inútiles, o que él cree inútiles, quizás porque no los ha probado y disfrutado, que eso ocurre, le parece la butaca demasiado profunda y grande para ser confortable. ¿De qué forma podría él redactar sus informes, preparar sus disertaciones, hojear sus revistas médicas o revisar los libracos escritos por sus maestros hundido en semejante abismo de comodidad y holgura?

—¿Doctor Domínguez?

Panchón, pillado infraganti una vez más en sus ensoñaciones y fantasías hermenéuticas, no puede evitar un gesto de sorpresa al oírse llamar, de pronto, por su título universitario y su primer apellido.

—¡Sí… sí!

Sonríe Baró con una expresión maligna, pero muy contenida.

—Tengo, estoy seguro que usted lo comprende, doctor Roldán, que ocuparme de todo lo relacionado con las gestiones que están trelacionados con el fallecimiento de Catalina y el papeleo subsiguiente.—Ya no sonríe. Solo mira al profesor con sus ojos escrutadores y enigmáticos—. Debo hacerlo de inmediato, las cosas burocráticas, usted sabe, y debo enfrentarlo, es mi deber, sobreponiéndome al dolor y al cansancio de tantos días pasados prácticamente sin dormir. Habla Juan Pedro Baró con ese acento neutro que le caracteriza, que a veces es difícil saber si este sujeto es madrileño, habanero o quizás hasta norteamericano aplatanado, aunque se comenta entre los bien enterados y los cotillas que Baró nació, en el año 1861, en una enorme hacienda cañera habilitada con varios trapiches de molienda, llena de barracones, en los que se hacinaban una multitud de esclavos negros, heredad ubicada en la llanura matancera. También lo hace, y ahí no caben dudas, con la fuerza, muy controlada siempre pero presente, de los que están acostumbrados a mandar y ser obedecidos. Tampoco puedo, doctor, abusar de su tiempo ni de su confort, que presumo debe estar usted agotado. Hace un alto para matizar su más o menos breve discurso. Por tanto, me gustaría ir al grano y plantearle mis peticiones, que son, por demás, muy sencillas y fáciles de contentar.

Panchón observa los miles de libros fastuosamente encuadernados y alineados en las largas estanterías que ocupan casi todas las paredes de la estancia, salvo la del ventanal encortinado, detrás de la silla usada ahora por Baró y el espacio donde se hallan las puertas dobles de entrada y una cancela más pequeña, que comunica con alguna otra estancia, de utilidad enigmática para el doctor. Él, que daría cualquier cosa —¡mire usted qué idea tan pregrina a estas horas!— por ponerse de pie y revisar con calma, y sin testigos, uno a uno, los títulos de los volúmenes —¿leídos?, no parece por lo milimétrico de la colocación, el magnífico estado de los mismos y el perfecto equilibrio de colores en sus lomos, pero, ¿quién sabe?—, se obliga a responder.

—Para eso estamos aquí, señor Baró, ¿no?

Mira al hombre de frente y por un momento teme, es un pensamiento fugaz, que Juan Pedro Baró le vaya a hablar de los honorarios devengados durante el tratamiento médico de la difunta o de alguna otra cosa improcedente relacionada con el dinero en un momento como este, pero se da cuenta de que el individuo es demasiado elegante, y, ¿por qué no?, demasiado arrogante y presuntuoso para caer en algo tan mezquino precisamente hoy.

—En efecto, doctor.

—Le escucho, Baró, le escucho con atención.

—Gracias, profesor, muchas gracias por escucharme. —Toma Baró con dos dedos de su mano derecha una galletita diminuta y de color muy oscuro, posiblemente algún tipo de chocolate suizo o algo parecido, la mira como si fuera un insecto o una pequeña y rara pieza de museo y la vuelve a poner, sin probarla, a un lado de la bandeja que tiene enfrente—: Le agradezco de veras su atención, doctor.

—No tiene por qué, adelante, soy todo oídos.

—Verá, doctor Roldán, usted ha sido el último de muchos médicos que ha atendido a Catalina durante su enfermedad, algo que, por cierto, todos en la familia agradecemos de corazón, y por esa misma razón es que se supone debe emitir el certificado de defunción de rigor. ¿Me equivoco, profesor? —se detiene y vuelve a darle vueltas a la susodicha galletita, pero otra vez sin llevársela a la boca.

—Así es —afirma Panchón con claridad, y da un sorbo breve a su taza de café con brandy, intentando restarle solemnidad al momento y abrir el camino al hombre para que termine de plantear lo que desea, que ya el doctor, aunque no es un tipo especialmente mal pensado, está sospechando ante tantos circunloquios.

—Pues bien, lo primero que quiero pedirle es que saldemos ese trámite…

—¿Cuál trámite?

—¡Permítame terminar, doctor! Me refiero, por supuesto, al trámite del certificado de defunción, un papel que en definitiva, diga esto o lo otro, nada cambiará para ella. —Baró acerca la taza de café a sus labios pero no llega a probarla—. Lo que le pido es que solucione ese engorroso asunto con un diagnóstico que permita cubrir las necesidades legales pero sin dar pie a habladurías e intromisiones en la privacidad de Catalina. Pone las palmas de sus grandes manos sobre la superficie pulida del escritorio, a los lados de la patena de plata que soporta la taza de café y los otros aditamentos. —Intromisiones, doctor, que no harán más que herir la memoria de Catalina y la tranquilidad y sosiego de toda la familia.

El doctor, cuyo rostro se ha ido endureciendo ostensiblemente, va a decir algo y Baró, impositivo, como si fuera un padre regañón o un jefe de oficina a su empleado, lo contiene con un gesto mayestático de la mano. —Y lo otro...

—¡Perdón, Baró, no le entiendo con claridad!

Panchón, al que le está saliendo a flote lo que tiene de gallego, se yergue en su silla y hunde los codos en los brazos del mueble.

—¡Claro que me entiende!

—¡No le entiendo! —Panchón se revuelve en el asiento—. En ese documento, en ese certificado del que me habla, debo escribir, y firmar, lo que he observado, me excuso, lo que hemos, y recalca la palabra, hemos observado un servidor y varios otros galenos con los que he consultado el caso, en junta médica, de la señora Catalina —hace un alto para afirmarse mejor en los sólidos laterales de la butaca. —Y en el caso de ella debe hacerse una autopsia, lo afirmo, mejor, ¡lo exijo, dadas las dificultades diagnósticas con que todos sus médicos de asistencia, yo entre ellos, nos hemos tropezado! ¿De qué otra forma podríamos establecer una causa lo más cercana posible a la verdad? ¿Cómo determinar si no la etiología causal, o las causales, si son más de una, de su fallecimiento? ¿Me comprende, caballero?

—¡A eso iba cuando usted me interrumpió, doctoor! —replica Baró con voz cortante y alargando con cierto sarcasmo el título de doctor.

—Le escucho.

—Quiero embalsamar el cuerpo de Catalina, conservando intacta su belleza, para enviarlo a Cuba, que es en su tierra donde debe descansar —tose y se cubre la boca con el dorso de la mano izquierda, que parece ser zurdo el hombre—. ¡Pero de ninguna manera, me entiende, de ninguna manera quiero que estén picando y trasteando sus órganos internos para premiar la morbosa curiosidad de sus «doctorees», unos matasanos que nunca pudieron encontrar las causas de su enfermedad, pero que siempre estuvieron prestos a pasar sus facturas! ¿Me explico con claridad, o no, estimado doctoor? La ironía de Baró es filosa como una hoja de afeitar. Y la molestia, el encabronamiento, para decirlo en buen cubano, del doctor es bullente como el agua hirviendo.

—¡No, caballero, no hay ningun premio, y mucho menos morbo, en saber la verdad en cuanto a las causas que han llevado al fallecimiento de un ser humano, cualquier ser humano, incluyendo a su esposa! — el doctor Domínguez Roldán se ha puesto rojo como un tomate—. ¡La autopsia, en este caso específico, es una necesidad científica y es también, en el caso de la señora Lasa, una obligación médica y científica inexcusable, ¡mi… obligación!

Juan Pedro Baró sonríe, o mejor, hace una mueca ladeada e insana que quiere ser una sonrisa, pero no llega a lograrlo del todo.

—¡Doctor, mi estimado doctor Roldán, las necesidades científicas de todos los galenos del mundo habidos y por haber, y las obligaciones médicas, inexcusables o no, me tienen absolutamente sin cuidado —Baró da un manotazo en el escritorio—. ¿Me hago entender, *le médecin*? —comienza Baró a ponerse de pie muy lentamente y no deja de haber un cierto sesgo amenazante en su actitud física—. ¡Sin cuidado, señor Roldán, me tienen sin el menor cuidado! Los ojos del hombre son ahora dos ascuas de carbón.

—En ese caso…

—¿En ese caso qué, caballero?

—¡En ese caso debo…!

—¡No debe nada, nadaa! —Baró está lívido, púrpura, pero su lengua es filosa y peligrosamente controlada—. ¿Piensa, *mon cher docteur*, que no hay decenas y decenas de matasanos dispuestos a firmar, por unas monedas arrojadas a sus pies, un papel timbrado para terminar con todo este desagradable asunto?

—¡En ese caso… en ese caso, decía, caballero, debe usted buscar a uno, o a varios, o a los que estime conveniente, entre esas decenas de doctores que ansían sus monedas, señor Juan Pedro Baró! —Panchón se pone de pie—. Juan Pedro Baró también se levanta y se alza, con una rigidez extraña, sobre sus más de seis pies de estatura.

—Le acompaño a la puerta, *mon cher docteur.*

—Le agradezco su atención, caballero, pero no es necesario.

—¡Lo es, claro que lo es! Por aquí, doctoor.

—Gracias entonces, caballero —confirma Panchón, no quiere ofuscarse y hacer algo de lo que luego pueda arrepentirse, que los «caballeros» como el que tiene delante, mantienen la forma cuando ven sus intenciones cumplirse, ¡que de no ser así…!

—Es mi deber.

El hielo quema.

Catalina Lasa y su suegra Marta Abreu

¡Y qué boda!

Sí, casi seguramente, o sin el casi, el de Catalina Lasa del Río y Pedrito Nolasco Estévez Abreu fue el compromiso matrimonial y posterior desposorio más aristocrático, notable y comentado por los corillos de la alta sociedad, tanto en Tampa, donde todas aquellos acaecimientos y festividades ocurrieron, como en La Habana.

Y nos referimos, por supuesto, a la Habana de los muy elegantes, las damas y caballeros distinguidos, los chic, una élite habanera muy menguada, quiebra económica, parientes alzados en la manigua, brutal represión colonial y diáspora internacional de por medio, pero que aún se las arreglaba para lucir en las cada vez más reducidas y macilentas fiestas y reuniones sociales, sus blasones y sobre todo para sobrevivir y mantener en alto, contra viento y marea, los apellidos de tradicional abolengo criollo. Y lo hacían, aunque nos parezca casi increíble, a pesar de la guerra que se libraba en los campos de Cuba.

También, claro que sí, causó sensación ese rutilante enlace matrimonial en un buen grupo de habitantes de las ciudades de Matanzas y de Santa Clara, dos urbes muy relacionadas con los novios por la parte de sus respectivos padres y, por supuesto, el gran público cubano emigrado, el pueblo llano, los tabaqueros y obreros fabriles, los profesionales modestos, los oficinistas, los artesanos, los agricultores naranjeros de la periferia tampeña, las amas de casa y ni qué decir entre los reporteros, gacetilleros, cronistas sociales, redactores a destajo y los propietarios de la prensa en general.

Un compromiso celebrado a todo dar teniendo en cuenta las muchas limitaciones del momento, y sin dudas el más recordado en la ciudad floridana de la costa este entre 1895 y las postrimerías del año 1898. Ese algo breve y tumultuoso período de tiempo, alrededor de tres años y medio, o un poco más, que duró la última, y también la muy sangrienta y devastadora, sobre todo en los campos de la isla, guerra independentista cubana-española, y al final, muy al final de la contienda, la injusta y denominada de forma falaz guerra hispano-americana. Conflicto bélico que logró —que como dicen, a la tercera va la vencida, y esta vez con la lamentable intromisión externa, tanto militar como política, de los Estados Unidos—, la separación definitiva de España de la considerada hasta entonces siempre fidelísima isla de Cuba.

La boda Estévez-Lasa fue un paréntesis breve, brevísimo, aunque muy intenso, en la corriente de noticias, runrunes, comentarios y chismes de todo tipo que generaba la guerra cubana con sus secuelas de desinformación producto de la lentitud de las comunicaciones y los deseos convertidos en realidades. ¡Pero, más que una gran puesta en escena de festejos y celebraciones, que las limitaciones que imponía el destierro, idiomáticas, económicas, de distancia, y de ausencias eran obvias, esa boda fue una verdadera fiesta, una apoteosis de la prensa!

Para muestra de a qué verborreicos y ridículos extremos llegaron la efervescencia publicitaria y el entusiasmo de los cronistas sociales —relacionados con la comunidad emigrada de la época— por la boda de Cati Lasa y Pedrito Estévez, nos basta un botón entre muchos otros.

Veamos:

> ¡De campanillas y campánulas al vuelo, pajarillos de etéreos colores y sutiles movimientos de piquitos soplando la buena nueva en los oídos receptivos de la gente bella y virtuosa, y hadas de alas transparentes y tenues tocando, aquí y allá, con sus varitas mágicas los ansiosos corazones de los amigos del amor y la hermosura, para hacerlos latir de júbilo y despertarlos al hermoso evento del tan esperado y próximo himeneo de la juvenil y bellísima Catalina Lasa del Río y el distinguido y noble caballero Pedrito Nolasco Estévez Abreu... etc. etc. etc!

¡Alabado sea el Santísimo! qué apelotonamiento de sandeces y tonterías en un solo párrafo, de un aviso periodístico de la inminente y tan cacareada boda.

¡Imaginen ustedes el resto!

Que así describió el cercano matrimonio de los dos jóvenes el suelto publicado por un semanario tampeño de mucho prestigio y circulación en toda la región central de la Florida. Pero seamos condescendientes con los pobres escribidores, que esas eran las maneras de expresión empleadas por la crónica social de la época siempre que se les dejara caer, adecuada y puntualmente, y sobre todo en absoluto silencio, alguna regalía o cortés donación a los plumíferos de la prensa escrita y a sus amos en la jefatura y redacciones de los periódicos y revistas del corazón.

Con los años, y esto es una nota al margen de esta historia, el pueblo cubano denominaría este tipo de rimbombante redacción de las crónicas sociales de la época como «picúa», y alrededor de siete décadas después una muy popular serie de la televisión haría un cruel —y muy simpático, por cierto— escarnio de los plumíferos dedicados a esto en el estrafalario personaje del «periodista» Éufrates del Valle.

Pero regresemos a lo nuestro.

Fue también la susodicha boda entre Cati y el petimetre de Pedrito Nolasco el inicio semioficial, el detonante abierto y más o menos evidente, que la rivalidad, la pelea sin cuartel en realidad entre las dos belicosas mujeres había comenzado de forma inadvertida unos meses antes, de un verdadero choque de trenes entre la respetable y algo estirada multimillonaria villaclareña Marta de los Ángeles González-Abreu y Arencibia de Estévez, simplemente Marta Abreu para la mayoría de los cubanos, madre del novio, único hijo, por cierto (Marta había perdido una niña acabada de nacer muchos años atrás), y la joven matancera y muy avispada cubanita Catalina Lasa del Río y Noguerido, Cati para sus allegados y para el recién estrenado y un poco perdido en los celajes marido.

Una pelea sin cuartel que tanto el padre del novio, don Luis Estévez Romero, como el propio novio, Pedrito Nolasco Estévez, trataron de mantener a raya, o por lo menos atenuarla en lo que estuviera en sus manos, pero ninguno de los dos tenía los redaños para enfrentarse a aquellas belicosas amazonas. Y por tanto, como se desató una muy fea pugna entre ambas damas, una de ellas, Cati, todavía oficialmente señorita, aquello se convirtió en algo así como una querella dinástica, pendencia que en algunas ocasiones parece haber llegado, según las malas lenguas, que abundaban tanto en

Tampa como en La Habana, a tener visos de reyerta arrabalera...
Por tanto, vamos a contarlo de otra forma. Tal y como se haría en el comunicado inicial de la declaración de guerra entre dos grandes potencias contendientes, fórmula que quedaría más o menos así...

«El 15 de junio de 1898, en la ciudad floridana de Tampa, al contraer matrimonio por la justicia de los hombres, la ley civil norteamericana; y por la de Dios, la iglesia católica, Catalina Lasa del Río y Noguerido con Pedrito Nolasco Estévez Abreu, comenzaron abiertamente las hostilidades, que ya no quedaba de otra, entre los dos principales personajes femeninos de la historia que contamos, la nueva, bella y joven esposa y la no tan rozagante matrona y suegra —¿poco afortunada e incluso fea palabra, suegra, no es verdad?— y por inevitable cercanía también se declaraba la guerra entre las dos rancias y adineradas familias —mucho, mucho más acaudalada y bien relacionada la de Pedrito Nolasco Estévez que la de Catalina Lasa—, de los contrayentes».

Una guerra pequeñita y menos cruenta la de estas dos mujeres, pero guerra al fin y al cabo, dentro de la vorágine de otra contienda mucho mayor, despiadada y sangrienta, la guerra de Independencia cubana de 1895 a 1898. Resulta curioso señalar que la guerra de independencia o conflicto separatista de Cuba contra España, la pugna militar, esa sí de verdad, que se dirimía en esos momentos, terminó oficialmente con un acuerdo de rendición provisional del ejército español firmado en la ciudad de Santiago de Cuba el 16 de julio de 1898 entre representantes militares norteamericanos y peninsulares, justo un mes después, incidentalmente, de la boda de Catalina y Pedrito.

El acuerdo de paz definitivo entre los dos países, España y Estados Unidos, y el reconocimiento legal de la separación de la isla de Cuba de la metrópoli española se firmaría en París, quedaría asentado en los documentos históricos como Tratado de París, el 10 de diciembre del mismo año, 1898. Como sabemos, ambos tratados, el provisional de Santiago de Cuba y el de París, se firmaron, entre inútiles y sordas protestas, algunas de tono algo más elevado, pero también estériles, de los «isleños liberados», sin la participación de los representantes oficiales cubanos, en definitiva los más interesados, se supone, en el resultado final de la susodicha guerra de independencia. Interesante el referente histórico, pero vamos a lo que nos motiva aquí, la continuación de la narración de la aventura de Catalina Lasa.

Preguntémonos entonces: ¿Por qué, por qué esa mala voluntad y antipatía recíproca había surgido y crecido de tal forma entre ambas mujeres, suegra y nuera, Marta Abreu y Catalina Lasa?

Comencemos por señalar, aunque esos asuntos familiares tan delicados se guardaban con gran celo bajo siete llaves, y por lo general sin éxito (este párrafo que aquí escribo es prueba fehaciente), de la murmuración y el cotilleo de la gente cercana a la familia o de las muchísimas personas simplemente interesadas en las cuestiones, sobre todo las maliciosas y nocivas, de los ricos y famosos, que la boda entre Catalina Lasa y Pedrito Estévez tenía que celebrarse cuanto antes y de cualquier manera. Llevarse a cabo, a todo correr, con el placet o sin él de los padres del novio. Fuera como fuese por la sencilla razón, insoslayable en aquellos tiempos, de que Catalina ya estaba en estado interesante, embarazada, y de varios meses, de su primer hijo. ¡Una sorpresa inesperada y escandalosa para ambas familias!

Ni qué decir lo que significaba para los preceptos morales al uso entonces, el hecho de aparecerse Catalina Lasa, el día de sus primeras y supuestamente virginales nupcias, en estado avanzado de gestación en la mayor y más antigua de las tres iglesias católicas que existían por entonces en Tampa, la de San José. En realidad el nombre de la basílica era Saint Joseph, y había sido fundada por los padres jesuitas, algo que no gustaba mucho a los cubanos de pro y mucho menos a los españoles que habitaban en la ciudad, pero había que pechar con eso, que no se estaba, por razones de fuerza mayor, en las respectivas patrias de cada grupo étnico interesado.

Piensen por un momento, estimados lectores, en esta imagen. La casa de Dios, adornada, solemne y llena a rebosar de familiares de los desposados, amigos cercanos e invitados, todos muy escogidos de entre la comunidad comercial, industrial, profesional, cultural y política tampeña. Y entonces Catalina entrando a la misma del brazo de su padrino, con las notas de la pomposa marcha nupcial de Félix Mendelssohn sonando en el órgano y, ¡horror!, con una evidente y muy chocante barriga de gestante haciendo prominencia debajo del ostentoso, y carísimo, traje blanco, el atuendo de las vírgenes, un vestido del que solamente la cola, sostenida por varias niñas de entre seis y doce años, hijas y nietas de familias amigas, tenía diez o doce metros de largo.

Leer la descripción de ese vestido de novia en la prensa de la época es toda una experiencia perceptiva, digamos que literaria. ¿Pero vale la pena perder tiempo en eso? Lo cierto es que mancillar así ese símbolo de la pureza y virginidad sin tachas de la novia hubiera sido impensable para personajes de tanta alcurnia e incorruptible integridad moral y familiar en aquellos picajosos, e hipócritas, por qué no decirlo, años de las postrimerías del siglo XIX. Claro que sí, una desvergüenza que rebasaría sin remedio las fronteras de la ciudad de Tampa, cayendo como un meteorito incandescente en la propia Habana, y en Matanzas, cuna de los Lasa del Río, y también en Santa Clara, bastión de toda la vida de los Estévez-Abreu. Y todo eso hubiera ocurrido sin importar para nada que se estuviera librando una guerra en la isla, que un sabroso runrún de ese tipo podía saltar las más profundas trincheras, las más espinosas alambradas y adelantarse con éxito a las cargas de caballería de uno y otro bando. En fin, un guarro desliz de los novios que sería recordado con sarcasmo y maliciosa sorna por decenios. Pero como dice el viejo refrán español, con el tiempo, no mucho tiempo, eh, que el asunto era de los de apurarse y correr, y un ganchito todo se arregla.

¡Así qué… para luego es tarde!

Ciertamente, un asunto bastante delicado ese, sí señor, el del embarazo antes de tiempo de la liviana y poco cuidadosa Cati. Pero esa engorrosa cuestión se solucionaba, de forma definitiva, con el urgente y redentor casorio de los dos muchachos. Por tanto, ahí no estaba la fuente de las desavenencias entre Marta Abreu y Catalina Lasa, no obstante es verdad que esa gravidez adelantada venía a convertirse en una prueba más de la certidumbre y razón de las serias preocupaciones de Doña Marta.

La gravidez prematrimonial de la joven no constituía en sí misma el tema fundamental, el *leit motiv* de la irreprimible aversión de la suegra por Catalina Lasa. El tema fundamental para comprender la antipatía que sentía la señora Marta Abreu por la novia era Pedrito, su único y muy sobreprotegido (término este, como varios otros que hemos utilizado en esta narración, que no se conocía entonces) vástago.

Y lo era por dos razones.

La primera de ellas, sin lugar a dudas de mucho peso, era el temor sensato, aunque nunca del todo demostrado, de que Catalina Lasa se estuviera casando con el joven hijo de Marta Abreu pura y simplemente por el —muchísimo— dinero del patrimonio, y luego de la herencia que recibiría este a la muerte de sus padres. No escapaba a la perspicaz suegra, en realidad no escapaba a nadie que los conociera aunque fuera a distancia, el hecho de que la familia de Catalina, que tuvo un crecido capital en otros tiempos, había visto disminuir sus caudales de una manera ostensible, y muy preocupante, en las últimas dos décadas. Era evidente que Pedrito Nolasco, un joven bien parecido, enamoradizo y derrochador, pero para nada una lumbrera en los asuntos verdaderamente serios de la vida, distaba mucho de tener la fuerza necesaria para controlar, que eso se esperaba de un hombre en aquella época, a la mujer con la que se casaría en breve.

Pedrito, y este hecho confiere una nota de color en su vida, una vida por demás bastante anodina, había tenido por preceptor, desde que era un niño de doce años, a Don Carlos de la Torre y Huerta, naturalista y malacólogo cubano de fama mundial, pero esa relevante gratificación cultural y científica no pareció dejar huellas de importancia en la personalidad y proyección vital del joven y único hijo del matrimonio Estévez Abreu. La realidad es que Pedrito constituía una presa muy apetecible para cualquier muchacha casamentera, y pobre, o menos rica que él, sobre todo si era en extremo bonita y sexualmente deseable como Catalina. Un premio, en fin, para cualquier joven a la búsqueda de un buen patrimonio, o dicho de una forma bastante más cruda: Cualquier hembra sobrada de atributos capaces de trastornar a un joven millonario en el rastro de un apetecible matrimonio de conveniencia. Y doña Marta Abreu sabía, y bastante, de todo eso.

Y lo sabía porque su propio marido, el padre de Pedrito, el doctor Luis Estévez y Romero, un hombre que con el tiempo demostraría su profunda dependencia y amor a Marta Abreu matándose por ella, y este aserto no es una metáfora, pues Estévez se suicidó de dos, sí, de dos pistoletazos en el pecho un mes y dos días después del fallecimiento, a causa de una fallida operación de apendicitis, de su esposa Marta, había tenido que soportar, por parecidas razones, las inclementes murmuraciones de la gente. Murmuraciones que le acusaban, sotto voce, de haber enamorado a la multimillonaria —siendo un picapleitos habanero de cuna muy humilde y pasar bastante estrecho al momento de conocerla, y para colmo de males cuatro o cinco años menor que ella, algo muy poco común en aquel tiempo—, por su dinero. Para el vulgo, Estévez y Romero se había acercado a Marta Abreu, una mujer en vías de quedarse para vestir santos, supuestamente, para aprovecharse de su enorme fortuna y sus magníficas relaciones en el mundo del comercio, la banca y la política, sobre todo en el campo independentista y en el gobierno norteamericano de la época.

¿Quién podría comprender mejor lo que vendrá en el futuro que aquel que lo ha vivido de alguna manera en el pasado?

Que ya la vida diría.

Todo indica y con razón, que ella sola, la villaclareña Marta Abreu, con sus cheques, descomunales para la época, habilitaron más armas, pertrechos, expediciones armadas y combatientes rebeldes que todas las otras donaciones juntas hechas por los emigrados cubanos, incluyendo todo lo recolectado por José Martí y sus compañeros del Partido Revolucionario Cubano. Sus conexiones con los norteamericanos, las de Marta Abreu, eran muy conocidas y venían desde bastante tiempo atrás. Y todo indica que esos contactos de alto nivel de la Abreu facilitaron que el doctor Estévez Romero ocupara, inmediatamente después del final de la guerra hispano-cubano-norteamericana, la presidencia del Partido Nacional, el sucesor del fenecido Partido Revolucionario Cubano fundado en los Estados Unidos por José Martí y llevado rápidamente a la bancarrota y el olvido republicano por el señor Don Tomás Estrada Palma y sus acólitos y paniaguados.

Ocupó además Luis Estévez un importante escaño en el recién estrenado Senado de la isla y fue elegido a la vicepresidencia de la naciente República de Cuba en el primer gobierno, impuesto maniobreramente por los norteamericanos, del susodicho presidente Estrada Palma. Pero debemos ser justos con los hechos y señalar que el doctor Luis Estévez Romero se había movido de forma activa en el campo revolucionario independentista desde muy joven, aunque siempre desde París y los Estados Unidos, jamás en el campo de batalla o en la muy peligrosa clandestinidad cubana.

Tenía ante sí el doctor Luis Estévez Romero —nadie lo dudaba en aquella época—, un futuro político brillante, que la política es un juego en extremo inseguro, a la presidencia de la República de Cuba. Ese era el panorama cuando de forma inexplicable, sin previo aviso, abandonó todos sus cargos, todos en absoluto, en junio de 1905, e incluso dejó por detrás la isla de Cuba rumbo a París para no volver jamás. El cadáver sí regresó, junto con el de Marta Abreu, en el año 1920 y ambos están enterrados en el cementerio de Colón, en la Habana. Como es obvio una extraña y un poco novelesca historia. Se ha dicho que la decisión tuvo que ver con desavenencias entre Estrada Palma y el doctor Estévez, pero eso no explica a fondo el extraño proceder del matrimonio Estévez Abreu.

Como una nota al margen señalamos que algunos cronistas han dejado entrever —sin pruebas documentales que avalen el aserto—, que la poco convencional deserción de los Estévez Abreu de todo lo relacionado con la nueva república inaugurada en Cuba el 20 de mayo de 1902, la política cubana e incluso de la propia isla, tuvo algo que ver con la actitud posterior, y el deshonor subsiguiente para la familia, de Catalina Lasa. Pero esa aseveración —aunque con cierto fundamento, si tenemos en cuenta la importancia de la percepción de moralidad de aquellos tiempos—, no pasa de ser una simple especulación.

La segunda razón por la cual Marta Abreu no «tragaba» a Catalina Lasa, se basaba en el conocimiento —a Marta Abreu no se le escapaba nada, absolutamente nada que pudiera afectar a su hijo— de que Catalina, aunque muy educada y elegante, de ninguna manera se iba a convertir, de la noche a la mañana, y quizás nunca, en la típica ama de casa dedicada en cuerpo y alma a dar calor a su hogar, a su marido y a los hijos por venir.

Catalina Lasa era como era y punto. Genio y figura, ya lo hemos señalado antes y ningún poder en el mundo la haría cambiar. Mucho menos una suegra, por muy enérgica de carácter que fuera. Catalina Lasa y Marta Abreu eran las dos caras, completamente diferentes, de una misma moneda. Y la Abreu, con el olfato y la percepción que solo una madre aterrorizada ante el riesgo que su único hijo corre, comprendió desde el principio lo que se le venía encima. ¿Preesciencia, brujería, magia, nigromancia? Nada de eso, puro amor de madre y buena información, aunque usted, estimado lector, puede pensar lo que mejor le parezca.

Doña Marta Abreu, mujer de fortísima personalidad pero seria, recatada y hogareña como solo ella podía serlo, era una de las personas más adineradas de Cuba. Su padre había levantado una gran fortuna con la importación y distribución de harina de trigo, lo que en la práctica hacía dueños a los herederos del viejo, Marta y sus dos hermanas, del pan y una buena parte de sus derivados en la isla de Cuba. Comerciaban también con otros productos alimenticios, salazones, ropas y zapatos, sobre todo de trabajo, monturas, machetes, aperos de labranza, semillas y accesorios para las necesidades de la vida diaria, ultramarinos le llamaban a esas mercancías, y eran propietarios, además, de grandes extensiones de tierras de cultivo de caña de azúcar en la zona central de Cuba.

A gente así les nombrarían años después: latifundistas.

Poseían también los Abreu el central azucarero San Francisco, en la localidad de Cruces y el ingenio Dos Hermanas, en Encrucijada, ambos en la provincia central de Las Villas. Dos ingenios azucareros bastante grandes pero no tanto como, por ejemplo, los de la familia de Juan Pedro Baró. Eran por tanto los Abreu ricos, muy ricos, pero no llegaban al tremendo nivel económico de un Miguel Aldama, dueño de los cinco ingenios más grandes e importantes de la isla, además de otros innumerables negocios, incluyendo una buena parte de los nacientes ferrocarriles del país, o de un Francisco Vicente Aguilera, propietario, al comenzar la guerra grande, de casi todas las tierras e ingenios azucareros del Valle del río Cauto y de una enorme dotación de esclavos.

Pues bien, aunque parezca una tomadura de pelo, doña Marta Abreu se preparaba cada mañana, muy temprano, su desayuno y el de su adorado marido, y zurcía ella misma los calcetines rotos de su esposo, entre otras muchas excentricidades de ese cariz. Esta forma de ser puede llevarnos a pensar, siendo positivos, que era una mujer muy hacendosa y de extraordinaria modestia o, por el contrario, siendo negativos, una persona rara y de tacañería patológica, o quizás, quién sabe, una mezcla de ambas cosas. Usted decide, otra vez, querido lector.

Un dato curioso sobre esta interesante y relativamente poco conocida mujer es el de su deseo, su obsesión más bien, incrementada después de la independencia de la isla, para lograr que la capital de Cuba se trasladara de la ciudad de La Habana a la ciudad de Santa Clara, lugar de nacimiento de ella y de casi toda su familia, alegando, lo que es cierto a primera vista, que esta última urbe está ubicada casi en el centro justo del país. Pero... ¿y la economía, el volumen poblacional, el puerto, las comunicaciones, los centros de gobierno y una infinidad más de razones en contra? Por supuesto, que esta idea no fue tomada en serio por nadie más en la isla y no pasó nunca del aspecto puramente anecdótico, lo que no fue óbice para que ella diera la tabarra con el asunto casi hasta el final de su vida. Y esa negativa o esa marcada falta de interés por su propuesta fue también un factor que le amargó la vida.

Lo cierto, y es el hecho que nos interesa ahora, es que Marta Abreu veía —y lo veía con ojos de madre, en la inocultable frivolidad, liviandad y ligereza de cascos de Catalina— la sombra de un futuro muy problemático, oscuro más bien, para su hijo Pedrito. El tiempo, que todo lo devela, se encargaría de darle, o no, que ya veremos, la razón.

Pero no nos adelantemos a los acontecimientos del porvenir.

Concluida la boda y los relativamente breves festejos que le siguieron de inmediato, la pareja de recién casados se traslada, como luna de miel provisional y rodeada de amigos íntimos, a un hotel de verano en un balneario cercano a la ciudad de Tampa. Luna de miel, esa forma tan tradicional de salirse en poco tiempo de un mundo más o menos estable, algo así como la prisión o la navegación de altura, para luego introducirse en otro mundo diferente que se supone limpio, nuevo y redentor.

Echemos las filosofías a un lado. Y preguntémonos en su lugar algo de más enjundia, o de más morbo, para ser honestos: ¿Había amor, verdadero amor, amor del bueno, no solo deseo sexual, en Pedrito Nolasco por Catalina Lasa? Casi seguro que sí, por lo menos al principio de sus relaciones, pienso yo, que no era nada difícil enamorarse de una mujer —mujeraza, dice un amigo mío de ideas y definiciones algo exaltadas— como aquella. ¿Había deseo, atracción sexual, lujuria y pasión en el joven por Catalina? Aquellos profundos ojos verdes, o azules, que de ambos colores se han descrito, aquellos atributos obvios de Cati y que se le adjudicaban abundantemente a la diosa romana Venus: «obscena belleza, fingida castidad, presencia divina, lascivia, desorden de los sentidos, ingrata espiritualidad, imaginativa y chocante variabilidad de actos»; aquella cose lasciva *ma honeste* que describía el poeta Pietro Aretino y los lúbricos cortesanos de Isabel D'Este; aquella «carne viviente» que invocaba el italiano Girolamo Savonarola para enviarte, a ti y a cualquiera que se le atravesara en el camino, previa tortura, y en menos de 48 horas, a la hoguera y de aquí al infierno. No lo dudaría un instante para afirmarlo. ¿Volvería ciegamente loco todo aquello, reunido en una sola y única persona al cachondo y superficial Pedrito Nolasco? Me jugaría el cuello a que sí.

¿Anidaban en el corazón de Catalina esos mismos sentimientos por Pedrito Nolasco. Es posible que sí, nunca lo sabremos, también es posible, conociéndola, hasta donde nos es posible conocerla, que cosas menos carnales y mucho más cerebrales como la curiosidad, la diversión, el deseo de independencia, la ilusión por una vida libre y sin presiones familiares, la fascinación por lo nuevo, lo inédito de una vida de lujos en Europa, —algo inherente a la relación formal con Pedro Nolasco, que tenía, para empezar, un departamento en París—, influyeran en la atracción de Catalina por Pedrito y en ese matrimonio.

¿Estamos acaso difamando a la muchacha en el párrafo anterior?

Pues… sí y no. Sí, si no conociéramos el futuro. No, si lo conocemos, y la verdad es, que haciendo trampas con el tiempo, sí, en este caso particular, conocemos el futuro. Un *spoiler* le llaman a eso hoy.

¿Es posible, digamos, que después de conocer en la intimidad a su marido, a Pedrito Nolasco, Cati se haya sentido desilusionada, decepcionada, frustrada? No lo sabemos ni tenemos forma de saberlo, y hasta es posible, que por lo menos por un tiempo, en ese matrimonio haya habido buenas dosis de placer, sensualidad, afinidad, cercanía de almas, reconocimiento mutuo, incluso algún grado de amor. Pues sí, puede ser, pero es imposible que no nos queden dudas, como también es posible que la intromisión de la suegra, en la vida privada del matrimonio haya tenido mucho que ver con los eventos posteriores. Que en definitiva uno siente cierto grado de alivio cuando se puede cargar a la suegra con todas las culpas habidas y por haber, que para eso son las suegras, ¿no? Y también es cierto que saber muchas historias, muchas anécdotas, muchas frases, en fin, muchas cosas de una persona no es sinónimo de conocer —y no hablamos del sentido bíblico de la palabra— profundamente a esa persona. Dejando esto en claro volvamos a la historia de nuestros personajes.

Es en el hotel donde Catalina y Pedrito esperan, cómodamente y entre almibaradas y muy cuidadas cópulas, nada de inventos de gente baja y evitando daños al bebé por venir, por supuesto, descansos en las tumbonas de la playa, comidas con amigos, brindis de champagne, raciones cortas para ella y muy abundantes para él, paseos en coche y nutridas reuniones familiares, la conclusión de la guerra en Cuba. Contienda que debe finalizar en breve con la derrota de España y la independencia de la isla.

Un inevitable final, sin dudas, ya que en ese momento una parte del ejército norteamericano, plenamente apoyado por las fuerzas mambisas, rodea la plaza de Santiago de Cuba y la flota norteamericana bloquea la boca del puerto de la misma ciudad, rada donde se encuentra atrapada la armada española del almirante Pascual Cervera y Topete. Escuadra esta que será destruida casi totalmente por los invasores norteamericanos el día 3 de julio, después de una batalla fulminantemente fulminante, rápida y evidentemente a ciencia cierta desequilibrada a favor de los barcos de guerra, mucho más modernos y mejor equipados, de la marina norteña.

Lo que todavía hoy, ciento veinte años después, siguen llamando los españoles «El Desastre del 98», así, sin muchos apellidos, pero todo el mundo sabe a que se refiere.

La pérdida completa e irremediable de la flota española y la capitulación de la ciudad de Santiago de Cuba ponen fin a la resistencia efectiva del ejército peninsular en Cuba. La guerra ha terminado y la posibilidad del inmediato regreso —ellos nunca vieron a Tampa como un destino a largo plazo, de la familia Lasa del Río— se hace inminente. Marta Abreu y su esposo solo arribaron a la ciudad floridana para la boda de Pedrito y Cati, porque su lugar de residencia permanente era, y seguiría siendo unos pocos años después, París.

La pareja de recién casados acogió la idea del regreso a la Habana con entusiasmo y comenzaron a hacer el equipaje inmediatamente, pero, casi siempre hay un pero, la mala noticia para Catalina era que se iría a vivir, y a parir su primer hijo, a la casona que el matrimonio Estévez Abreu, léase Marta Abreu, poseía en el Paseo del Prado de La Habana.

Malas, muy malas noticias para Catalina. Conviviría, pues, a partir de ahora mismo, con el enemigo.

Sí, señor, con el enemigo.

O peor, con su némesis.

Enigmático certificado de defunción

—¡Despejar la mente, Panchón, mi amor, despejar tu mente!

Y Tencha se toca varias veces seguidas la sien con los dedos índice y corazón de su mano derecha. —¡Sí, claro que sí, eso es lo que tienes que acabar de hacer, Panchón, despejar esa mente tuya tan llena de reconcomios y telarañas! ¿O es que te vas a enfermar y morir antes de tiempo a causa de la rabieta que has cogido por lo que te ha dicho ese hombre? —le recomienda, le pide, le ruega, le exige más bien Tencha, con la aplastante lógica de la verdad que hay en sus palabras, y se lo dice al doctor, muy a su manera, con la sabiduría, y la rudeza también, que es una buena herramienta cuando viene al caso, de una matrona cubana colmada de experiencias de la vida.

Han vivido una vida que no siempre ha sido primaveral, que sus muy fríos inviernos ha tenido, y algunos muy duros, durísimos, como cuando decidieron, el doctor y ella, que lo mejor para ambos y el resto de la familia era regresar otra vez a París y recomenzar dejando por detrás los problemas y la mediocridad de una isla, que a pesar de todo amaban y seguirían amando siempre.

Una isla, y así fue desde la primera hora de la supuesta independencia, que se debatía en disputas políticas y académicas de muy baja estofa. Tencha, una mujer que ha criado, con éxito y amor, también con algunas lágrimas escondidas y ni qué decir, con mano férrea y fiera persistencia de leona, toda una gran familia en tres países, Cuba, Francia y España y hablando, chapurreando a veces, dos idiomas diferentes. Una familia que hasta hoy, ¡Dios quiera que siga así!, no les ha dado a ellos, dos soberbios padres —eso dice todo el mundo—, quebraderos de cabeza de importancia.

Por eso Tencha, que intuye que hoy ha llegado el momento de actuar y aliviar en algo el desasosiego de Panchón, se decide de una vez y lo hace, a su manera, de frente y sin darle demasiadas vueltas al asunto. Han pasado tres o cuatro días después del sombrío y cruel final de Catalina Lasa y el frustrante y poco decoroso encontronazo mañanero de su marido, el profesor Domínguez Roldán con el multimillonario, y viudo de estreno Juan Pedro Baró. ¡Que donde se cae el burro se le dan los palos!, dice el viejo refrán. Y Tencha, que ha criado a sus hijos con esa simplísima filosofía, no tiene por qué cambiar ahora.

El doctor comparte, como hace siempre, sus impresiones, sus logros, sus fiascos, sus temores y sus dudas con ella, pero hoy, los tres días anteriores han sido de reconcentrados silencios, trabajo extenuante y poco sueño, es un día especial, uno de esos días en que Panchón tiene los nervios a flor de piel, y ya sabemos por qué.

—¡Lo que me ha dicho ese hombre no, Tencha, carijo, eso es lo de menos, la barbaridad que ha hecho! —aprieta los puños Panchón hasta que le blanquean los nudillos—. ¡Lo que le ha hecho a la enferma, a la medicina, a la verdad, a mí y a todos los profesionales que nos hemos interesado y trabajado muy duro por el caso de ella no tiene nombre!

—Lo sé, claro que lo sé —su voz es severa.

—¡Ya ves!

—¿Pero… qué tú esperabas que hiciera ese caballero, querido Panchón, o es que ya no tenías suficientes antecedentes previos, que todo el mundo los conoce aquí en París, y creo que también en La Habana? —los dedos de Tencha tamborilean sobre la mesa—: ¿Te caes de la mata ahora que has chocado de frente con la arrogancia y desdén por la gente que ellos —que Catalina Lasa no era muy diferente—, creen inferiores, sin contar el incurable egoísmo y la falta de consideraciones de ese individuo?

Se mueve inquieto el profesor. —¿Qué esperaba? ¡Pues esperaba, Tencha, esperaba que se comportara como un verdadero caballero, que se supone que eso es lo que debiera ser ese señor, y no como un rufián de poca monta!

Tencha deja que se asienten los argumentos de su marido, sus eternas e idealistas tesis sobre lo que debiera ser y no es, sobre lo que debiera ocurrir y no ocurre, sobre cómo debiera comportarse la gente y no se comporta, antes de ripostar…

—¡Ja, tú siempre con la misma historia de esos honorables y valientes caballeros andantes, lanza al brazo, escudo y armadura, defendiendo a sus damas y a la verdad y la justicia! — Hay sarcasmo, por supuesto, en su actitud, pero también amor en sus palabras, y él, aunque le pique, lo sabe y al final terminará reconociéndolo, como sucede siempre—. ¡Qué iluso eres, mi querido Panchón, de verdad, qué iluso eres!

Panchón se revuelve inquieto y refunfuña ininteligiblemente.

Intenta contestarle con algún razonamiento de peso, una frase ganadora, una metáfora imbatible, pero no le sale algo que valga la pena. Entonces, gruñe otra vez, que defenderse no sabe, o no puede, pero gruñir sí está en su natural.

—¡Cuando te sales de la medicina, la amistad o la familia, que son los temas en los que nadie te gana, y te metes en lo que debiera ser y hacer la gente o en la política, terminas quemándote, Panchón, siempre terminas escaldado, como en Cuba! — Tencha está sentada, la espalda recta y las manos siempre en movimiento, a la sólida mesa de madera barnizada en blanco mate de la cocina, su cocina, su reino en este mundo, su cueva personal, su gajito verde y oloroso semejante a un retoño de la Cuba que tanto extraña, su lugar preferido en todo el departamento que ocupan ella y el profesor Roldán en París.

Un París en el que ella vive, junto a su marido de siempre, Panchón, hace años y que parece asimilar, por lo menos en el plano de la vida práctica bastante mejor que él: tiendas, comidas, transportes urbanos, trato con las gentes, costumbres, qué sé yo, mucho mejor que el propio Panchón, que vive en su nube científica particular.

Pero al mismo tiempo, un París que la sigue abrumando con su extensión y su tumulto, sofocando a veces, de ahí su empeño por salir cada vez menos de la casa, y del que continúa asombrándose, tal y como se maravillaban —era un viejo chiste de allá, de su terruño—, los campesinos de monte adentro en Cuba al visitar por primera vez La Habana y ver su gran tamaño, las relativamente grandes distancias de un lugar al otro, sus avenidas, sus edificios, los tranvías y ómnibus, la enorme cantidad de gentes de todo tipo, las vidrieras de las tiendas, su tendido eléctrico, su iluminación nocturna, los montones de comercios: ¡Hey, compay! ¿Y quién paga por todos estos lujos?

Está Tencha separando y limpiando, grano a grano, de piedrecitas, bichitos e impurezas, una montañita (alrededor de un par de libras o algo más) de cereal crudo de arroz blanco. Un arroz que empleará mañana, luego de cocerlo debidamente, para acompañar esos frijoles negros dormidos, y aquellos platos de carne molida, picadillo le llaman los cubanos, que enamoraron a Panchón, él mismo lo dice, muchos años atrás y todo indica que lo siguen atrayendo como el primer día. —¡Chocas una y otra y otra vez con la misma piedra, y por lo visto seguirás chocando a pesar de los golpes, que no aprendes, Panchón, caray! —el doctor se desplaza de un lado al otro de la cocina, sin decidir, si asentar o no las posaderas, los nervios no le dejan, en un lugar fijo.

—¡No me interesa, tú lo sabes de sobra, Tencha, aprender a sortear y saltarme piedras en estas alturas de mi vida!

Saca Panchón, como si le quemara la tela, y el calor también traspasara hasta la piel del pecho, algo del bolsillo izquierdo de la camisa. —¡Mira, Tencha, dale una mirada a esto! —Panchón, con su bata de casa morada echada por encima de los hombros, pero calzando sus zapatones negros bien acordonados, usando camisa blanca y pantalones de salir, incluso puestos los tirantes de serraje de vaca en Y, adornados con líneas verticales rojas, grises y negras, bien colocados en su lugar, le enseña a Tencha un papel alargado que acaba de desdoblar, un cheque. Lo hace muy enojado, con rabia, con un furor que no trata para nada de atenuar ni reprimir delante de su mujer, que es, de paso, su confidente, o mejor aun, su única, amiga.

—¿Mira esto, Tencha, y dime si no es para retar a duelo a ese cabrón?

Es un talón de cobro de la Societé Génerale, uno de los más antiguos y prestigiosos bancos franceses lo que tiene Panchón en la mano. El monto de la transferencia es de varios miles de francos con respaldo oro, una pequeña fortuna, y está dirigido al doctor Francisco Domínguez Roldán y firmado, no por él, por Juan Pedro Baró, sino por el contador y amanuense para transacciones económicas de este, un tal Menard.

—¡Mira, mira este papelucho de mierda, Tencha. Una transferencia bancaria como pago de los honorarios por los servicios médicos prestados por mí en el curso del tratamiento de Catalina Lasa de Baró!

Pone el documento bancario sobre la mesa y frente a Tencha, para que ella pueda leer la impecable escritura. La tinta negra, perfectamente dibujada resalta sobre el azul celeste con marcas de agua del impreso. El documento legal viene acompañado por una carta mecanografiada, escueta, bastante impersonal, amable sin exageraciones, en la que se le recuerda al recipiente que de no estar de acuerdo con los emolumentos enviados, que son, sin lugar a dudas muy generosos, no tiene más que solicitar por escrito el importe faltante, que le será remitido de inmediato y sin disentimiento de ningún tipo.

Ah, y con el agradecimiento eterno de la familia: los hermanos, los hijos y el esposo, mejor dicho, el viudo, de la señora Catalina Lasa del Río de Baró, la reciente difunta.

—¡Miserable hijo de puta!

Tencha hace un gesto de desagrado, de asco más bien, y empuja lejos de ella, hacia el otro lado de la mesa la transferencia bancaria. Entonces traga en seco y comienza a explicarse pacientemente y con la misma voz que utilizaría para referirse al frío imperante o al alto precio que ha alcanzado la carne de res en los mercados populares de París: —¡No quiero saber la cifra, no me interesa, pero comienzo por decirte que sea cual sea la cantidad, es un dinero que has ganado de forma legítima, como todo el que has recibido, a veces más, a veces menos, desde el primer día en tu carrera de médico! —ahora eleva un poco, solo un poco más la voz—. ¡Pero devuélvelo, Panchón, por tu bien, ponlo en un sobre con el nombre de Baró en letras bien grandes y reenvía el cheque a ese hombre ahora mismo. Envíalo con Thierry, entregado en mano propia, y da por terminado de una vez y para siempre este desagradable asunto!

Tencha, que continúa con su labor, o aparenta hacerlo, no le dedica ni una mirada al cheque que Panchón le ha puesto casi delante de los ojos y que ya ella apartó de sí. ¡No me gusta decir palabras feas, tú lo sabes muy bien, Panchón, pero eso que dijiste es lo que es ese tal Baró, un... un perfecto hijo de puta! Levanta Tencha la cabeza y dibuja con sus rosados labios, enseñando una calma fría que no es nada habitual en ella la siguiente frase: ¡Que se meta su dinero por... por don-de tú sa-bes!

Panchón primero asiente, satisfecho de que ella lo entienda tan bien, luego, que no es fácil desprenderse y dejar a un lado una obsesión, vuelve a su guerra particular y chirría los dientes, que es ahora su manera de desahogarse, y da la impresión entonces, de revolverse como un león herido de un flechazo envenenado en el costillar. —¿Sabes, Tencha, quién me entregó el maldito sobre con el cheque, muy sonriente, por cierto, hace unos minutos? —el profesor Roldán bordea, cuando la rabia se le sale por los poros, como ahora, y Tencha lo sabe, que lo conoce demasiado bien, la apoplejía.

—¡Pues claro que lo sé, la portera!, ¿quién si no? Ese es su trabajo, Panchón, entregar a tiempo la correspondencia que le dejan en su ventanilla del zaguán y hacerlo con presteza y amabilidad, que para eso cobra un salario, bien pobre, por cierto, y aunque tú no te has dado cuenta, que vives en las nubes, también esa señora acepta propinas, que tiene que buscarse la vida de ella y de sus hijos igual que todo el mundo. ¿Sabías acaso, Panchón del alma mía, que el marido de esa señora que tan mal te cae, murió, borracho perdido, en el mismo hospital Dieu donde tú trabajas?

—¿Quién te contó eso?

—¡Todo el mundo sabe eso en el edificio, Panchón, menos tú, claro está!

Panchón vuelve a renegar y el color escarlata de la piel del rostro le va subiendo en rápidas oleadas hasta el mismísimo y brillante centro de la cabeza calva. —¡Me han dejado esto en un sobre manila con la portera, como un papel cualquiera, con mi nombre escrito a máquina y sin aviso previo, carajo, ni que yo fuera ni que yo fuera un asalariado de ese hombre, un empleado al que botan a la calle… calle por portarse mal! Tencha, que percibe las señales de peligro mejor que nadie cuando se trata de la salud de su marido, e intuye a la perfección —el cambio en sus palabras de carijo por carajo es una señal ominosa, una más, de que la presión arterial de Panchón va subiendo y subiendo amenazadoramente— cuándo tiene que ponerse dura con él eleva, y bastante, lo hace muy pocas veces, solo las necesarias, su tono habitual de voz.

—¡Ya te dije, Panchón, y te lo repito de nuevo, que pongas todo este asunto a un lado y despejes de una vez tu mente! ¡O te va a dar una sirimba, coño!

Se pone de pie Tencha con una presteza y decisión inesperadas en una mujer, que aunque de muy buen ver todavía —que tuvo sus quince—, peina canas desde hace rato, ha parido varias veces y ya tiene nietos estudiando Medicina. Pero aún le quedan fuerzas cuando la necesidad se impone.

Echa la silla hacia atrás, da tres o cuatro pasos para separarse de la mesa y se detiene, con los brazos en jarras, frente al doctor, remedando una actitud de madre, de madraza más bien —Panchón la ha visto así no pocas veces en sus más de cuarenta años juntos, y siempre esa actitud ha sido, sin excepciones ni equívocos, para el bien de sus hijos o de él mismo—, entre regañona por un lado y cariñosa por el otro, como una pata zambullidora defendiendo a sus patitos. Estas gentes tan ricas, tan pagadas de sí mismos, son así, Panchón, te lo he explicado mil veces, y eso no tiene ni tendrá nunca remedio, así que por tu sanidad mental, y por la mía, devuelve ese cheque y termina con todo esto, que no es la primera vez, ni será la última, lo presiento, que la familia de un paciente al que tú has ayudado más allá de lo que el deber indica, se porte mal contigo!

—¡Lo sé, lo sé, carijo!

—¡Allá ellos con sus millones, y también con las penas que arrastran, los pobres!

Panchón, que no ha dejado de gruñir y renegar, pasa por el lado de Tencha, se acerca al profundo y moderno fregadero de gres empotrado en la pared del fondo de la cocina y se sirve un vaso de agua del grifo. —¡Ja, intoxicación por pescado en mal estado, carijo, nada más y nada menos que una ciguatera a estas alturas! —Bebe, las manos le tiemblan casi imperceptíblemente, un sorbo o dos de agua y pone el vaso, luego de escurrirlo, en el desagüe y con mucho cuidado de no romperlo. Aparenta una tranquilidad que en realidad no siente—. ¡Intoxicada esa pobre mujer por pescado en mal estado, por Dios, por Dios!

Tencha, que de verdad no entiende ahora lo que el doctor está bufando entre dientes, da una vuelta en redondo para mirarlo de frente y le dice, sorprendida: —¡Eh, Panchón!, ¿te has vuelto loco? —abre los brazos en un ademán desconcertado—. ¡Mírame! ¿Qué estás murmurando acerca de los pescados? El doctor se recuesta al fregadero, se agarra con las dos manos al borde de porcelana y la mira a ella directamente a los ojos. —¡Intoxicación, sí, envenenamiento por pescado en mal estado, ciguatera, Tencha, escuchaste bien! Panchón parece otra vez a punto de explotar en pedazos como una de esas viejas bolas de cañón de balandro corsario cargada de metralla.

Ella replica arrugando las facciones y frunciendo la boca con más que evidente disgusto, que no le gusta hacer la tonta. —No entiendo lo que quieres decirme, ¡no te entiendo, de verdad que no te entiendo! —La perplejidad de su mujer es real y él se da cuenta—.

¡Te lo explico ahora mismo, Tencha. Intoxicación por pescado en mal estado es lo que ha escrito un farsante, uno de esos charlatanes carentes de nombre y de escrúpulos entre los médicos de verdad que practicamos aquí en París! El doctor toma aire con cierta dificultad, que es obvio necesita un poco de resuello para continuar hablando. ¡Un cabrón mercenario de la medicina al que Baró seguramente le ha pagado con largueza, vaya usted a saber cuánto dinero!

—¿Pero Panchón, por Dios, dónde ha escrito ese diagnóstico, o lo que sea, el charlatán del que me hablas? —pregunta ella molesta.

—¡Ha escrito y firmado ese tipejo, aunque cueste trabajo creerlo, que una intoxicación por pescado ha matado a esa pobre mujer, ¿me entiendes?, y lo ha puesto como primera causa de muerte en el certificado de defunción legal y definitivo para cerrar el caso médico por la muerte de Catalina Lasa! —suelta Panchón, con un sonido sibilante, el poco aire que ha aspirado y aloja en los pulmones—. ¡Envenenamiento por pescado en mal estado! ¿Te imaginas, Tencha, te imaginas semejante barbaridad? Panchón habla ahora en voz baja, demasiado baja para su costumbre, y sus palabras suenan cavernosas, sombrías, como si salieran desde lo más profundo del alma de aquel hombre poco acostumbrado a la incuria de sus semejantes. Un comportamiento del doctor que preocupa a Tencha mucho más que si él estuviera tirando cosas al suelo o rompiendo muebles.

A Tencha puede molestarle más o menos, quizás menos que más, todo lo relacionado con la enfermedad, el sufrimiento distante y el fallecimiento de Catalina Lasa. Tencha conoce la compasión y tiene un corazón de oro pero sabe, ha sabido siempre, que los Baró, los Lasa y muchos otros, por supuesto, pertenecen a un mundo donde esa misma compasión y sentimientos como la solidaridad y la ternura son son solo atributos de los perdedores, de los que no han sabido ganar el éxito, y el éxito es todo lo que importa a esa gente. Por tanto, su necesidad inmediata, la de Tencha, y por encima de cualquier otra cosa en este mundo, es evitar que a Panchón, a su Panchón, le dé un ataque al corazón o algo peor. Pero eso no quita que lo inesperado y absurdo de la noticia la sorprenda como a cualquier hija de vecino. —¡Eso no puede ser, Panchón, no puede ser de ninguna manera! ¿Quién te ha dicho semejante cosa? —El estupor, la perplejidad, diríamos que el pasmo en la cara de Tencha ante algo tan inesperado y fuera de lugar es digno de las mejores escenas de una película muda, muy de moda ahora, de Murnau o de Fritz Lang.

—¡Esa mujer lleva meses enferma, o años, no sé, y la han visto y tratado un montón de clínicos de primera línea! ¿O me equivoco?

—¿Que quién me lo contó, eh?

—¡Es lo que te estoy preguntando!

Panchón parece ofendido por la recelosa pregunta de ella, pero en el fondo sabe que Tencha tiene todo el derecho del mundo a conocer la verdad. —Pues me lo han dicho mis compañeros del Hopital Dieu, un joven patólogo del Necker y cinco o seis personas más, Tencha, y no todas son médicos —el doctor da un puñetazo en la mesa con tal fuerza que le hace arder el dorso de la mano—. ¡Intoxicación por pescado, carijo, ciguatera, una farsa en toda la extensión de la palabra, un embuste de poca monta y seguramente de precio elevado, muy elevado! ¿A dónde vamos a parar, Tencha, a donde vamos a parar si la medicina sigue volviéndose un asqueroso negocio como este? Se repite una y otra vez Panchón sin poder creerse del todo aquella forma de proceder. ¡Para que te enteres, lo sabe medio París, Tencha, eso que ha ocurrido con Catalina Lasa ya es *vox populi* en todo este maldito pueblo y sus aledaños!

Toma aire otra vez y espeta con más frustración que furia: —¡Ten cuidado y no se sepa ya en La Habana! —gruñe otra vez antes de continuar—: ¡Que en definitiva ese papel legal es todo lo que necesitan para embalsamar a la muerta y meterla en un barco para mandarla como un paquete a Cuba!

—¡Jesús, María y José! ¿Y qué van a hacer ustedes?

—¿Hacer… hacer, lo que se dice hacer? —Panchón camina de un lado al otro de la cocina, el espacio en aquellos departamentos no es muy holgado, como una especie de feroz tigre enjaulado. Un tigre calvo, bajito, sin rayas y cada vez más lívido y encabronado—. Pues… no sé, lo comentaré con algún otro profesor de la facultad, con los especialistas que han tratado a la señora Lasa, quizás con algún amigo que no se vaya de la lengua… No sé. Ahora es el doctor Domínguez Roldán, quien de pronto ha perdido fuelle, el reflejo fiel de la perplejidad. ¡Baró era el dueño de esa mujer cuando estaba viva … y ahora que está muerta es su propietario absoluto y hará con ella…lo que le dé la gana. Se queda unos segundos pensativo.

—No olvides, Tencha, que hay gente que asusta por el mal que hace y hay otras que meten aún más miedo por el mal que pueden llegar a hacer!

—¡Panchón! ¿Qué cosas tan horribles estás diciendo? —él da un respingo—. Lo que oyes, ¿o te has vuelto sorda?

Ella brinca como si la hubiera picado una avispa.

—¡No, no estoy sorda en lo absoluto, Panchón, y tú lo sabes muy bien, demasiado bien —la respuesta es brusca pero sus razones no tienen que ver directamente con la inopinada pregunta del doctor—. ¡Estoy solamente desconcertada! ¡De verdad me cuesta creer todo eso que me cuentas! El rostro de Tencha, el de siempre, el de todos los días serviría para un estudio fotográfico de la serenidad, de una calma que ha funcionado como un rompeolas de rocas y concreto para disolver mareas y riadas que hubieran arrastrado a muchos otros, pero ahora cruza por él, como una sombra, la duda existencial.

—¿A veces me pregunto, Panchón, por qué hay gentes así?

—Nadie, nadie lo sabe a ciencia cierta, mi amor, nadie. ¿Quién puede conocer, quién puede penetrar lo profundo de las motivaciones reales, los pliegues recónditos del cerebro del que quiere vivir la vida como si la vida fuera una novela. Probablemente ni ellos mismos lo saben, ¿no te parece? ¡Pero así son las cosas, Tencha, así son las cosas en este jodido mundo en el que nos ha tocado vivir!

Quizás sea un intento de Tencha por desviar su atención hacia un tema más afín a sus inclinaciones médicas, por aliviarle la carga, o simplemente la tan humana avidez de saber, de adentrarse en lo que no se conoce bien para poder entender lo que está ocurriendo alrededor de uno, pero sea una cosa o la otra, o ambas, que es lo más probable, la pregunta que ella le hace al doctor Roldán lo toma desprevenido y cambia un poco la sofocante y venenosa atmósfera que han estado respirando ambos hasta ahora.

—¿Oye, Panchón, qué tiempo estuvo ella enferma en realidad?

—Pues… algo más de dos años, quizás tres, y puede que hasta más, quién sabe, porque al inicio lo ocultaban —a Panchón le sale a flote, con aquella pregunta inesperada, lo que tiene de médico práctico y de magnífico recopilador de datos clínicos.

—¿Lo ocultaban, quiénes lo ocultaban? —pregunta Tencha ahora picada por el bichito de la curiosidad.

—Tanto Catalina Lasa, a Baró, por un breve tiempo, que el hombre de tonto no tiene un pelo; como él, que lo sabía todo, a los demás.

—¿Pero… dónde comenzó su dolencia, en qué país, en Cuba, aquí en Francia o en otro lugar, Panchón? —él piensa un poco, duda incluso, antes de contestar—: Todo lo de esta gente, Tencha, es misterioso, todo lo que hacen y lo que dicen o dejan de decir. Todo, como ves, es muy enrevesado y enigmático. ¡Ni los reyes o los dictadores guardan tantos secretos, aunque ahora creo que estoy exagerando! Supuestamente ella comenzó a sentirse mal mientras llevaba a cabo una cura de adelgazamiento, eso era una manía que le jodió la vida desde muy joven, en el balneario bohemio de aguas termales de Karlovy Vary.

—¿Ese es en Carlsbad, no? —pregunta ella.

—Sí, el mismo pueblo ahora con otro nombre, pues después de la primera guerra mundial dejó de ser alemán y por los tratados de paz pasó a formar parte de Checoslovaquia. —Panchón, más calmado, toma asiento al fin en una silla—. Ya el lugar no era lo mismo en cuanto a *glamour*, fiestas y los nombres y títulos de los visitantes. Incluso dicen que la calidad de la atención médica también disminuyó apreciablemente, aunque el agua caliente que sale de los muchísimos manantiales, supongo, no habrá cambiado para nada.

—¿No sería ese el problema?

—No creo.

—Voy a hacer un cafecito, ¿quieres? —Tencha comienza a abrir puertas en los estantes y a sacar lo necesario para colar la infusión—. Buena idea lo del café, me apunto, como siempre, asiente Panchón, y por primera vez en todo el santo día sonríe. De lo otro, lo de las curas de obesidad, pues nunca me quiso decir, que esa señora era una maga de la evasiva, créeme. ¿Cuántas terapias hizo en ese balneario, o en otros, para el sobrepeso o qué medicamentos tomó, o qué le habrán, quizás, inyectado para acelerarle el metabolismo basal, si es que se arriesgó a eso? No sé ni creo que lo sepamos nunca, tamborilea con sus dedos sobre las rodillas. Pero te digo algo, un tratamiento de ese tipo pudo haberla matado de un ataque al corazón, aunque no creo que la llevara a un deterioro físico como el que presentó en el último año de vida.

—Humm. Tencha le presta atención como a él le gusta. El doctor está volviendo poco a poco a su color normal y eso no pasa inadvertido para ella.

—A veces, Tencha, ella comía mucho, que golosa era, sobre todo de carne de res y champán, mucho champán. Siempre me dijo que el pescado no le gustaba, y otras veces no comía prácticamente nada, como si viviera del aire —Panchón vuelve a tomarse un tiempo, quizás pone en orden sus ideas, antes de continuar hablando. —Pero... pero hay otra versión del comienzo de los síntomas en ella.

—¿Cómo es eso? —Tencha, mucho más tranquila, aunque no permite que esa paz se note, comienza a preparar el colador de algodón y el resto de los aditamentos necesarios para colar un buen café cubano.

—Dicen, porque incluso conmigo, que por razones de diagnóstico debía conocer la verdad, ellos, los dos, eran evasivos y poco claros, que todo comenzó después de la inauguración, en 1926, del palacete que él mandó construirle en el Vedado. Una casa que le sacó ronchas a las familias más adineradas de la capital.

—¿La casona de la Avenida Paseo?

—Esa misma.

—¡Linda propiedad, imponente y al mismo tiempo de una elegancia fuera de lo común, aunque solo pude verla por fuera! —Tencha trajina en la cocina como una hormiguita—. La vi el año pasado cuando estuve en La Habana.

—Pues todo parece haberse torcido para ella allí.

—¿Como una maldición?

—¡Yo no creo en maldiciones, Tencha, tú lo sabes! El doctor, relajado ahora, comienza a percibir el olor del café al filtrarse por el colador y respira, goloso, como queriendo apropiarse de todo el aire de la cocina. —Todo parece haber comenzado por el rostro, al extremo de que se tapaba la cara con un velo para que nadie, ni los criados, pudieran verle la cara.

—¡Eso es horrible para cualquiera, pero para ella tiene que haber sido devastador! ¡Tan hermosa que era, dicen!

Panchón asiente —¡lo era, lo era!

—¿Será verdad eso?

—Dicen que Baró ordenó quitar los espejos de toda la casa, pero puede que eso sea solo una leyenda —Tencha está sirviendo ya las tacitas y se prepara a endulzarlas—. Con ellos nunca se sabía a ciencia cierta la verdad, un día te decían una cosa y otro día otra.

A veces incluso se contradecían uno al otro pero las opiniones de él, de Baró, prevalecían.

—Oye, ¿por qué no dejamos de una vez en paz a la pobre difunta?

—Como quieras.

Ella se acerca a él y lo abraza por detrás dejando descansar sus manos en el pecho del doctor, a traición, como le gusta a Panchón cuando necesita apoyo. —Mira —dice Tencha en un tono tranquilizador—, no tengo ganas de cocinar esta noche y tampoco tengo deseos de vestirme y salir a la calle, que hace mucho frío allá afuera. ¿Por qué no vas con Thierry a La Cueva, comen algo, conversan, escuchan un poco de buena música y luego me traes el postre, el de siempre, torrejas con mucho sirope y un helado de vainilla?

Alguien, no sé quién, dijo alguna vez que el que se aburría de París es que ya se había aburrido de la vida. Pero no es verdad. Tencha, aunque comprende a los parisienses mejor que Panchón, nunca ha sido muy fan de aquella urbe. En verdad de ninguna, su mundo es su familia y de esa está muy pero que muy lejos de aburrirse.

La primera reacción de él es protestar, y lo intenta sin demasiada fuerza. —No quiero salir sin ti a la calle —titubea. ¿Quedarte sola otra vez? La sonrisa de Tencha, que sabe que el doctor necesita salir de sus repetitivos pensamientos, es ahora la de una ganadora. Soy yo, Panchón, la que no quiere salir a la calle esta noche, prefiero escribir las cartas que le debo hace días a los muchachos, escuchar la radio, leer un rato, pero… también deseo comer el postre de la Cueva. ¿Cómo hacemos entonces?

Cuando ella le habla de leer Panchón piensa en Menandro, el griego aquel que dijo que las mujeres «tenían sentimientos elementales muy fuertes y una intelegiencia muy débil, y por tanto no debían estimular su cerebro con las artes y las ciencias, porque eso les dañaría el entendimiento» ¡Idiota!

Entonces vuelve en sí y lo intenta de nuevo, pero sin mucha fuerza: —¡Jamás, mi amor, jamás van a cocinar, ni en la Cueva ni en ninguna parte, unas costillitas de cerdo o un picadillo con arroz blanco tan sabrosos como los que tú haces en casa y…

—Pero hoy quiero descansar de la cocina.

—Bueno… en ese caso —se queda pensando qué decir— ¿Oye, Thierry estará de acuerdo en salir esta noche a la calle?

—Claro, Panchón, ya quedó conmigo en recogerte dentro de media hora.

—¿Que quedó contigo?

—¡Pues, claro! ¿O es que me vas a negar el postre que me gusta?

—Humm. No estás jugando limpio conmigo.

—Hmm. No sé, Panchón, de qué me hablas.

Un nuevo amor. Una nueva vida

Vértigo.

Así, de vértigo, prisa existencial, ajetreo sin fín puede caracterizarse la vida de Catalina Lasa de ahora en adelante. El diccionario de la Real Academia Española dice, en una de sus acepciones, que vértigo es el apresuramiento anormal en la actividad de una persona. Y en efecto, al casarse Catalina con Pedrito Nolasco en 1898, su vida, que nunca fue contemplativa, tradicional para la época ni del todo apacible, se hace hasta cierto punto vertiginosa.

En ocasiones mucho, como ya veremos.

Todo se acelera, corre, trepida con la amplitud de nuevos y desconocidos horizontes que se abren a sus ojos de muchacha cubana, cubanita matancera bien criada, más o menos precoz, pero provinciana e isleña al fin y al cabo, en pugna constante contra el aburrimiento, el tedio de país atrasado, «el eterno todo rodeado de agua por todas partes», la maldición insular de la que se quejará amargamente un poeta cubano del futuro, nacerá en 1912, al que su madre impondrá el nombre de Virgilio, ¿premonición?, al nacer, y la para ella insoportable repetición del día a día dentro del mismo y reiterativo ámbito hogareño. El horror sempiterno de lo mismo con lo mismo. Pues bien, todo eso termina en unos meses. Primero se resquebrajan poco a poco pero sin pausa, y luego caen en pedazos los muros de contención que ella siente la oprimen como persona y como mujer.

Se suceden los embarazos de Catalina y en rápida secuencia, casi de año en año, pare a Luisito, nombrado así por el abuelo paterno, el niño que ya venía en camino antes del casamiento oficial y cuyo embarazo hubo que ocultar, o mejor, ficcionar el ocultamiento —¡está gordita Catalina, qué hermosa y rosadita está, debe haber comido mucho, sin parar, por la ansiedad y el nerviosismo del ajetreo y los preparativos de la boda!— por ambas partes, la familia y el público, hasta el día siguiente de la ceremonia. Luego viene Pedrito, Pedro por el padre y un poco más tarde Marta, Martica, o Martucha, la más pequeñita, por la «adorada» y respetadísima abuela, la señora Marta Abreu.

Y lo más asombroso de todo es que la antológica belleza de Catalina, su hermosa frescura, su piel lustrosa y nacarada, sigue intacta, es más, Cati gana en ancho de caderas, en volumen pectoral, en una palabra, en madurez, y eso la hace aún más hermosa, más atrayente y agradable a la vista, más apetecible, si cabe, al indecoroso, pero por demás muy humano, paladar de algunos.

¿Qué prueban tantos embarazos en tan poco tiempo si es que prueban algo? Pues nada, lo habitual, lo normal para un matrimonio joven y sano, ¿o… sexo placentero y desbocado, pasional, loco, por alguna de las partes o por ambas?¿O quizás… deseos de hacer lo más pronto posible un hijo —una vez parido el anterior, por parte de la mujer, en este caso Cati—, como un buen pretexto, una aceptable manera de alejar, de evitar al marido por siete u ocho meses alegando malestares y riesgos? Es posible que… ¿simple desconocimiento, nada raro entonces, de las formas de evitar la preñez?¿O ….esa tan común distancia entre los cónyuges de la época, incomunicación la llaman hoy, que impedía un acuerdo razonable, que de esas cosas la gente fina no habla, sobre el buen sexo sin embarazos?

Quién sabe, pero…

Acude a mi mente una imagen maligna: Cati pensando en cualquier cosa sin importancia, en las musarañas (por ejemplo, el cineasta Pedro Almodóvar, sarcástico, la pondría a tejer, con cuidado de no lesionar un ojo del marido con las agujetas, un abriguito de lana rosa o azul cielo), mientras el pobre Pedrito Nolasco se afana, sudoroso y febril, sobre el cuerpo de ella. En fin, no sabemos ni lo sabremos nunca, pero en el futuro, cuando el semental cambie, lo que ocurrirá pronto, no habrá más embarazos y todo indica, que por lo menos al principio, el sexo sí que fue placentero y desbocado, loco, como muy probablemente Catalina no lo conoció antes.

Pero no nos adelantemos a los acontecimientos.

Y llega, con el final de la contienda armada, el retorno de Cati a La Habana, a su amada Habana a la que ya ha regresado con su escuadrón villareño Chema Lasa, su hermano mambí, convertido ahora en héroe popular de uniforme blanco inmaculado, mandado a hacer con las medidas exactas tomadas por el sastre, por supuesto, que ya basta de miserias, y pistolón y bruñido machete al ancho cinto de cuero legítimo color caoba. Ese mismo Chema al que ella pronosticó, y así se cumplió, un retorno sin heridas ni nada que lamentar.

Vuelve Cati a La Habana. A una Habana gobernada ahora por los norteamericanos que traen con ellos la policía militar, el desarme de los mambises, sobre todo de la peligrosa negrada, la creación de la guardia rural, los primeros alcantarillados y drenajes en las calles, la pavimentación de las vías principales, el jabón barato, al alcance de casi todo el mundo, miles y miles de inodoros —no se ría, que es del todo cierto— que ayudan a erradicar casi por completo el cólera morbo, la Convención Constituyente y la aceptación, después de muchas reticencias y debates —algunos muy mal intencionados— de la teoría de los mosquitos de Finlay como vectores de la horrorosa y devastadora fiebre amarilla.

Aunque… como era de esperarse le atribuyen el crédito del importantísimo hallazgo a un tal doctor Walter Reed, un general del cuerpo médico interventor que estaba en realidad en otras tareas militares fuera de la isla de Cuba y que se limitó a dirigir sobre el papel, y por su alta graduación militar, al grupo investigador del ejército norteamericano que evaluó científicamente, investigó hasta la saciedad y aprobó sin objeciones los hallazgos y teorías del doctor Carlos Finlay. La pelea por la paternidad del descubrimiento durará años, decenios, más de medio siglo, es cierto, pero lo importante, por el momento, es que las fumigaciones intensivas comienzan de inmediato y la temible fiebre ictérica primero, decrecerá y luego desaparecerá casi del todo, inicialmente de La Habana y más tarde de toda la isla de Cuba. ¿Ganó el premio Nobel el doctor Finlay por este hallazgo? Pues la verdad es que no lo ganó. Fue propuesto cuatro veces ante el Comité de Estocolmo y cuatro veces lo ignoraron los académicos suecos.

Y le agradezco que no me pregunte por las razones de ese «olvido». Pero dejemos de lado ahora el desagradable tema y volvamos a Catalina y volavamos al regreso a su querida Habana.

Claro, claro, que Catalina es Catalina, la maga halagadora y retoma enseguida, como una tromba veraniega, su reinado. Porque para ella es un retorno rimbombante a La Habana elitista, ahora muy cambiada debido a las nuevas condiciones políticas impuestas por las autoridades norteamericanas que comienzan a modificar el rostro de la ciudad, que en el fondo es una Habana que sigue siendo la misma, la de las fiestas, las comelatas; los ágapes con cualquier pretexto; los paseos en coche; el mirar los desfiles de las tropas americanas —no demasiado marciales, por cierto—, desde los balcones de la calle Monte; las bodas y bautizos, los daguerrotipos y tiesas fotografías que se hacen los oficiales mambises de copete —en lugar de las hasta ahora habituales autoridades militares españolas—; los uniformes son diferentes, es verdad, pero son casi las mismas caras bigotudas y tiesas que generalmente miran, con seriedad impostada, hacia arriba.

Cati vuelve, ¡por fin!, a La Habana de los concursos de belleza y las fotos en las revistas del corazón, a pesar de que todavía no se conocían por ese mote eran igual de importantes para ella. Su Habana, la capital de un país, aunque ese país fuera una isla periférica y no, gracias a Dios, un pueblo perdido de tabaqueros, pescadores y rústicos dedicados al cultivo y recogida de naranjas como Tampa. En Tampa disfrutó todo lo que pudo y encontró a Pedrito Nolasco, y eso estuvo bien, pero basta ya de Tampa y sus tampeños, que la vida, la gran vida vuelve y hay que aprovecharla.

Y recomienzan también las peleas con la suegra que la enfrenta más que con palabras feas, que no era su estilo, con silencios ominosos y con caras estiradas, muy serias. Acusadoras. Y se inician casi de inmediato, en respuesta a esos largos y odiosos silencios de la señora Marta Abreu y a otras humillaciones y entrometimientos, los preparativos de mudada —que Pedrito Nolasco es un pan azucarado y hace todo lo que ella le pide—, para el caserón de Prado # 72, todavía muy cerca, solo un par de cuadras subiendo del mar por el paseo hacia el centro, de la venerable dama, ya bajo otro techo. Un techo propio, su techo, sí, pero... Por supuesto, eso implica la responsabilidad de llevar una casa, un hogar, el marido, los niños, ¡maldita sea!, ¿qué hacer?

¡Eureka! Buena idea. ¡París!

¡París, o la la! Los viajes a París se suceden, que el buenazo de Pedrito Nolasco, rico como un Creso, o su madre rica como una Creso, para hablar con propiedad, tiene un departamento de soltero propio allá y hay que darle calor. Una travesía tras otra, y otra, y otra. Van y vienen las excursiones a la capital francesa, con el maravilloso añadido de ser ella, Catalina Lasa, el foco de todos los comentarios y todas las denteras, y también de todos los oscuros, codiciosos, inconfesables y masturbatorios deseos, que eso no puede faltar, entre el selecto pasaje de primera clase en lujosos barcos de alta mar que van y vienen sin importar que a veces Cati luciera unas barrigas enormes, ¡niña, estás loca de remate, viajar así!, ¿y si te pones de parto por el camino?, ahora del todo legales y pertinentes, que ya no había nada que ocultar a los mirones y envidiosos de siempre.

Partían Pedrito Nolasco y Catalina, cubriéndose la nariz con un pañuelo de hilo perfumado, del siempre atestado y feo puerto de La Habana para sus continuos viajes a Europa. Tomaban, que allí eran como de la familia, los lujosos y rápidos vapores de la Compañía Trasatlántica Española, sobre todo el *Reina Victoria Eugenia*, el *Patricio de Satrústegui,* el *Carlos de Eizaguirre* (luego hundido por una mina durante la Primera Guerra Mundial) o el algo más pequeño Infanta Isabel de Borbón. Hacían casi siempre escalas en Santiago de Cuba —un breve paréntesis folklórico y sin importancia con carretones tirados por mulos que iban y venían y vendedores de mangos y queso blanco—, y de aquí a la ciudad de Nueva York, que aprovechaban para recorrerla y hacer compras, baratijas americanas como les llamaba Cati a las chucherías que adquirían allí, que ni se acercaban remotamente en calidad a las soberbias mercaderías francesas. Luego navegaban, cruzando el Atlántico del norte, hasta Liverpool, Lisboa o Cádiz, donde tomaban el tren a Barcelona, o Madrid, para proseguir el rápido viaje a París. Otras veces llevaban la ruta algo más larga de las Palmas de Gran Canaria, Vigo y la Coruña, desde donde continuaban entonces, siempre en los salones dormitorio privados y hospitalarios comedores del comodísimo ferrocarril transeuropeo, a la Ciudad de la Luz.

Imaginen las pupilas de aquella bella niña matancera, todavía nueva en el mundo, descubriendo asombrada los amplios horizontes que se abrían, amables y seductores, ante ella. El océano infinito, los elegantes y corteses capitanes invitándoles a cenar, las orquestas de a bordo tocando melodías cubanas para ella, los refrigerios en cubierta, en fin. En ocasiones el puerto francés del Havre se constituía en un destino posible y mucho más directo, más cómodo y relativamente cercano a su meta, pero por razones comerciales de los armadores de la Trasatlántica, era un lugar de arribada bastante menos frecuente.

Para el regreso solían hacer el mismo recorrido pero a la inversa, aunque a veces se dedicaban cuatro o cinco días a tomar el sol y mojarse los pies en Estoril, cerca de Lisboa. Faltaban unos años para que se abriera el gran casino que luego haría famoso un inglés de mentirijillas llamado James Bond, el 007, pero siempre había lugares tranquilos donde gastar unos cuantos duros en los dados y las cartas. Y conocer nobles, que Estoril, vaya usted a saber el porqué, era como una pecera donde los herederos a los tronos europeos, y también los destronados, nadaban a sus anchas y vaciaban a manos llenas sus alforjas.

En Madrid se detenían a descansar algunas veces y además de visitar amigos, tanto jóvenes cubanos radicados allí desde los tiempos de la guerra como españoles, aprovechaban y se dejaban ver por las avenidas en coches de lujo alquilados. Cati, cubierta con mantilla de encajes y ropa que calzaba, a propósito de la vieja copla de Antonio Ruiz de Santillana: *Viste saya sobre saya / mantelín de tornasol / camisa con oro y perlas / bordada en el cabezón*, y Pedrito Nolasco con sombrero de copa, lazo bermejo anudado al cuello y levitón ajustado de colores claros.

Rondaban lentamente y con mucho garbo por la Plaza de la Cibeles, que ya había sido girada de su primitiva orientación perpendicular mirando la calle de Alcalá a la actual con eje perpendicular a la Castellana; recorrían el parque del Retiro con su Casón del Buen Retiro y se apeaban unos instantes para admirar el techo abovedado pintado por el italiano Luca Giordano; pasaban por delante de la plaza de toros vieja, que aún debían transcurrir un par de décadas para que se construyera Las Ventas; se dejaban ver frente al viejo Edificio de Correos con su gran reloj, que fue siempre la imagen y sombra de la Puerta del Sol; visitaban la plaza del Callao a admirar el palacio de la Prensa con sus casi quince pisos de alto, lo que lo convertía en un rascacielos, uno de los más altos de Europa, algo digno de verse.

Y claro, también los teatros, la viejísima plaza del Arrabal ahora Plaza Mayor con sus arcos, sus muchos ventorrillos y su olor indiscutible a fritangas, cocidos y caca de caballos; el Parque del Oeste, en construcción desde varios años antes pero aún por inaugurarse; las obras de la nueva Catedral de la Almudena; los seductores jardines del Palacio Real y cualquier otro lugar del Madrid de 1900, donde

Catalina pudiera dejar con la babita cayendo de la boca abierta, a más de un desprevenido transeúnte a causa de su belleza.

En una de esas estancias Pedrito Nolasco contactó con el pintor valenciano Joaquín Sorolla y Bastidas, el último grito de la moda del retratismo y la gran pintura española de comienzos del siglo XX. Su propuesta era retratar a Catalina en un óleo de gran formato que sería llevado luego a Cuba. El artista estaba enfrascado entonces en terminar la serie de cuadros sobre tela denominada *Niños desnudos*, ya famosísima entonces y hoy en día, además de trabajar en la dirección de las obras de su nueva casa, la que sería pronto La Casa Sorolla, construida sobre varios solares contiguos que había ido adquiriendo en el Paseo del Obelisco, en Madrid. El rostro de Catalina le pareció fabuloso a Sorolla y quedaron en verse pronto, quizás el año entrante, para acordar precio y horarios. Después pasó lo que pasó y el proyecto quedó en el olvido. Una verdadera lástima, porque perdimos la oportunidad de contar con una gran pintura al óleo de Catalina Lasa de la mano de Joaquín Sorolla, uno de los grandes maestros del retrato de las dos primeras décadas del siglo XX.

Volvamos a los viajes. El moderno navío de línea marqués de Comillas vendría a incorporarse mucho después, en 1928, a la respetable flota de la Compañía Trasatlántica Española, por eso Pedrito Nolasco y Cati nunca viajaron juntos en sus amplias cubiertas de primera clase, sin embargo el destino es como es y andando el tiempo, en lo profundo de sus lóbregas bodegas regresaría por última vez a Cuba, cerrando el ciclo de sus muchas travesías trasatlánticas, el cuerpo embalsamado de Catalina Lasa. Como casi todo en la vida, y la muerte, de Catalina es complicado y oscuro, se ha afirmado también que el vapor que la trajo de regreso a Cuba, ya muerta, fue el denominado *Meñique*, armado por una compañía francesa, mas no tenemos pruebas escritas de eso. Y la historia de que un avión alquilado por Pedro Baró lanzaba flores amarillas todos los días sobre el navío nos parece simplemente falsa. Piense en la época, las naves aéreas de entonces y las distancias. Sea como sea, aún faltaban alrededor de veinticinco años para que todo eso ocurriera.

Alguna que otra vez, de acuerdo con la época del año y los vaivenes de las empresas marítimas, el matrimonio empleaba para sus viajes a Europa, o de Europa a Cuba, los buques de la naviera Pinillos, rival de la Trasatlántica Española. La Pinillos, con los vapores *Infanta Isabel, Príncipe de Asturias* y *Valbanera* en servicio, era una compañía con menor capital, pero que se esmeraba en la atención a los pasajeros de primera clase, los que hoy llamaríamos VIP, algo que resultaba muy confortable y lisonjero para ellos.

La Pinillos, sin embargo, tenía muy mala suerte, salación le llamaría un cubano, como lo prueban las catástrofes del buque *Valbanera*, entre La Florida y La Habana, en el año 1916, con 488 personas que se quemaron o se ahogaron durante un huracán no previsto y la del *Príncipe de Asturias* en 1919 con 457 fallecidos cuyos cadáveres en su gran mayoría, no pudieron ser recuperados. Cati no era melindrosa ni cobarde con esas tonterías de gente floja, ¡si no, que lo digan los que la conocieron!, y las tragedias posibles, mas no improbables, no se detenían mucho rato en su cabeza, que lo importante era lucir bien y que la admiraran, algo que, como ya sabemos, se le daba de maravillas.

Viajes a Europa y fiestas, recepciones, banquetes, paseos en coche, embarazos, partos fáciles como los de su madre, que las dos eran mujeronas de pelvis amplias, y vuelta a las fotos artísticas, los concursos de belleza y elegancia y las galas teatrales o el ballet. Ocupar el tiempo en algo y al mismo tiempo querer detenerlo en lo que le fuera grato. Pero el tiempo, a despecho de la velocidad con que ella vivía, se le hacía lento, tedioso, y Catalina, una maestra en inventarse nuevas cosas para llenar sus horas, se aburría.

Y de qué manera.

Dedicó ella algunos meses a búsqueda de algo en qué ocupar ese precioso tiempo que tan lento se le hacía a veces, a la cría y promoción del llamado bichon habanero o habanés, un tipo de perro pequeño, juguetón, hiperactivo, bastante dulce y muy lanudo que venía por cruzamiento del llamado blanquito cubano, que no lo era tanto, y el clásico caniche, ambos de orígenes europeos y conocidos por lo menos desde un par de siglos antes. Aún se discute si lo de habanero o habanés viene por la ciudad, o de su color blanco fuerte con vetas marrón claro que recordaba el de algunos cigarros habanos de hoja rubia. Da igual. Cati no solo los crió, ayudada por un par de expertos en la materia, por supuesto, sino que también libró batallas en reuniones de amistades influyentes y revistas y periódicos en defensa de este animal que ella consideraba el único can verdaderamente cubano, enfrentándose así a las modas de otras razas —bulldogs ingleses, pomeranios, san bernardos, pugs, gran daneses, chihuahuas, cabradores, beagles, spaniels, sobermanns, poodles, corsos, greyhounds y muchos otros— que invadían los hogares de las gentes de buenos recursos económicos, que importaban sus perros desde Europa o el norte. Pero Catalina pronto se cansó de una pelea que se iba haciendo evidentemente inútil. Que cada cual tuviera el perro que le viniera en ganas o que no tuviera ninguno, pensó molesta. Y ni corta ni perezosa regaló sus diez o doce ejemplares, ¡que trabajo daban, y el ruido, la ladradera, el olor a perro, la caca y el pipi, uf!, a las amigas y a las amigas de las amigas, que así, rápida para deshacerse de los problemas, era Catalina.

Y mientras tanto, el tiempo corriendo como arena entre los dedos.

Entonces, que lo que no pasa en años pasa en un segundo, el día más tranquilo, el más sosegado, el menos pensado, sorprendiendo de forma brutal a todo el mundo, estalló en pedazos el planeta, el planeta que habitaban Catalina Lasa y su entorno, tal y como si se hubiera estrellado contra ese planeta el gran meteorito gigante que supuestamente acabó con los dinosaurios millones de años antes.

Existen por lo menos cinco versiones distintas del encuentro, catastrófico para toda la familia Estévez-Abreu-Lasa y los amigos de ambos; fabuloso para ellos dos, de Juan Pedro Baró con Catalina Lasa, o viceversa, que da lo mismo. La primera, nos dice que se encontraron en la catedral parisiense de Notre Dame a la salida de una misa a la que asistía ella con su esposo, Pedrito Nolasco. Otra, que fue en una fiesta de disfraces dada por Marta Abreu, con motivo de una colecta de fondos para la causa independentista cubana en París, esta que nos parece fuera de lugar porque entonces, Cati no conocía la Ciudad de la Luz, por tanto es una variante imposible por prematura. Una más nos habla del encuentro fortuito en la casa de unas tías de Juan Pedro que vivían en la calle Prado, a pocos pasos del hogar de Marta Abreu, donde por entonces vivía Catalina. La cuarta nos narra que fue el propio Pedrito Nolasco el que citó a un ágape de gente bien en su apartamento de París y allí se encontraron, flechados uno al otro, los dos futuros implicados…

Y la quinta, que puede ser cierta o no, pero que tiene el aval de lo romántico, incluso de lo gótico, es que ocurrió en una fastuosa recepción, con cortinajes de damasco bermellón en las estancias, salones de espejos, bailes de cotillón, guirnaldas, ¡eléctricas!, en los arbustos del parque, senderos en el bosque a la luz de la luna, vestidos de las señoras estilo Luis XV, paseos en góndola con gondoleros y mandolinistas que cantaban arias operáticas y velas —¡también eléctricas!— en las manos de los caballeros, dada por Rosalía Abreu, la hermana de Marta, en su castillo de Palatino conocido como la Finca de los Monos o Quinta de las Delicias. A esa espectacular recepción acudieron Juan Pedro Baró, soltero —divorciado en realidad—, de pareja con su hija del primer matrimonio a la que llamaban Nina, y Catalina, sin compañía, quizás por estar de viaje su marido, Pedrito Nolasco, o alguna otra razón que desconocemos. En una novela cursi, tratamos de que esta que lees ahora no lo sea, diríamos que todo conspiró para que los dos futuros amantes se encontraran.

Lo cursi a veces tiene su belleza, ¿o no?

La quinta versión nos parece una puesta en escena, que la vida suele ser mucho más sencilla, pero es la que más se nos asemeja a una novela, como ya dijimos, y por tanto es la versión que compramos sin dudar un instante. Sea pues esa la forma en que el destino unió, para bien o para mal, a Catalina Lasa y Juan Pedro Baró. Solos, sin sus respectivas parejas y en una noche que pudo haber contado Scheherazade a su sultán para que no le cortaran la cabeza. Y por tanto, fue, lo afirmo yo, en aquella maravillosa e irreal noche habanera del año 1905, estrellada y sensual, en la que chocó con el planeta Lasa el meteorito gigante que acabó en un instante con la vida de los dinosaurios.

Aunque… aunque para quedar bien con mi conciencia de investigador discordante, se me ocurre una sexta versión, y es, sin lugar a duda, la suma de todas las anteriores, exceptuando la segunda, que es sin lugar a dudas falsa. ¿No podrían acaso Catalina y Baró haberse visto varias veces en diferentes lugares, que las personas aristocráticas de la época, y las de ahora también, —endogámicos y endolocalistas como son— suelen ir más o menos siempre a los mismos sitios y hacer las mismas cosas, y aquellos dos seres de mentes calientes, sexos en relativa pausa y hormonas revueltas fueron viéndose, conociéndose, deseándose y dando forma en sus cabezas al terremoto, perdón, al meteorito. ¿Puede ser, no?

¡Lo cierto es que esa noche cálida y sensual, como dice el clásico bolero que canta Toña la Negra, explotó en pedazos el planeta! *¡Boom!*

Quien primero se olió algo raro, muy raro en el ambiente fue la misma que probablemente, creó las condiciones para que ocurriera. Nada menos que la señora Rosalía Abreu. Mujer de armas tomar, amiga y benefactora de los animales, sobre todo de los monos pero mucho más amiga del honor de su familia, supo, por instinto, que se la estaban jugando muy fea a su sobrino Pedrito Nolasco. Tomó de inmediato las cartas en el asunto —sin decir todavía nada a su hermana— y contrató un detective privado. Una agencia completa. Y como al que velan no escapa, según dice el viejo refrán español, Rosalía Abreu confirmó en unos pocos días que Catalina se estaba viendo con Juan Pedro Baró en una *suite* que este alquilaba el año completo en el Hotel Inglaterra, situado en el Paseo del Prado # 146 entre San Miguel y San Rafael, que todo eso y mucho más —los horarios de llegada y salida, los medios de transporte, lo que comían, lo que bebían, lo que, más o menos, hacían allí adentro, el estado en que quedaban las sábanas y toallas, ¡horror de horrores!— decía el muy indiscreto informe de la muy bien pagada agencia de investigadores y sabuesos.

Vale la pena señalar, aunque eso no lo escribió el jefe de detectives ni tiene que ver directamente con nuestra historia, que además de Cati Lasa y Juan Pedro Baró, el Hotel Inglaterra, una clásica institución cubana, quizás el primer hotel con todas las de la ley que tuvo la isla, contó entre sus huéspedes ilustres, hasta aquellas fechas, con el general Antonio Maceo, que se hospedó por unos meses en 1890 y con Winston Churchill, alojado allí en 1895. Ninguno de los dos —de eso estamos casi seguros— conoció a los Baró-Lasa.

Los encuentros anteriormente descritos, entre los nuevos amantes, están probados. Pero aquí entramos en un terreno un tanto movedizo. Se cuenta, que de ahora en adelante la mitología no hace más que crecer, que la colérica e implacable Rosalía Abreu quizo poner a los adúlteros en pública evidencia y pidió a los detectives, ya eran varios trabajando el caso, que tocaran la puerta de la habitación y los sacaran, a la fuerza y en pelotas, a la vista de todos. ¡Dios nos guarde! Pero un criado del hotel —las propinas de Juan Pedro eran jugosísimas—, les avisó a todo correr dando puñetazos en la puerta. Entonces Catalina, cubriéndose con una sábana las vergüenzas, bajó a escape por una escalera de servicio y se fugó del lugar en un coche que la esperaba en la esquina.

Nunca se ha contado lo que hizo Juan Pedro y si lo forzaron a salir a la calle tal y como vino al mundo. No olvidemos que Juan Pedro era un tipo alto, practicaba esgrima y estaba en muy buena forma. Ni qué decir que ponemos en duda toda esta truculenta, o cómica, usted decide, historia. Lo cierto es que Rosalía fue directamente a ver a su hermana Marta para contarle lo sucedido, eso sí es historia, ambas llamaron de inmediato al buenazo de Pedrito Nolasco —se supone que la pobre Marta repetía como un mantra ¡yo lo sabía!, ¡yo lo sabía!— y este, todavía incrédulo ante la enormidad del hecho, planteó la posibilidad de no hacer nada, hacerse de la vista gorda o de incluso hablar con Cati, perdonarla y traerla de vuelta a casa.

¡Y colorín colorado, que este cuento se ha acabado!

¡Pero qué les digo! Rosalía y Marta Abreu separadas, y ni qué decir juntas, constituían una fuerza de la naturaleza imposible de contener por un pusilánime, un cornudo pusilánime en verdad, como Pedrito Nolasco. Lo echaron inmediatamente a un lado con desprecio, vaya usted a saber las cosas poco edificantes que le gritaron en su cara al pobre muchacho, y desataron sin contemplaciones la ofensiva contra la... bueno, ustedes se imaginan, la pérfida y desalmada p... del demonio Catalina Lasa.

Primero lo primero.

La botaron a cajas destempladas de la casa del muchacho, que bien mirado, era también la casa de Cati. Pero eran otros tiempos y las mujeres, sobre todo las malvadas, como ella ahora, tenían muchos menos derechos que hoy en día. Y Catalina, que también era una temible fuerza de la naturaleza, tomó aire, enrojeció de rabia ante los insultos y cortó por lo sano. Recogió algunas cositas imprescindibles y se fue sin pensarlo mucho, a un hotelito que poseía un tal Guillermo Lawton, amigo de toda la vida de Juan Pedro Baró. La señora Catalina Lasa de Estévez, que estuvo a punto de ser sorprendida con las manos en la masa —¡nunca mejor dicho!—, acababa de convertirse en una fugitiva, peor, en una fugitiva adúltera que dejaba por detrás, abandonados a su suerte, a sus tres hijos pequeños. Eso sería algo muy serio hoy, pero estamos en 1905.

¡Imaginen ustedes la situación!

Las hermanas Abreu —Pedrito Nolasco no hacía más que lagrimear y retorcerse las manos, además, claro, de comenzar a incubar un rencor del que tardaría muchísimo tiempo en curarse, suponiendo que llegara a curarse alguna vez— ripostaron denunciando a Catalina por bigamia ante las autoridades competentes, una acusación que en realidad no procedía porque Catalina no estaba casada con dos hombres a la vez, por lo menos, no en ese momento y comunicaron también el hecho a todos los familiares y amistades, incluyendo, por supuesto, los padres y hermanos de la propia Catalina —hoy diríamos que encendieron el ventilador y le tiraron… pues, debo decirlo como es, mierda—. Marta Abreu y su esposo solicitaron por vía legal, y recibieron oficialmente de las autoridades la custodia de los tres niños y luego, además, intentaron por todos los medios meter presa a Cati, algo que no lograron por razones no bien precisadas (¿quizás el dinero de Baró?, —téngase en cuenta que el suegro, Estévez, era en ese momento el vicepresidente de la república)—; llegaron a extremos que podríamos calificar de feos, incluso un poco bajos, como el de vender, a precios de ganga y públicamente, en la acera del Paseo del Prado, los costosos vestidos, zapatos y enseres de Catalina, incluyendo su ropa interior.

¡Y luego hablamos hoy de guerras sucias!

Juan Pedro Baró, marqués de Santa Rita y conde de Canet de Mar, títulos heredados por vía directa de su abuelo, famoso traficante de esclavos e individuo muy conocido en Cuba por no tener escrúpulos de ninguna clase, era hombre, hombre en el sentido machista de la palabra, y además con un historial de pésimos antecedentes en su vida marital y para algunos un verdadero obseso sexual. Tenía a sus espaldas un divorcio previo de su primera mujer, Rosa Varona y González del Valle, un mal matrimonio de adolescentes (se dice que convenidos por sus familias), obtenido por esta en Norteamérica, en el pueblo de Fargo, gracias a los abogados Boll y Watson, firmado el 15 de agosto de 1895, alegando adulterio, entre otros delitos. Dígase: innumerables actos lascivos, incluso con esclavas o libertas menores de edad; exagerado gusto por las mujeres casadas con sus peones e incluso sus amigos; largas relaciones con una prostituta francesa famosa, por lo bella y depravada, Adelaide Carpion; infinidad de seducciones, incluyendo la de una condesa con la que, se supone, tuvo una hija; y, para colmo, corrió el rumor de que había obligado a Rosa, su primera mujer, a practicar tríos y hasta cuartetos, y no musicales precisamente.

Existen documentos legales que prueban, o dicen probar, una buena parte de esas acusaciones. Pero todo eso más que una tara constituía un timbre de orgullo entre los machos cubanos, ya dijimos que era hombre, y también, y eso es fundamental, era un hombre muy rico, y por tanto hasta cierto punto intocable.

Pedrito Nolasco, el único que pudo haber hecho algo peleando a los puños con el descarado de Baró, retándolo a duelo, que los duelos eran ilegales, por cierto, o simplemente matándolo como un perro, no tenía lo necesario para llevar adelante esas amenazas verbales que alguna vez hizo y en verbales quedaron. Por la parte de Pedro Baró no habría grandes problemas, pero por la parte de Catalina la cosa resultaba diferente por completo.

Al inicio, él, Baró, trató de retar a la sociedad habanera y llevó, para probar fuerzas, a Catalina a una función operática del Gran Teatro de La Habana, logrando solo, según se dijo, que todo el público se levantara y se fuera en masa. La historia de que los músicos italianos siguieron tocando porque ella les lanzó sus joyas no se sostiene, que no aparece tal cosa en ninguna crónica de la época. Luego, rizando el rizo, alquiló para ella sola todo un bellísimo jardín y parque de diversiones, el Tívoli (más tarde La Tropical), pero presumo que la cosa resultó más patética que romántica, y después, pues después la vida en La Habana elegante se hizo sencillamente irrespirable para ellos, o mejor dicho, para ella. Entonces, que vivir así no vale la pena, Baró vende algunas propiedades en Cuba, amarra bien sus negocios con personas de toda su confianza, que el dinero no cree en moralidades matrimoniales ni nada de eso, y ponen mar de por medio.

Huyen. Lo hacen bajo identidades falsas, huyen perseguidos de cerca por la policía cubana y luego por la europea al extremo de tener que viajar de un país a otro disfrazados, ella de aldeana en una carreta de heno y él de grumete para encontrarse en Italia, y mucho más. Yo creo que no, que nada de eso sucedió. Es más, me atrevo a asegurar que todo eso es solo una leyenda echada a rodar vaya usted a saber por quién sin ningún fundamento real.

Sencillamente, Catalina Lasa y Juan Pedro Baró, tras visitar varias ciudades norteamericanas y europeas, se van a vivir a París, un lugar que ambos adoraban y donde las cosas que ocurren en el

Caribe cuentan muy poco, por no decir que nada, y allí comienzan, hasta cierto punto, mucho más ella que él, una nueva vida.

¿Amaba con locura Catalina Lasa a Juan Pedro Baró? Pienso que sí, es más, afirmo, que por lo menos al principio de la relación, lo amaba con pasión. Es muy probable que para Juan Pedro este haya sido su primer amor verdadero. Quizás un primer amor algo tardío, pero muy real, que abandonar tres hijos y exponerse al escarnio público no es cosa de juego. ¿Amaba Juan Pedro Baró a Catalina Lasa? La respuesta se me hace algo más compleja. En principio sí, creo que sí, pero no podemos olvidar que Catalina era un auténtico trofeo de máxima categoría. Alzarse con Catalina Lasa era, para un machista convencido, igual que ganar el campeonato cubano de boxeo, o de ajedrez, o de lo que fuera. Lo cierto es que con sus altas y sus bajas, echaron el resto de sus vidas juntos, porque aunque él murió nueve años después que ella, siguió dedicándole dinero, tiempo y recuerdos. ¿Tuvieron ambos un extraordinario sexo? No lo dudo, aunque eso tiende a enfriarse con el paso de los años, y de hecho, como personas inteligentes y de recursos, casi desde el principio durmieron en habitaciones separadas, en París y en Cuba.

El poeta nicaragüense Rubén Darío, al que es casi seguro que Catalina había leído alguna vez, que estuvo muy de moda por aquellos tiempos, escribió: «...la Venus clitorídea, un dorado y divino jazmín, incrustado en el estuche del cielo, alcatraz enhiesto o jazmín, pero sobre todo rosa sexual que al entreabrirse, conmueve todo lo que existe con su efluvio carnal y con su enigma espiritual». ¿Sería Catalina, además de una mujer bellísima y de extraordinaria suculencia, una hembra desinhibida y versada en las artes amatorias? Hasta que se topó con Baró, no creo. Pero es posible que haya descubierto esos saberes de forma natural al ponerse en contacto con el hombre experimentado que supo sacarle, sin remilgos ni contemplaciones, tales habilidades. Me gusta mucho esa explicación; no puedo probarla, por supuesto, pero me satisface.

El exilio de Catalina Lasa y Juan Pedro Baró es relativo, sobre todo cuando fueron quedando atrás las furias y reparos éticos iniciales. En Cuba son seres apestados en algunos sectores aristocráticos, que no deben llegar ni a mil personas, pero eso no impide que Juan Pedro continúe visitando La Habana por razones de negocios, y en diferentes ocasiones Catalina, sin enseñarse mucho, lo acompaña.

Viene al caso una anécdota muy ilustrativa: Baró no dejó nunca de mantener negocios financieros con el conde de Jibacoa, Francisco Herrera y Montalvo, el marido cornudo, (cuernos puestos por Baró públicamente), de la condesa de Jibacoa, María Arango y Mantilla. Es más, todo indica que la hija que tuvo la condesa era de Baró, lo que no fue óbice para que el conde, la reconociera como suya. ¿No le dice nada sobre el valor amoral del dinero todo esto, querido lector?

En una de varias entrevistas que le hacen a Catalina, alrededor del año 1911, sus amigos del periódico *El Fígaro*, ella reconoce que, aunque extraña La Habana, preferiría tener a toda su familia cercana en París y vivir feliz allí. Pero eso no impide que vuelva a la capital de Cuba a menudo. Cuando las cosas se asientan un poco, Juan Pedro y Catalina piden una audiencia al papa Benedicto XV, narran su historia y este les concede la anulación del matrimonio de ella, Catalina, con Pedrito Nolasco, lo que corta de raíz la pesada carga del adulterio. Eso les abre el camino para casarse sin el peligro legal de la bigamia, lo que hacen muy pronto en la catedral de Notre Dame, en París, en una ceremonia íntima. Detengámonos un minuto aquí. ¿Fue el papa, convencido por la emocionante historia de amor de la pareja, que dictaminó esa anulación o hubo otras razones de más peso? Pues bien, sí que las hubo. La acuciosa investigadora Gina Picart encontró en una página honorífica del Hexarcado de La Habana, los nombres de Pedro Baró y Catalina Lasa. Eso solo significa una cosa: una (o más de una) donación monetaria muy respetable a las arcas de la Iglesia Católica Romana.

No digo más.

Catalina se va abriendo camino de nuevo en el mundo parisién. Las amistades que había hecho allí junto a Pedrito Nolasco ya no se interesan por ella, puede incluso que la desprecien, pero a ella no le importa tampoco conservarlas. Por lo demás, el universo de Pedro Baró es mucho más amplio, culto y rico. Conoce Catalina personalmente y se convierte en cliente de la joven Coco Chanel —decían algunos, quizás envidiosos en el fondo, que la Coco tenía una caja contadora en la cabeza, pero eso no le quita talento— de la que recibe, y prueba, una de las primeras, su perfume Chanel # 5. Viste de forma habitual de Jeanne Lanvín, a la que hace su hace amiga y visita muy a menudo en su elegante boutique de la Rue du Faubuourg Saint Honoré, para tomar el té juntas. Recibe también un trato muy especial del modisto

Paul Poiret, el que quebraría en 1929, cuando el *crack*, pero Catalina ya no estará entonces en condiciones de ver y comentar esas desgracias. Molinard, el famoso perfumista, crea para ella, en el año 1921, «Habanita», una esencia muy especial y costosa, que puede adquirirse aún hoy en el mercado. Se dice, sin pruebas, que una de las dos figuras femeninas completamente desnudas, Susanne et Thaís, que adornan el exquisito frasco de cristal tallado de Habanita, diseñado por René Lalique, es la propia Catalina Lasa. Y es cierto, que de ellas, una se muestra sumamente estilizada, pero la otra recuerda más la belleza criolla. ¡Pudiera ser!

Y hablando de René Lalique. No puede escribirse la historia, fundamental en el arte modernista de la primera parte del siglo XX, sin mencionar a este hombre, un verdadero genio de la cristalería y la orfebrería, y no puede escribirse a su vez la fascinante historia de este hombre sin mencionar a sus mecenas, Pedro Baró y Catalina Lasa. Y amantes de las bellas artes y el ballet, ayudan también económicamente a los integrantes de los Ballets Russes del empresario Serguéi Pávlovich Diaguilev. Los Ballets Russes se presentaban de forma habitual en el Teatro Mogador de París, y hacían furor por entonces en la capital francesa. Catalina conoció de cerca a Olga Spesívtseva, Michel Fokine, Vaslav Nijinski y Léonide Massine, estrellas de esos ballets, quienes visitaban su casa y compartían cenas y charlas muy agradables y relajadas, entendiéndose un poco en español o en inglés, que Cati, aunque bastante buena con los idiomas, por demás, no hablaba una palabra de ruso.

El tiempo pasa y todo va cayendo en su lugar. El matrimonio viaja, visita varias veces por año Italia, España, Portugal, Alemania, Checoslovaquia, Holanda y Bélgica. También varias ciudades de los Estados Unidos, sobre todo Nueva York, Boston, Philadelphia, Washington y zonas del sur del país, como Baton Rouge donde vuelven a casarse. Existen documentos que lo prueban y la verdad es que desconocemos por qué lo hacen. Un enigma. Otro más. Con el tiempo Catalina vuelve a ver a sus hijos, Marta Abreu ha muerto hace tiempo, y hasta establece cierta relación, nunca del todo satisfactoria, con ellos.

La vida sigue su curso y con los años, ya no son los jóvenes que fueron en otro tiempo, se acerca el momento en que Baró y Catalina decidan volver a Cuba. Y lo hacen, sí, incluso a una mansión cuasi fabulosa, pero…lo que se dice definitivamente, no.

Definitivamente no.

Eso ocurrirá solo con la muerte.

La Cueva

L os asiduos le llamaban La Cueva.

Y un sitio como aquel, con un nombre que le venía al pelo por la sensación que ofrecía de placentero refugio, de guarida de amiguetes, de abrigo seguro entre iguales, constituía una especie de pequeño e inesperado milagro. Y lo era, algo que nadie ponía en duda, por su amistosa calidez y abierta y compartida singularidad.

Eso era la Cueva, un lugar de encuentro único, irrepetible, semiescondido en una calle cualquiera de una metrópoli tan mundana como París, probablemente la ciudad más cosmopolita del planeta en aquel 1930, galardón que seguiría manteniendo hasta que Nueva York, siete u ocho años después, despertando a trancas y barrancas de la feroz crisis económica del año 29, le arrebatara el cetro de capital del mundo.

Un local así en una urbe enorme donde todo —soberbio, bueno, malo o peor—, podía encontrarse y disfrutarse, en especial si se buscaba con ganas o se tenían conocidos, amigos o contactos que pudieran informarle a uno de las novedades. Era, en efecto, y sobre todo para los cubanos que extrañaban el abrazo acogedor y el sonido amable de su lejana isla, una especie de diminuto prodigio en medio del a veces multitudinario e impersonal desierto cargado de nostalgias en que podía convertirse aquella ciudad en los días grises que casi todos los inmigrantes caribeños tenían. O todos en realidad, ¿por qué no?, unos más, otros menos, alguna que otra vez o con mayor frecuencia, máxime cuando la estancia en la ciudad dejaba de ser transitoria, o recreativa, o simplemente de lucimiento y derroche —los Baró-Lasa y su entorno podían ser quizás un buen ejemplo de esto último— y se convertía en un áspero e imprescindible medio de vida de uno mismo y de la familia lejana.

El lugar de marras —restaurante, bar (con siete u ocho banquetas en la barra y no más de veinte mesas en el salón principal) y pequeña sala de bailes—, era conocido por no pocos enterados entre la comunidad cubana y latinoamericana, como La Cueva, ubicado en la Rue des Cubains, en el corazón del distrito parisiense número VII, a un par de cuadras del Boulevard Raspail y muy cerca de los Jardines del Luxembourg y cuatro o cinco manzanas por detrás de los enormes y vetustos edificios del Hospital Necker.

La Cueva —quizás ese no fuera su nombre original, pero todo el mundo lo conocía desde hacía años por ese apelativo— era propiedad, o lo fue por un tiempo, del villaclareño (trinitario por más señas) Julio Cueva Díaz, trompetista, magnífico arreglista orquestal, revolucionario y militante comunista desde muchacho, exiliado en París por su enfrentamiento al dictador cubano de entonces, Gerardo Machado. Por cierto, fue un hombre que daría pocos años después, junto con su inseparable trompeta, pruebas de indudable valor en el bando republicano durante la guerra civil española, pero esa es otra historia. Era Cueva, así, sin s final en el apellido, buen amigo de Panchón y de la gran mayoría de los cubanos que vivían en París, el autor, entre muchas otras, de tres piezas musicales que quedarían incrustadas para siempre en el folclor de la isla: «Tingo talango», «El marañón» y «El golpe de bibijagua».

En fin, el sitio era un lugar bastante pequeño y acogedor donde se pasaba el rato en buena compañía y sin las exigencias de modales y etiqueta de otros centros más conocidos o sofisticados. ¡Ah, y más barato que la media de los restaurantes de segunda de París, que para eso, el doctor Roldán lo decía siempre con su habitual y burlona ironía, el camarada don Julio Cueva era comunista de los de verdad, de hueso colorado!

También era La Cueva —buena comida criolla, selecto ron Bacardí añejo puro o preparado de diversas formas y centro de festejos, charlas y discusiones que solo los cubanos, y algunos latinoamericanos, comprendían— el cuartel general de actividades musicales parisiense, y oficina virtual —le bastaba una pequeña mesa cerca del bar, su portafolios y el teléfono de manigueta del local— de negocios de contratación artística del músico y compositor cubano Eliseo Grenet, autor del éxito zarzuelero, y luego tremendo palo disquero y radial «Ay, Mamá Inés», una pieza aparentemente sencilla, desde el punto de vista compositivo, pero que poseía ese *élam* de los grandes *hits* internacionales.

Grenet, prolífico e incansable compositor, autor además de «Las perlas de tu boca», «Si muero en la carretera», «Lamento cubano»,

«Si me pides el pesca'o», «Tabaco verde», «Papá Montero», «Rica pulpa», «La mora» y cien o más piezas, y viejo amigo del doctor Roldán desde Cuba, era también, un indisciplinado paciente portador desde joven, de una hipertensión arterial severa, sazonada con una mala leche de cagarse, como él mismo reconocía, y con el agravante de que no hacía caso a las recomendaciones médicas de Panchón, ni de nadie, sobre el exceso de sal en las comidas, el poco descanso y los muchos tragos. Uno de esos «resignados a lo fugaz de la vida, que de algo hay que morirse», que no se cuidaba la salud para nada y que terminaría muriendo relativamente joven, bastante antes de cumplir los sesenta, a causa de una fulminante apoplejía.

Fue devastadora la hemorragia cerebral que sufriera Grenet, se comentaba con insistencia en los medios faranduleros y periodísticos de la isla (aunque también se ha dicho que todo ese embrollo es una leyenda urbana), debida a un gran disgusto tras ser censurada desde el ministerio de gobernación —y supuestamente por atentar contra la moral pública, pero quizás por otras razones más oscuras relacionadas con la política doméstica—, su composición musical que también andando el tiempo haría historia, «El Sucu-Sucu» esa que dice: *Ya los majases no tienen cueva/ Felipe Blanco se las tapó/ se las tapó/ se las tapó que lo vide yo...*, justo unos minutos antes del muy publicitado y esperado estreno en un teatro de variedades de La Habana.

Murió Eliseo Grenet Sánchez, por tanto, de un muy probable —y nada extraño en él—, tremendo encabronamiento. Eso puede que sea cierto, o no, pero también lo era que en aquella época la presión arterial elevada, la temida hipertensión arterial, se tenía como una enfermedad mortal para la que no se contaba con un tratamiento eficaz, salvo cuidarse como gallo fino, claro está, pero así y todo... «Lo que está pa' ti...».

El modesto negocio de Julio Cueva, y se decía, aunque podía ser una suposición, que también lo era a partes iguales, o desiguales, vaya usted a saber, de los hermanos Eliseo y Ernesto Grenet, este último autor de esa bellísima y poco común canción de cuna, de raíz afrocubana, que es «Drume Negrita» (atribuida equivocadamente, por algunos musicólogos despistados y una parte del público a su hermano y músico prolífico Eliseo), se mantenía como un sitio tranquilo donde se podían escuchar, además de a los cuatro o cinco músicos fijos del lugar —casi todos inmigrantes cubanos, como los Hermanos Barreto, Cascarita, el negro Bárbaro Rosales o de algún otro país del área del Caribe y México—, a otras figuras de relieve que al pasar por París, se presentaban invariablemente en el sitio y tocaban y cantaban por muy poco dinero, que no siempre lo había de sobra, y también en honor a algo tan elusivo y raro, como es ese fenómeno llamado amistad.

Así, Panchón y Tencha conocieron personalmente y disfrutaron la exquisita conversación —Julio Cueva o Eliseo Grenet se encargaban de avisarles por teléfono de su visita cuando lo sabían con tiempo, que algunas veces los susodichos se aparecían de improviso— y las maravillosas interpretaciones al piano de un joven compositor, ya una estrella internacional, de nombre Ernesto Lecuona, a veces acompañado por su grupo, los Lecuona Cuban Boys y otras en solitario. En otra memorable ocasión, luego muy recordada por los que tuvieron la suerte de verlos actuar, un trío de soneros santiagueros, el Trío Matamoros, orientales aindiados, simpáticos, jodedores y un poco aciscados de encontrarse tan lejos de su terruño, amenizaron varias noches, inolvidables por las pegajosas composiciones y la soberbia interpretación de su muy original música: «Lágrimas negras»: *...Tú me quieres dejar/ yo no quiero sufrir/ contigo me voy mi santa/ aunque me cueste morir*, el estribillo que cerrará todas las fiestas de cubanos, estén donde estén, por los siguientes cien años; «Son de la loma», «El paralítico»: *Bota la muleta y el bastón/ y podrás bailar el son*, que se la dedicaron especialmente al doctor Roldán, y tantas otras.

Y si de pianistas y compositores de éxito se trata, pues Panchón y Tencha pasaban horas escuchando las exquisitas filigranas pianísticas del señor Moisés Simón Rodríguez, el hombre que había llevado a Julio Cueva a Nueva York y poco después a París. Simón era el mundialmente reconocido autor, con su nombre artístico de Moisés Simons —Moisés era de ascendencia judía y eso no era de buen ver en la Europa cada vez más antisemita de aquellos tiempos turbulentos de entreguerras, de ahí el Simons— de «El Manisero», posiblemente la pieza cubana más conocida y versionada de la historia.

También aparecía con cierta asiduidad por La Cueva —hacía exitosas y muy rentables temporadas en el Teatro Olimpia del Boulevard de las Capuchinas y aprovechaba la oportunidad para dejarse caer por el lugar, casi siempre sin anunciarse— la mezzo-soprano mulata, oriunda de Guanabacoa, Rita Montaner. Artista de primera línea a la que los cubanos llamaban con orgullo La Única. Fue ella precisamente la que estrenó en Cuba y luego llevó por todo el mundo, junto a otros artistas cubanos y extranjeros, el exitaso de Grenet «Ay, Mamá Inés». Y fue también ella, ¿quién si no?, la que colocó en el *top* musical de la época, algo nada fácil en un mundo dominado ya por la música norteamericana, la pieza de Simons «El manisero».

La Montaner, cantante preferida indiscutible de Panchón y buena amiga suya y de Tencha —ellos la invitaban a comer, beber un par de copas de champán y a departir hasta tarde o en verdad hasta que todos, muertos de cansancio, se caían de sueño— era una mujer de belleza poco común, achinada, esbelta aunque de pequeño tamaño y de un carisma fuera de serie y unas dotes artísticas sorprendentes. Excelente pianista, poseedora de un increíble oído absoluto y de capacidades histriónicas que la llevarían a tener programas propios de televisión años después, cuando se inventara ese artilugio, pero sobre todo dueña de una voz de oro que moldeaba a su gusto, como si fuera plastilina.

La Montaner, para cantar, se adaptaba a cualquier intérprete musical, fuera cual fuera el instrumento que tocase (piano, guitarra, percusión), pero a menudo la acompañaba a la guitarra y en la voz segunda un tal Gumersindo Garay, Sindo para sus amigos, un jabao oriental de pocas palabras y muy serio, compositor también. De él, de Sindo Garay es «La Tarde»: … *la luz que en tus ojos arde/ si los abres amanece/ cuando los cierras parece/ que va muriendo la tarde./ las penas que me maltratan/ son tantas que se atropellan/ y como de matarme tratan/ se agolpan unas a otras y por eso/ no me matan.* Probablemente una de las letras más sencillas y más bellas y profundas del extensísimo cancionero cubano, y, ¿por qué no?, internacional.

La lista e historias de los cantantes y músicos que pasaron por La Cueva en aquellos años de oro requeriría de todo un libro aparte: el jazzista norteamericano Snow Fisher; Don Aspiazu y su orquesta, en la cumbre del éxito por entonces; el cubano Antonio Machín, el primero nacido en la isla que vendiera, con la empresa Victor como productora y distribuidora, un millón de *singles*; los hermanos

Palau y su grupo; Josephine Baker, la americana de los platanitos, que iba a La Cueva, eso creía ella, de incógnito; el chansonnier Maurice Chevalier, siempre rodeado de bellas mujeres; la vedette Kiki de Montparnasse, que más que cantar, que lo intentaba, lo que hacía era enseñar sus teticas de adolescente sin dejar de sonreír nunca como una muñequita de cachetes rosados, y hasta se cuenta que Carlos Gardel, ese francés-uruguayo-argentino —cien años después se sigue discutiendo su nacionalidad—, que hizo del tango, música arrabalera y prostibularia, un fenómeno mundial y con el que Cueva tocó la trompeta en dos de sus varias películas europeas y holywoodenses (*Orquídeas negras* y *Espérame*), se dejó escuchar de pie, con su pelo engominado y sus trajes a la medida, preparando tragos para sus amigos, como un cantinero más, detrás de la barra de La Cueva.

Pero otros personajes de diferentes esferas del arte —algunos verdaderamente excéntricos o medios locos— comieron y bebieron, sobre todo eso, bebieron, hasta caerse al suelo, allí, en La Cueva. Entre ellos: el pintor japonés Fujita, una especie de pequeño y taimado fantasma sonriente y mujeriego empedernido; y también un tal Dalí, Salvador de nombre, un español de bigotito de chulo, flaco como un palo de escoba y ambicioso como un Tío Rico McPato, tan chiflado, o con tanto sentido de la puesta en escena, que una vez, al ir a curarse una gonorrea a la consulta externa del Hospital Dieu, le dijo al médico de guardia, un asombrado interno del profesor Roldán, que él, Dalí, estaba rondando la cama y disfrutando de lo lindo dirigiendo las eróticas maniobras mientras sus padres follaban, sofocados y sudorosos, para fabricarlo.

Ni Julio Cueva ni ninguno de los asiduos supo nunca que un inglés alto y magro, pobre como una rata de alcantarilla, que había estado buscando trabajo allí como friegaplatos, o lo que fuera, unos meses antes, y al que no se lo dieron porque no hablaba ni una papa de español, se llamaba Eric Arthur Blair, un nombre que no nos dice nada, pero que le diría mucho a Cueva cuando lo conociera, años después en España bajo el pseudónimo de George Orwell.

Un cliente esporádico de La Cueva, tipo un poco raro, callado y solitario, era el ya muy famoso pintor surrealista, cubista, postimpresionista y todo lo que terminara en ista, y además medio cubano por vía paterna, Francis-Marie Martínez Picabia —el Martínez no lo utilizaba al firmar sus obras, quizás porque resultaba muy largo el apellido o porque no le veía onda comercial—, que había sido paciente del doctor y al que rehuía, como que se «hacía el loco» al verlo, porque sofisticado experto en promesas incumplidas, jamás le pagó un centavo de sus honorarios médicos pudiendo hacerlo.

Panchón y Tencha invitaron a La Cueva una noche al matemático, ingeniero e inventor español Leonardo Torres Quevedo, de visita en París para asistir a una exposición internacional de creadores de nuevos artilugios electromecánicos, algo muy de moda entonces. Torres Quevedo, un bondadoso y muy amable anciano de barriga de tonel, calva rutilante y luenga barba blanca, era completamente desconocido para el público habitual del lugar, no dado al asombro con la gente rara que circulaba por allí. Lo cierto es que el viejo quedó maravillado por la «ropa vieja» (una forma muy cubana de cocinar la carne) con arroz blanco, y por los aguacates panudos preparados, en este caso, por la propia esposa de Cueva. —¿Qué hace el señor invitado? —le preguntó en un aparte a Tencha la mujer de Cueva—. ¡Es un genio! —le respondió esta. Ha inventado el Telekine, un aparatico que él llama de control remoto y una máquina que juega al ajedrez. —¿Y para qué sirve todo eso, Tencha? —Pues… la verdad es que no estoy muy al tanto, pero para algo servirá algún día, ¿no te parece?

Y hasta un par de veces estuvo por allí a probar el arroz con pollo la gélida sueca Greta Garbo, escoltada por su feroz y posesiva amante, la poetisa cubana Mercedes de Acosta y su selecta y muy nutrida corte de adoradores: la periodista Janet Flanner, una de las grandes de la prensa norteamericana y fundadora de la revista *The New Yorker*; la vivaz parisiense Renée Vivien; la novelista y editora Solita Solano —que no se llamaba así, por supuesto— con sus dientes fríos y sus atrayentes, por desmesurados, ojos saltones; la norteamericana y parisiense de corazón Natalie Clifford, la escritora inglesa Dolly Wilde; la multimillonaria Peggy Guggenheim, que soltaba la plata con relativa y muy voluble desenvoltura; la magnífica escritora newyorkina Djuna Barnes y algunas otras chicas sin historia conocida que se pegaban al grupo de mujeres como moscas a la miel y no solían durar mucho en el candelero. Que la competencia por lamer sus oscuros pezones, el gran premio, dormir un rato con ella, o solo mirar, y muy de vez en cuando, a la Garbo, cuando no estaba presente Mercedes de Acosta, por supuesto, era verdaderamente despiadada.

Y siguiendo, claro, a la Garbo y compañía, que el morbo y el «figurao» atraen como el polen a las abejas, aparecieron un buen día para beber, y beber casi de limosna lo que la casa ofreciera al costo —beber de pega y lo que cayera, es cierto, pero sin dejar de pontificar a gritos y pelearse sobre las excelencias de un *vatted* o un *grain*, un *blended* o un *single malt*, un irlandés legítimo (el mítico uisce beatha de los Anales de Clonmacnoise) o un escocés, un Rye o un bourbon, y hasta de un rarísimo aqua vitae de la Abadía de Lindores, que expertos en todo eso eran—, porque entre ellos el dinero era como las estrellas del cielo, inalcanzable, todos aquellos muchachones norteamericanos de la Generación Perdida.

Jóvenes escritores que se habían «exiliado» en París porque al cambio —que el franco estaba cada vez más bajo y el dólar cada vez más alto—, más o menos se podía vivir, digamos subsistir, y jugar a ser intelectuales en la meca indiscutible de la literatura y el arte occidentales. Por La Cueva pasaron, y arrasaron, como las tambochas, John Dos Passos, quizás el más equilibrado de todos, El Oso y a oso olía; Ernest Hemigway, bocón y petulante; Francis Scott Fitzgerald, el más brillante de todos, el mejor escritor y el más borracho también, ¿más que Hemingway?, pues sí, pero sin tanta promoción, arrastrando siempre a su adorada Zelda, loca de atar, y no lo digo como metáfora; Ezra Pound, el mejor poeta, el más culto y el más tonto —al extremo de jugársela toda por el fascismo cuando llegara, como un huracán, la todavía lejana Segunda Guerra Mundial y terminar en un sanatorio mental para no morir ahorcado por traidor a su patria—; Cummmings, el sofisticado y sonriente viajero eterno y algunos otros aspirantes, nada del otro mundo. La Stein, Gertrude, y su callada compañera y excelente cocinera Alice Toklas, que sí podían pagar sin remilgos la consumición, no se portaron jamás por La Cueva, y se sabe porque nunca hubieran pasado inadvertidas, pero así es la vida.

¿Y el malagueño Pablo Picasso, me preguntarán, ya que estamos en esto de los personajes extravagantes? Pues no, que se sepa; demasiado tacaño y demasiado afrancesado el genio, que genio era a despecho de sus defectos, para meterse en La Cueva, pero vaya usted a saber si estuvo alguna vez allí y nadie se dió cuenta, que todo puede ser. Pero todos esos avatares no eran más que anécdotas.

Lo que de verdad fascinaba a Panchón era la excelente comida de la Cueva, el único lugar público de París donde se podía degustar un delicioso arroz con pollo a la chorrera cien por ciento cubano acompañado —¿cómo se las arreglaba el chef de La Cueva para conseguir aquellas maravillas?— por una ensalada de pimientos morrones, tomates, cebollas y aguacates, ¡sí señor, aguacates panudos de estación, los que enamoraron al sabio Torres, y de siempre misteriosa procedencia! Regados, claro está, con abundante aceite de oliva español y vinagre italiano fermentado en Módena. ¡Magias culinarias que los isleños que viven fuera de Cuba hacen entre ellos y para ellos, o... o no siempre porque el cocinero principal de La Cueva, el chef Pablo, Pablito Pablito el gago, para sus amigos, era matancero, del pueblo de Perico, pero su mano derecha y artífice de muchas de las delicias culinarias del lugar, Botelho Saravia, el melancólico, venía de Coimbra, en Portugal y nunca había estado en Cuba!

Dicho esto, acerquémonos a nuestros personajes de esta noche.

Panchón preside en un extremo de la mesa, la jovial reunión que ya se extiende por casi tres horas de una noche fría, pero soportable —que la ola invernal de la semana anterior está pasando, ¡gracias a Dios!—; Thierry, se ve callado y serio, como siempre que está su jefe presente; Cueva, el propietario del lugar, permanece atento a que todo marche como debe ser; el goloso Eliseo Grenet trasiega cervezas para bajar el arroz con pollo. Están también: el negro Bárbaro Rosales, Monín, para todo el mundo, percusionista a tiempo parcial y consejero espiritual, santero y tirador de caracoles oficial de la comunidad cubana en París; Inocente Albo, al que llaman el Polaco —aunque es más cubano que las palmas reales—, antiguo correo mambí, cuando era un mozalbete, luego alcalde liberal de Santiago de Cuba y ahora, en el exilio, por culpa del machadato, fraterno amigo de la casa; y el joven doctor, patólogo del hospital Dieu, Jean Estrada , francés de nacimiento y de corazón, pero hijo de cubanos. Todos sentados a una mesa, la mejor del pequeño local, el único en todo París donde el profesor se permite con cierta asiduidad una buena comida y un rato de remembranzas y nostalgias de la isla entre cubanos.

Una excepción a la regla que no hace más que confirmarla, un mínimo desvío a sus labores diarias, a su vida dedicada a los enfermos, a las investigaciones radiológicas, a la historia de las ciencias médicas, en especial la cubana; a la defensa a ultranza de la memoria de Finlay, su hermano mayor, como él le llama, y a sus lecturas. Y está Panchón de cuerpo presente allí, en La Cueva, alentado y empujado por Tencha, claro está, pero hoy sin su compañía, para pasar un rato de amable conversación entre buenos y cercanos amigos, y más que todo para despejar la mente, como le aconseja su mujer, todo el tiempo.

Llevan demasiado rato conversando acerca de la farándula, del frío que ha hecho este año, de Cuba y sus desaguisados, de las burradas del general Machado, uno de los muchos generales mambises, que al no morir en la guerra, decidieron entonces robar como cuatreros las arcas de la república y vivir a lo grande en la paz, en la paz… de los sepulcros, dice Cueva. ¿Se han preguntado qué hubiera sido de todos los generales mambises muertos de haber llegado al poder? Saquen a Martí y a Maceo de eso, dice el sanote de Inocente Albo, pero la pertinencia de la pregunta y la duda ya ha planeado sobre las cabezas de todos ellos. Y así siguen, charlando y charlando entre piscolabis y tragos par de horas hasta que Eliseo, que no se quiere por la boca, trae a colación, imprudente, como siempre, que está Panchón presente, lo que toda la comunidad cubana de París comenta: —¿Se enteraron? Se murió la mujerona de Baró, el millonario que vive en la Avenida Foch.

El doctor Roldán mira en silencio su plato, ya casi vacío, de arroz con pollo ensopadito y con pimientos morrones. Thierry, que estuvo muy cerca de los acontecimientos, pero no desea participar en los comentarios alrededor de ese tema, se mueve inquieto en su silla. Inocente Albo, —al que dicen El Polaco nadie sabe bien por qué—, mira primero a Panchón y le hace entonces una seña a Eliseo para que cambie de conversación, pero éste, discordante como siempre, que si no no sería Eliseo, vuelve a la carga después de darle un trago largo a su cerveza Kronenbourg, que cuando está en París prefiere las francesas, los lagers franceses, quiero decir, pero con historia de siglos, como esta. —¿Será verdad que el mismo Baró la mató, que ya ella lo tenía obstinado con su eterno derroche, sus exigencias económicas y los líos de las hermanas, los hijos y el resto de la familia?

—¡Cállate la boca, Eliseo, que estás hablando tonterías! —le dice muy serio Cueva—. El doctor Estrada, joven pero muy pausado, explica en su español un poco acartonado y arrastrando las erres: —Las personas muerren, ¿saben?, se enferrman y muerren, es así. ¡Así mismo es!, añade Albo, queriendo cambiar el curso de aquella charla que le parece no conduce a nada, excepto quizás a molestar al profesor Roldán. Así mismo es —repite Julio Cueva con su calma habitual y le indica con el dedo índice al camarero la fuente casi vacía de ensalada de tomates y aguacates para que traiga más.

Nadie pronuncia una palabra más. Se escucha el volar de una mosca, escriben los escritores de tópicos en estos casos. Y en La Cueva no hay moscas, pero sí silencio.

Y entonces: —La gente muere, es cierto —dice Panchón sorprendiendo a todo el mundo con sus inesperadas palabras—, pero lamentablemente no siempre llegamos a conocer las causas de esas muertes, y eso no es bueno. —¡Caramba!, se atraganta Eliseo—. ¡Ven, el doctor tiene sus dudas, como todo el mundo en este pueblo!

La nueva fuente con tomates, aguacates panudos y rodajas de cebolla aliñados con aceite de oliva virgen y vinagre italiano, llega y momentáneamente todos se dedican, con cuidado, a hacerle espacio sobre el mantel. —¡Esto no es un pueblo, es la capital del mundo! —dice Inocente Albo, esclarecedor y formal como siempre—. ¡Pueblo chiquito, infierno grande!, se explica Eliseo. ¡Y esto es un pueblecito de cubanos! ¿O qué hacemos nosotros aquí entonces, sino meter el dedo y revolver en los infiernitos que nos fabricamos?

Dos matrimonios ya no muy jóvenes que están en una mesa cercana, bien vestidos, galas domingueras, abrigados y obviamente cubanos y con signos claros de estar un poco pasados de tragos, pero sin pesadeces, comienzan a cantar, atrozmente desafinados: *A llorar a Papá Montero, ¡zumba! canalla rumbero / El tenía mucho dinero ¡zumba! canalla rumbero / La propina pa'l sepulturero ¡zumba! canalla rumbero*. Y terminan los versos muertos de la risa y pidiendo más Cubalibres al camarero, que no da abasto, pues esta noche está solo y la conmoción lleva a Cueva a levantarse de su taburete y darle una mano al hombre, que para eso es el dueño de aquello.

—¿Esa rumba es tuya, no? —le pregunta el negro Bárbaro Rosales a Eliseo— Esa rumba es del pueblo. Le contesta este. ¡Coño, Eliseo, no seas tan modesto!, dice Rosales. ¡Modesto, sí, Modesto Grenet!, deja caer, en voz bastante baja Cueva, que pasa cerca de la mesa con una bandeja cargada de saladitos de aceitunas sin semillas, anchoas en aceite de oliva, lonjas de chorizo cantimpalo y chicharritas de plátano acabadas de cocinar además de palillos de dientes para picar y una botella de ron añejo aún cerrada.

—¡Hey, no seas mosquita muerta, Julio!— Pero Cueva ya se va alejando del grupo y no le contesta a Grenet—. Volviendo a la señora que acaba de morir, recalca Eliseo, que ya está un poco tarumba después de siete u ocho cervezas francesas, que son de las que se sienten en la cabeza. ¿Por qué no cambiamos el tema?, pregunta otra vez Inocente Albo, asumiendo, como siempre, el papel de componedor de bateas del grupo, que con ese carácter de predicador de iglesia nadie se explica cómo se metió en líos políticos en la isla y mucho menos cómo llegó a alcalde de una ciudad tan caliente como Santiago de Cuba. Pero así son las cosas.

—¿Con perdón? Permítanme una pregunta —interroga el negro Bárbaro Rosales, Monín, dirigiéndose sin aparentarlo al doctor Domínguez Roldán—. ¿No tenía esta señora muchos enemigos, incluso en su propia familia? Se hace entonces, de pronto, que nadie esperaba un resurgir del debate por ese lado y menos todavía viniendo de Rosales, un silencio embarazoso en el grupo.

—Sí, los tenía —dice sin dudarlo Panchón—. ¿Y no solo ella, todo el mundo sabe, creo, que el señor Baró también los tiene? —vuelve a preguntar Monín. ¡Los tiene, y muchos, y muy fuertes, que ha jodido a María santísima en los negocios infinidad de veces! —mete la chucareta Eliseo, al que no le gusta ni un poquito quedarse fuera de la conversación.

—Nunca se sabe de lo que son capaces las gentes que odian — comenta, con cierto dejo filosófico el negro Bárbaro Rosales—. ¿Y qué pueden hacer esas gentes, aparte de causar daño físico directo a una persona? —pregunta enfático el doctor Roldán, que parece más interesado en las palabras de Monín de lo que cabría esperar.

—¡Hacerle algún buen trabajo de brujería para joderlos! —dice, casi grita, Eliseo Grenet, que blanco y de familia católica y todo eso no deja de creer un poco, solo un poco, en todas esas cosas de los africanos—. Thierry, que a veces no entiende muy bien algunos giros del español, mira hacia el techo. Inocente Albo corta con el tenedor y el cuchillo, pedacitos de tomates para dar la impresión de que hace algo, que el tema le incomoda.

El doctor Jean Estrada cruza las manos como si rezara y deja reposar la barbilla sobre ellas, expectante, que esos asuntos folclóricos a menudo le han llamado la atención en sus lecturas, en las conversaciones con el español Pablo Picasso, amigo de tragos cuando el doctor era estudiante y Picasso pobre y sobre todo por comentarios, casi siempre despectivos, de sus padres cubanos.

—¡No, no, eso no es así de fácil! —se explica con cierta molestia El Negro Rosales—. Lo que pasa es que todo lo que le ha ocurrido a esta mujer ha sido muy extraño, y que conste, yo solo hablo por lo que cuenta la gente en la calle. Cueva se acerca a la mesa, observa lo consumido y apunta mentalmente una nueva ronda de tragos para acompañar una buena comida que ya casi está por terminar.

—¿Que no existe la brujería? —dice retador Grenet.

Lo que ocurre, contesta El Negro Rosales, es que hay gente que se acostumbra a ganar siempre, sin importar lo que va dejando hecho pedazos en el camino, y entonces, un buen día, algo, alguien, pasa la cuenta y llega el momento de pagar, de perder. Cueva recuerda, eso no se puede olvidar, las torrejas para Tencha, pero empina la oreja para escuchar a Rosales, que El Negro sabe de lo que habla. Habituarse a ganar siempre, dice, es no entender la pérdida que va a llegar irremisiblemente, por eso la gente sufre tanto. Habituarse a perder, dentro de ciertos límites, y con tranquilidad de espíritu es comprender lo profundo de la vida, y todo entonces duele mucho menos.

Panchón, asombrado de oír aquellas frases en boca de un bongosero, calla, pero le observa con extrema atención. Hasta el doctor Jean Estrada entrecierra los ojos y observa a Monín con una atención semejante a la que presta a su microscopio. Grenet se impulsa para decir algo e Inocente Albo, el árbitro de todas las peleas, le impone silencio posando una mano firme sobre el antebrazo. —Digo esto —explica Monín con voz calma—, porque la gente a veces se maldice a sí misma, y creen que son trabajos, obras y cosas así las que les desgracian la vida. El negro se da cuenta de pronto que está robándose la conversación y se disculpa. ¡Perdone, doctor Roldán, estoy diciendo, me parece, cosas sin sentido!

—No, en lo absoluto —aclara Panchón—. Estás haciendo observaciones muy inteligentes, Rosales, y me parece que todo eso le viene justo a esta gente. Eliseo, que ya no puede mantenerse callado, que la ansiedad se lo come, dice: —Este hombre, Baró, es un putañero. Aquí, en París todo el mundo sabe que visita a menudo las casas de putas de postín como Le Chabanais, La Fleur Blanche y el One-two-two, caras, carísimas, solo para clientes muy escogidos, pero diseñadas para satisfacer los gustos más selectos, o más aberrantes, según como se mire: chinas, japonesas, griegas, africanas o como si uno estuviera en una plantación de esclavos del sur americano o en un quirófano, doctor, incluso me han contado que se puede follar dentro de un ataúd con una, o dos, vampiresas, o hasta tres, si no son gordas. ¿No cree que le haya pegado algo malo a esa mujer?

—No sé —replica el doctor Roldán—. No tuve la oportunidad de estudiar debidamente el caso de esa señora, pero creo que su enfermedad tenía más que ver con problemas renales o quizás con un lupus.

El doctor Estrada, que está sentado a su lado, se acerca a la oreja de Panchón y le dice en voz baja: —Estamos estudiando el lupus eritematoso, profesor, y todo parece indicar que hay una relación entre los anticuerpos que producen las personas y el daño que provoca en la piel y los órganos internos. Es como si en lugar de matar las bacterias que nos invaden desde afuera, los anticuerpos se volvieran locos y destruyeran las células propias —Panchón asiente y escucha con atención—. Usted me ha dicho que las lesiones que tenía ella en toda la piel no se asemejaban a nada conocido. Qué pena no haber obtenido muestras de algunos tejidos orgánicos de la paciente. Acaba Estrada de meter el dedo en la llaga del doctor.

—¡Ni me hables de eso!, replica el doctor Roldán. Pero ya no podemos hacer nada y creo, mi mujer me lo dice todo el tiempo, que no gano nada con ponerme bravo.

—¿No tendría lepra? —pregunta Estrada.

—No creo —riposta rápido el profesor—, las lesiones dermato-lógicas de ella, aunque muy extensas, no guardaban semejanza con las de esa enfermedad.

—¿Y la sífilis? Estoy hablando bajo porque no quiero dar in-formación que pueda ser mal utilizada por este hombre, el señor E… eliseu.

—Haces bien —dice Panchón, también en voz baja—, pero él es buena persona, lo que pasa es que cuando se pasa de tragos se pone un poco impertinente. Pero no, la sífilis le hubiera ocasionado problemas en el sistema nervioso y eso estuvo indemne casi hasta el final.

—Ah —exclama entonces el joven con algo de sorna en el comentario—, estoy por creer que le hicieron algo de eso que dicen hacen los negros brujos en las islas.

Panchón se ríe.

—Pregúntale a Bárbaro Rosales, quizás el pueda explicarte mejor que yo lo que le ha pasado a esta pobre mujer.

Eliseo, que está comenzando una nueva botella de cerveza, sus orejas parecen un par de pimientos rojos de los que vienen con el arroz, escucha el último comentario del doctor y se vuelve hacia Monín:

—¡Oye, Bárbaro, reclaman tus servicios!

El bongosero baja la cabeza:

—No me han preguntado.

—Te pregunto yo entonces, ¿alguien ha matado a esta mujerona con brujería de la mala?

Monín sonríe enseñando una fila de dientes blancos como el coco.

—Eso habría que preguntarlo a los caracoles, y la pregunta debería venir, si se hiciera, de alguien muy cercano a ella… así que olvidemos ya este asunto, ¿no te parece, Grenet?

—¡Humm, le falló el ashé a la pobre! —asevera Eliseo ya un poco fuera de sus cabales.

—El ashé es otra cosa —responde rápido Monín—. El ashé es el poder, la energía, la fuerza benéfica de la vida que adecuadamente sacralizada y canalizada, nos da en prenda de bendición, de amor, un orisha, o sea, un dios, si se lo pedimos con respeto y lo merecemos, sobre todo eso, si lo merecemos, no como hace la gente que pide ashé para cualquier cosa, hasta para hacer el mal, que eso se vira contra uno.

Eliseo aplaude.

—¡Eres un filósofo, negro, por eso la gente te quiere tanto. ¡Oye, dicen que Rosalía Abreu, la millonaria de la Finca de los Monos, se murió en la Habana el mismo día que la mujer de Baró! ¿No será que se le viró la brujería que le echó a la Lasa?

Bárbaro Rosales no contesta, pero esta vez no se ríe. Panchón observa dubitativo. Thierry no entiende nada. Albo no sabe dónde meterse.

—Y yo creo, Eliseo, que tú deberías irte a dormir —dice Cueva sentándose en su silla nuevamente—. ¿No están de acuerdo conmigo?

Todos ríen, pero la idea les parece muy oportuna.

—Yo sí me voy a dormir —aclara Panchón, y le hace un gesto con la cabeza a Thierry.

—En un momento vuelvo con el postre de la señora, doctor.

Julio Cueva se pone otra vez de pie y se dirige a la cocina a buscar las torrejas con helado de Tencha.

Todos comienzan a levantarse de sus asientos, un poco mareados, pero satisfechos, que noches así solo pueden pasarse en la Cueva.

Y se repetirán, claro que sí.

El cadáver de Catalina Lasa

Al cuerpo exánime de Catalina Lasa, una vez muerta, no se le hizo una autopsia anatomopatológica científica debidamente diagnóstica, con muestras tomadas de diversos tejidos orgánicos del cadáver: sus dañados riñones, por ejemplo, el hígado, las mucosas del intestino, el contenido del estómago y sus estructuras, el páncreas, el corazón y sus válvulas, los pulmones, el útero y los ovarios, las graves y extensas lesiones de la piel y todo lo que se considerara necesario para estudiar de forma prolija, previa laminación y tinción, bajo el microscopio, como quería y solicitaba con vehemencia el doctor Francisco Domínguez Roldán, su último médico de asistencia. Mucho menos se le practicó una necropsia forense en busca de tóxicos para despejar dudas y sospechas, que las hubo entonces y las sigue habiendo hoy, y de todo tipo. ¿Para qué cortarla en pedazos por gusto?, dijo su marido, Juan Pedro Baró, que eso de destazarla como a una res no va a cambiar nada las cosas. Lo que ya no tiene remedio no lo tiene, punto y sanseacabó. Pero inmediatamente después, previa la compra —y lo escribimos así, con tanta seguridad, porque el médico que firmó el documento no había tratado a Catalina Lasa y no estamos seguros de si la conocía personalmente—, de un certificado de defunción que dictaminaba como causa de la muerte una intoxicación por pescado en mal estado, una ciguatera, se evisceró su cadáver; se vació por dentro, como diría un profano; se cambiaron sus bellísimos ojos verdeazulencos por cuentas de vidrio de color idéntico y se eliminó completamente su sangre; y se llenaron se limpiaron a presión sus venas y arterias, con un preparado fluido de formol y fenol, para preservar el cuerpo y evitar que se descompusiera. No todo el cuerpo. El esqueleto, las masas musculares y la parte exterior del cuerpo fue lo que quedó en realidad. Eso fue lo que se llevó a Cuba y es lo que yace hoy en su tumba de la necrópolis Cristóbal Colón de La Habana, supuestamente bajo un escudo (casi) impenetrable de concreto armado. ¿O en alguna otra bóveda, quizás? ¿O robado o perdido, por razones de venganza o de rituales de religiones afrocubanas o satánicos, como insinúan algunos que gustan de las teorías conspirativas? No sabemos, pero dudo mucho todo eso. Tampoco hemos encontrado nunca una descripción detallada de las técnicas de embalsamamiento que se emplearon en la preservación de sus despojos. No sabemos con exactitud quién hizo el trabajo, si una sola persona o un equipo, aunque se ha mencionado nombres —la empresa funeraria parisién Saint Honoré de Eybaud, por ejemplo— de algunos embalsamadores franceses de la época, dicen que muy buenos en lo suyo. No sabemos a dónde fueron a parar sus órganos internos, incluido su volátil y tozudo cerebro. ¿A la basura? ¿Al fuego? ¿A algún recipiente que se guardó en otra parte o junto sus otros restos, tal y como hacían los egipcios? En fin, que no sabemos casi nada de todo aquello, y así, eventualmente, seguiremos en la inopia para siempre. ¿O no? ¿Se conservará todavía el cuerpo de Cati como puede que se conserve la momia de Nefertiti, otra enigmática belleza de muerte no del todo aclarada? ¿O como sí sabemos que se conserva el cadáver de Evita Perón en su tumba, la actual —porque ha tenido otras—, del cementerio bonaerense La Recoleta? No lo sabemos de cierto. ¿Lo sabremos alguna vez?

Juan Pedro Baró o Juan de Pedro Baró

En la noche del 8 de julio de 1939 murió Juan Pedro Baró en París. Murió tranquilo, sin aspavientos, de muerte natural, que así le llamaban entonces, y hasta mucho después, quizás hasta hoy mismo, a morirse de viejo. ¿Se enfrentó Baró a la muerte sin miedo, sin rencores, en santa paz? Parece que sí, pero no lo sabemos de seguro, que no se ha escrito nada de él sobre el momento de ese tránsito natural. Murió Juan Pedro Baró o como el firmaba casi siempre, Juan de Pedro Baró, porque Pedro, que parece nombre, era el apellido de su padre. Una muy mala pasada de la vida que le ocasionó muchos problemas, sobre todo a su bastante poderoso e inflado ego. Tenía setenta y ocho años de edad y estaba lleno de achaques, sobre todo cardiovasculares, que cuentan que era un comedor voraz de carne roja y embutidos además de fumar puros como una chimenea. Y para ser sinceros, seguían gustándole mucho, muchísimo, las mujeres, que nada de malo hay en una afición así. Lamentablemente para él no conoció la Viagra, eso es un hecho, ¡pobre hombre!, ¡Su cadáver fue transportado a Cuba en un ataúd de plomo en el año 1940, junto a otra caja igual con los huesos de su madre. Concepción Baró y Jiménez se nombraba la señora, que había fallecido en París en 1902, casi cuarenta años antes de la muerte de su hijo. Parece ser que el cuerpo de Baró no fue embalsamado, lo que ayuda a confirmar que su entierro de pie a la cabeza de Catalina Lasa, es una pura leyenda urbana. Quiso que lo trajeran a La Habana por aquello de que la cabra tira al monte, pero su verdadero lugar, una vez muerta Catalina y alejado ya de la vida mundana de la sociedad cubana de entonces, estaba en París, ciudad que amaba y en la que se sentía en su casa. Pero no olvidemos que ya tenía tumba en Cuba. ¡Y qué tumba! Se ahorró Juan Pedro los sufrimientos de la segunda guerra mundial, lo que prueba que casi siempre fue un hombre de suerte. Algunos cronistas amables dicen que ayudó con amplitud la causa independentista cubana bajo el pseudónimo de Pidal. No hay la menor prueba documental de ello. Parece no haber sido tacaño, por lo menos en lo que atañe a Catalina Lasa. Con el tiempo fue vendiendo sus propiedades rústicas para dedicarse solo a las finanzas, lo que prueba un fino olfato económico y una actitud panglossiana hacia la vida. Dejó dos hijos de su primer matrimonio con Rosa de Varona, Concepción, la mayor y John, a los que más o menos atendió materialmente, sobre todo después que crecieron y se independizaron. Y es muy probable que dejó también una niña que tuvo con María de Arango y Mantilla de los Ríos, esposa del conde de Jibacoa, un alumbramiento que fue todo un escándalo para la época. Una hija por la que nunca se interesó y que de hecho negó una y otra vez. Hoy no sabemos casi cómo terminaron las vidas de sus descendientes, pero teniendo en cuenta sus riquezas, no deben haber tenido malos finales. ¿Quién sabe? ¿Tuvo otros hijos Juan

Pedro Baró de sus múltiples aventuras románticas, es un decir, y sexuales? Tampoco lo sabemos y parece difícil que lo averigüemos ya. Sí sabemos que con Catalina Lasa no los tuvo, pero se desconoce la razón porque ambos eran fértiles. ¿Están los restos mortales de Juan Pedro Baró en la fastuosa tumba de la calle central del sorprendente y hermoso, sí, hermoso, cementerio Cristóbal Colón en La Habana?. Yo apuesto a que sí, aunque acostado.

Panchón y Tencha

Vivir fuera de la patria es duro, muy duro, y más cuando se pasa de los setenta abriles y se ha trabajado sin descanso, como en el caso del doctor, o de los sesenta, y también se ha luchado sin respiro junto a su hombre, como en el de Tencha, una mujer sin horarios. El gobierno del dictador Gerardo Machado y Morales había caído en agosto de 1933 y después de un período de gran inestabilidad y violencia la República de Cuba comenzaba a equilibrarse entre los años 1936 y 1937, acercándose poco a poco a un proceso constituyente que fructificaría en 1940 y a unas elecciones bastante democráticas que darían el triunfo al antiguo sargento, ahora general, reciclado como civil y de centroizquierdas, Fulgencio Batista y Zaldívar, conocido por el pueblo como El Hombre. La economía, gracias a los aires de guerra mundial que se dejaban sentir en el ambiente, mejoraba día por día. Era el momento del regreso definitivo a la isla para el profesor Domínguez Roldán y su esposa. La Universidad de La Habana, la misma que una vez, cobardona e ingrata, le viró la espalda, recupera su autonomía y acoge con los brazos abiertos a Panchón, un hombre ya cansado y con algunos problemas de salud pero siempre dispuesto a enseñar, a compartir sus saberes, a interesarse por sus enfermos, que nunca faltaban estuviera él donde estuviera, y a polemizar con ardor sobre…, bueno, sobre lo que se terciara, que ese, polemizar, era su deporte favorito, o mejor, el único conocido. Dedicó entonces el profesor, liberado de la presión laboral de París, una buena parte de su tiempo a terminar la biografía de

Carlos J. Finlay que había comenzado en la Ciudad Luz y que ya había publicado unos años antes, en edición breve, en inglés «para joder un poco a los americanos». No lograría terminarla. En 1941 Panchón sufrió una embolia cerebral que limitó drásticamente sus facultades intelectuales y físicas y poco después, comenzando 1942, ya muy enfermo, murió en su casa a los 79 años de edad. Muchos que le volvieron la espalda en otro tiempo acudieron ahora, compungidos y en manada a homenajearlo. Cómo se hubiera reído, y cuánto sarcasmo hubiera desplegado con su filosa y temida mala leche el doctor Roldán de haber podido presenciar desde un lugar placentero y con buena visión su propio velatorio. Y comentarlo, bebiéndose un coñac, entre sus buenos amigos, claro. Tencha, dedicada en cuerpo y alma al recuerdo de Panchón y a sus hijos y nietos, invariablemente con la elegancia, energía y actividad de siempre, que nunca se dejó caer, le sobrevivió más de una década.

Thierry

Thierry estuvo junto al doctor Domínguez Roldán y Tencha, como chofer, como mandadero, como ayudante, a veces como consejero y casi, o sin el casi, como hijo hasta 1937, año en que el profesor y ella volvieron definitivamente a Cuba. Entonces, Thierry, bastante solo en París y libre para seguir el llamado de sus raíces catalanas e instintos libertarios, se unió a las Brigadas Internacionales y se fue a pelear a la guerra civil española. Combatió un par de meses en el frente madrileño con una columna de brigadistas franceses comandada, siempre desde la retaguardia, por el problemático y muy controvertido —se le acusó de cobarde, déspota y criminal— comisario André Marty, y luego, que Thierry ya no quería saber nada de los franchutes, y mucho menos del camarada Marty, participó en el durísimo asedio a Zaragoza con la división 45 liderada por el general soviético Emilio Kléber, este sí un bravo. Un bravo que terminaría muy mal gracias a Stalin, pero esa es una historia diferente, ya contada en otra parte. En un par de ocasiones, entre combate y combate, se encontró en las trincheras con el maestro Julio Cueva. Ni qué decir que, el doctor Roldán no podía ser distinto, siempre salía a relucir en la amena conversación. Thierry fue dado por desaparecido en la batalla de Belchite, una de esas peleas sin sentido que costó miles de víctimas de ambas partes, o de tres, porque murieron en sus casas y campos unos 5000 civiles inocentes. Una confrontación militar que no condujo a nada positivo para ninguno de los bandos. O sí, ayudó al imparable desgaste de la República y a dar tiempo a Franco para consolidarse y terminar de convertirse, ya sin oposición visible, en el Caudillo. Paca la Culona, como le llamaba en privado el general Yague a Francisco Franco, se hizo con el mando absoluto precisamente después de Belchite y ya no lo soltó hasta el último estertor de su pequeño y gordo pecho, treinta y cinco años después. Nadie sabe cómo Thierry escapó con vida de aquella horrorosa carnicería, ni a derechas él mismo, pero reapareció en París en 1939, justo al inicio de la Segunda Guerra Mundial y a tiempo para unirse a la resistencia antinazi. Fue un combatiente, un maqui agresivo e inteligente, pero con bastante poca suerte. Capturado con serias heridas debidas a la explosión de una mina ferrocarrilera, y luego de torturas y humillaciones sin nombre, estuvo preso hasta el final de la contienda en un campo de concentración del gobierno colaboracionista de Vichy, y, cosas que pasan, no fue entregado a los alemanes de milagro. Las aventuras y desventuras de Thierry dan para un buen libro que alguien, algún día, debe escribir. Después de mil peripecias y avatares, terminó sus días en los años ochenta, casado con una mulata cubana preciosa, que tuvo alguna vez sus espectaculares quince pero que ahora, vestida de miliciana, o con la ropita de la libreta de abastecimientos, se percibía un poco gruesa y ajada. Ambos, Thierry y su mulata, vivieron en La Habana, una Habana socialista, fidelista más bien, cargados de hijos, de nietos y de recuerdos, y de algunas penurias y sinsabores también, hasta que la parca se los llevó, a él primero y a ella un poco después de achaques y enfermedades de viejos. Ambos yacen enterrados en el cementerio Colón, en La Habana, en una modesta bóveda prestada. La tumba se encuentraa solo a un par de bloques de distancia del mausoleo de Catalina Lasa, pero no es probable que ellos, Thierry y su mulata, se interesaran nunca por ese lugar. ¿Para qué? Eso sí, a diferencia del imponente y extraño panteón de los Baró-Lasa, siempre solitario y despojado de casi todo lo que contenía, en la tumba de Thierry y su mulata siempre hay flores frescas, muy modestas, pero frescas.

La Cueva y Julio Cueva

El bar, restaurante y salón de bailes La Cueva duró poco. Sobrevivir a la crisis económica que se desató en Europa poco después del Crack del 29 iniciado en los Estados Unidos, era una labor de titanes y Julio Cueva era un titán en la trompeta y en la composición musical, no en los negocios. No olvidemos, como decía Panchón en broma, que en La Cueva se comía y bebía más barato que en ninguna otra parte porque Julio era comunista. Palabra santa, La Cueva quebró. La carrera musical de Julio Cueva está muy bien documentada en numerosas publicaciones especializadas y colecciones de discos, aunque, lamentablemente, como pasa con tantos de su época, sus grandes aportes a la música cubana tienden a ser olvidados con el tiempo por las nuevas generaciones. Fue, durante la guerra civil española, entre otras cosas, director de la banda de música de la división republicana # 46 comandada por El Campesino. Peleó en el Ebro como un león pero no hubo tiempo, ni ganas, para condecoraciones. Volvió a Cuba, en 1939, luego de estar un breve tiempo preso en un campo de concentración en Francia. Gozó en la isla, por una buena temporada, de la fama. Se le reclamaba, como trompetista, arreglista y director orquestal, en todos lados. Pero esta señora, la fama, es muy voluble y a veces da la espalda inopinadamente. Cueva murió, pobre y bastante olvidado, en La Habana el 30 de diciembre de 1975. Eso sí, fue comunista, militante de carnet y de disciplina intachable hasta el último suspiro. Demasiado disciplinado, molesta, dijo alguien, y tenía razón. Su ejemplo molestaba. El sindicato de músicos y trabajadores del arte y la cultura cubanos, controlado por el Partido Comunista, cedió un nicho en su panteón del cementerio de Colón para que pudiera ser enterrado dignamente. No fue —salvo su mujer, sus hijos, y un negro bongosero ya retirado ¿le llamarían Monín?— casi nadie a su sepelio.

Los tres hijos de Catalina Lasa y Pedrito Nolasco

El primer marido de Cati, Pedrito Nolasco Julio Zenón Estévez y Abreu, nunca superó los cuernos que ella tuvo a bien, o a mal, usted decide, ponerle escandalosamente en 1905. La madre de él, Marta Abreu, murió en París de una peritonitis, secuela de una apendicitis aguda, el 2 de enero de 1909, y su padre, el doctor Luis Estévez y Romero, que había sido vicepresidente de Cuba hasta el momento del escándalo, se suicidó el 4 de febrero del mismo año. Toda una sucesión de trágicos desenlaces que Pedrito, y el resto de la familia Estévez-Abreu, achacaron a la desvergonzada —digámoslo en buen castellano, como lo decían ellos mismos en privado—, a la puta de Catalina Lasa. No hubo perdón posible para ella, ni siquiera con el paso imperturbable del tiempo. Inmediatamente después del escándalo y la fuga de Catalina con Juan Pedro Baró, Marta Abreu y su marido, abochornados y heridos en los más profundo, y en talante vengativo, recogieron a los tres hijos, ahora abandonados, de esta: Luis Gregorio, Pedro y Marta, niños pequeños aún, el mayor tenía seis años, y se los llevaron, sin despedirse de nadie, a vivir a la casona que tenían en el número 36 de la calle Beaujon, en lo que denominan el Hautieme, en verdad el Distrito VIII, muy cerca del Arco del Triunfo, en París. Y se fueron para nunca más volver. Los niños, aunque dentro de una tradición familiar que respetaba y enaltecía lo cubano, crecerían como escolares y ciudadanos franceses. La primera e iracunda reacción de Pedrito Nolasco, anómala del todo, infantil e inmadura más bien, fue desheredar a los niños. Una tontería sin sentido propia de la furia y los celos, pero eso se arreglaría más adelante por la mediación de la propia Marta Abreu. Desheredar a los hijos de Catalina era desheredar a sus propios hijos, que además, vivían con su madre y con él mismo sin ningún contacto con Catalina Lasa. Bien mirada, es una reacción que nos da una idea de la personalidad de este señor, lo que, por cierto, no exonera a Catalina de sus propios errores, o pecados o como se les quiera llamar. Andando el tiempo, y ya adultos, los muchachos se reencontrarían, sin la presencia física del padre, con su madre, con Catalina, pero siempre guardando las distancias, que el abismo a salvar era muy amplio. Demasiadas heridas producidas por demasiada gente, creo yo. En 1917 Pedrito Nolasco tendría una cuarta hija, Monique, de su matrimonio con la francesa Gabrielle Ellissalt. Parece ser que Pedrito Nolasco rehízo su vida en Francia y de ahí en adelante lo perdemos de vista. De hecho, los hijos de Catalina Lasa se criaron solo con sus abuelos, al principio, y luego con su padre, las nodrizas e institutrices y algunos otros familiares de la rama de los Abreu-Estévez. Catalina tiene que haber sufrido la separación, claro que sí, que madre era, pero prefirió a Juan Pedro Baró, o ya no pudo echar atrás lo hecho, que así funcionan a veces las cosas. Juzgue usted, estimado lector. O mejor, no juzgue, déjelo correr, que todos somos humanos y nadie está exento de meter la pata.

El diagnóstico de la enfermedad de Catalina Lasa

Nunca sabremos ese diagnóstico clínico con certeza, salvo, y esto pudiera ocurrir en un futuro más o menos distante, que tuviéramos acceso a pruebas genéticas, con muestras de ADN y ARN mitocondrial tomadas de sus restos, que nos ayuden a descifrar las muchas incógnitas del caso. Encontrar y estudiar sus restos mortales pudiera ayudarnos también a confirmar, o desestimar, que me inclino por esa posibilidad, los runrunes, de entonces y de ahora, acerca de la subrepticia y criminal administración a la interfecta de venenos, tósigos, ponzoñas y otros productos deletéreos. Es más, sería una forma bastante fácil de probar, o negar, aquí me inclino también por esa posibilidad, la famosa intoxicación por pescado, o ciguatera, como se le conoce en Cuba y otras zonas tropicales. La ciguatera es producida en el humano por la ciguatoxina-1, la maitotoxina, la escaritoxina, el ácido okadálico y otras toxinas de nombres extraños que pueden aislarse en las muestras de tejidos forenses. La paleopatografía, con sus diferentes ramas de especialización, es la ciencia que estudia las enfermedades y sus causas en el pasado remoto, y no tan remoto. Los estudios genéticos, cada vez más acuciosos y perfeccionados, le han permitido dar un salto de gigantes a esta especialidad de las ciencias médicas, pero incluso así, aún quedan inumerables puntos ciegos que requieren de otras tecnologías y en especial de mucha astucia investigativa. Que el ojo clínico y la cultura médica siguen siendo fundamentales en la paleopatografía, todavía. Sí, todavía, y ojalá que ese todavía dure por mucho tiempo. En el caso de Catalina Lasa nos faltan múltiples detalles de sus signos y síntomas, al extremo de que ni siquiera conocemos bien el tiempo de evolución de la (o las) enfermedad y sus verdaderas manifestaciones clínicas. Debo hacer aquí dos observaciones más. La primera es que haber tenido un diagnóstico de certeza en el caso Lasa, cosa todavía difícil en la parte final de la segunda década del siglo XX, no hubiera asegurado de ninguna manera un tratamiento efectivo de su condición patológica. Enfermedades más sencillas de tratar hoy en día como la diabetes mellitus, la hipertensión arterial, las nefritis o el lupus eritematoso sistémico carecían en la práctica de solución médica en aquel momento. Ni qué decir de las neoplasias malignas (cánceres) o muchas enfermedades venéreas, como la sífilis y la gonorrea, en la era prepenicilínica. La segunda observación se refiere a ese tema tan socorrido, oscuro y poco reconocido públicamente por los cubanos de las maldiciones, «trabajos», «polvazos», «obras» «magias negras» y brujerías de todo tipo. Quizás hay poco que decir aquí. ¿Que la señora Catalina Lasa era odiada a muerte, y envidiada, que es mucho peor, por varias personas. ¿Quién lo duda? Qué más de un enemigo(a), o envidioso(a) le hubiera deseado todo el mal posible y hubiera pagado por proporcionárselo. ¿Quién lo duda? Pero repito, ningún dato de verdadero valor tengo que añadir al respecto. En otras palabras: no sé (casi) nada de eso y no tengo maneras de probar o descartar nada.

La rosa «cubana» Catalina Lasa

La aterciopelada rosa jaspeada rosáceo amarillenta, bellísima, nombrada Catalina Lasa existe y es bien conocida en Cuba e incluso fuera de ella. No fue producto, como afirma la leyenda, de un injerto diseñado expresamente para Cati, a solicitud de Juan Pedro Baró, por el arquitecto y paisajista francés Jean-Claude Nicolás Forestier. Es más, Forestier nada tuvo que ver con su diseño. Pero lo cierto es que sí debe su nombre, a Cati y por casualidad. Fue el florero cubano Roberto Mendoza y su familia quienes trajeron la flor desde Hungría, donde se le conoce por otro nombre, en la segunda mitad de los años veinte. Teniendo a Catalina como una cliente muy especial, y apareciendo ella un día en la florería de los Mendoza ubicada en el Paseo del Prado, en La Habana, decidieron ponerle su nombre para halagarla a ella y hacerle propaganda a la flor y a la floristería. Catalina, encantada con el hecho de que aquella rosa tan hermosa llevara su nombre se comprometió, nada excepcional en ella, tan dada a las emociones faranduleras, a regalarla y promoverla. Y así lo hizo. Pero el mito de la rosa amarilla Forestier-Baró-Lasa permanece, permanecerá y resulta mucho más *cool* que la terca e incómoda realidad. Sea como sea, existe en Cuba, y en otros lugares, una rosa amarilla, muy bonita, que se llama Catalina Lasa, y eso basta.

El divorcio de Catalina Lasa de su primer marido y las leyes cubanas

La primera ley orgánica de divorcio en Cuba fue promulgada por el gobierno de la república en armas durante la guerra de Independencia. La actividad sexual promiscua, o no, era muy abierta y calladamente consentida. No podía ser de otra manera entre los combatientes alzados en armas y todo el personal de apoyo, que incluía muchas mujeres. Años y años viviendo en el monte con enormes carencias materiales y la muerte siempre rondando empujaban a casi todo el mundo al amor «más o menos libre», salvo que se estuviera ya en pareja. El romántico y siempre recordado caso del general Ignacio Agramonte y su bella esposa Amalia Simoni, que se guardaban fidelidad absoluta, es la excepción y no la regla. La susodicha ley tuvo muy pocas repercusiones, de hecho casi nadie se enteró de su existencia, antes y una vez instaurada la república. ¿Para qué trastear en asuntos ya superados por el paso del tiempo y la propia vida? La segunda ley, para muchos la primera, con más connotación oficial por ser ya Cuba una república de derecho y tener una prensa poderosa, fue instituida por el presidente Mario García Menocal en el año 1917. Juan Pedro Baró y Catalina Lasa solo obtuvieron de esta última un beneficio moral, o más bien social, pues de hecho el matrimonio anterior de ella con su primer marido ya había sido anulado por el papa Giacomo della Chiesa, que gobernó el Vaticano de 1914 a 1922 bajo el apelativo de Benedicto XV, un paso fundamental, y dificilísimo de obtener para cualquier mortal, entonces. Y ambos, Catalina y Pedro, se habían casado legalmente en la prefectura de París años antes. ¿Cómo que coleccionaban matrimonios entre ellos, no es verdad? No existen crónicas ni pruebas documentales de que ella se haya divorciado otra vez en Cuba de su primer marido, Pedrito Nolasco, y tampoco hay evidencias de que Pedro Baró y ella se casaran de nuevo en la isla. Es por tanto una leyenda urbana, una más, que la pareja estrenara la tan llevada y traída ley de divorcio en Cuba. Tampoco, y ese es un tema que ha sido muy debatido, constan evidencias del famoso regalo de Juan Pedro Baró a la esposa del presidente Menocal —unos espectaculares pendientes de brillantes para la mujer de Menocal, la señora Mariana Seva— por haber aprobado la susodicha ley. De haber existido dicho regalo lo lógico es que no se encuentren en ninguna parte muestras testificales, ¡ni que todos ellos fueran tontos! Esto no quiere decir que Juan Pedro Baró no tuviera muchas atenciones, por razones de negocios, con este presidente, y es muy probable que con todos los otros de su tiempo. Existe incluso la certeza de que Juan Pedro Baró y Mario García Menocal hayan sido compañeros de estudio, muchos años antes en universidades de los Estados Unidos. No olvidemos tampoco que el hermano de Catalina, Chema Lasa, era amigo personal y un aliado político del presidente Menocal, al extremo de visitarlo casi todos los días en la finca El Chico, su vivienda permanente, ubicada a un tiro de piedra del pueblo habanero de Wajay. Sea como fuere Catalina Lasa estaba divorciada de Pedrito Nolasco Estévez, el padre de sus tres hijos, y murió casada legalmente con Juan Pedro Baró. Esa es la pura verdad, mientras no se demuestre lo contrario.

Rosalía Abreu y la Finca de los Monos

Muerta en París la señora Marta Abreu, la suegra de Catalina, en 1909, su hermana, Rosalía Paula de la Caridad González Abreu Arencibia, la tercera en sucesión de las tres hermanitas Abreu (la mayor era Rosa, que se independizó primero y tuvo mucho menos que ver con Cuba y sus avatares) pasó a ocupar el puesto, nada desdeñable, de gran enemiga e implacable inquisidora de Catalina Lasa, una actividad que se incrementó hasta extremos casi obsesivos al faltar Marta, pero que ya venía caminando desde mucho antes. Rosalía, como las otras dos hermanas, había heredado del viejo patriarca solo un tercio del total de la fortuna, lo que no impedía que fuera riquísima. Dicen que el legado que recibió Rosalía fue de alrededor de unos dos millones de pesos de la época (saque cuentas de cómo sería eso hoy en día), y además, a ella, a diferencia de su hermana Marta, le encantaban las aventuras, las fiestas, la ostentación y las cosas raras. Sobre todo esto último, en lo que marcó pautas y nos dejó leyendas que todavía perduran. En su tercio del patrimonio familiar se encontraba el castillo de piedra blanca y arabescos, con fuentes, pequeños bosques, bancos de caliza pulida, senderos arbolados, lagos, caballerizas, ventanales góticos y torres almenadas y todo lo demás, llamado Las Delicias, ubicado en un terreno de siete caballerías de tierra en la zona de Palatino, el Cerro, entonces un tranquilo y apacible lugar en las afueras de La Habana. Rosalía, que había nacido en enero de 1862, se casó en París en 1883 con el médico cubano, entonces estudiante de

Medicina, Domingo Sánchez de Toledo, con el que tuvo cuatro hijos, uno que falleció muy niño en un accidente; otro que murió peleando como oficial francés en la batalla del Marne durante la primera guerra mundial y dos, llamados Pedro y Rosalía, respectivamente, que vivieron hasta llegar a viejos y formaron parte de la crema de la alta burguesía cubana de la primera república. Pero lo que más se recuerda de Rosalía Abreu, aparte de sus muy trascendentes aportes monetarios a la causa independentista cubana, sus escapadas automovilísticas y aéreas —volaba con el piloto cubano Domingo Rosillo en pequeños y riesgosísimos aviones de tres alas de lona y motores de pistón que hoy darían risa, o pena, o hasta susto, acompañada de algunas amigas tan locas como ella, cuando nadie se atrevía a semejantes aventuras— y sus innumerables donaciones y obras de beneficiencia, entre ellas la escuela técnica industrial de Rancho Boyeros, es su zoológico privado, en verdad el primer zoológico metódicamente organizado y catalogado de Cuba. Le gustaban los animales, las aves de todo tipo, los reptiles, los caballos de paso y de tiro, ciervos, búfalos, camellos y dromedarios, osos negros, bestias africanas, incluso un elefante al que llamaba Jumbito, porque era mucho más chiquito que el conocidísimo Jumbo, pero muy especialmente los monos, y dentro de estos los chimpancés y los orangutanes. Tanto le gustaban los primates que Rosalía se convirtió, con tesón científico e interés académico no esperado en una mujer de aquellos tiempos, en una verdadera especialista primatológica. Este es un tema que pide a gritos un estudio más profundo porque puede que sus atinadas observaciones no tengan rivales en todo el ámbito científico centro y sudamericano, y vaya usted a saber si incluso en el norteamericano y europeo. Lo cierto es que la finca y castillo Las Delicias pasó a llamarse, por artes del boca a boca, «Finca de los Monos». Y en la Finca de los Monos pasaron, eso cuenta la leyenda, cosas muy raras, algunas tan insólitas como que el orangután Jimmy, o Cholo, que paseaba en carro con la señora vestido de cuello y corbata, pero sin zapatos, matara a un hombre que creyó enamorado de Rosalía, algo a lo que, de ser cierto, se le echó tierra, sin que por ello dejara de repercutir sarcástica y con morbo y sarcasmo en el imaginario de la población cubana. La bailarina Isadora Duncan, amiga de Rosalía y visitante bastante asidua de la Finca de los Monos dejó unos párrafos sobre la dama de marras que resultan muy interesantes para entrever estos detalles tan peculiares. Una buena parte de la herencia que legó Rosalía a su muerte pasó a un fondo para el cuidado de sus animales, sobre todo de sus amados monos, pero como no podía ser de otra forma en la isla, fue dilapidado de miserable modo por sus continuadores. Pronto, del zoológico quedó muy poco, casi nada más bien. Para colmo, Rosalía Abreu decidió, es un decir, morirse en La Habana el 3 de noviembre de 1930, justo el mismo día en que fallecía en París su archienemiga Catalina Lasa. Una simple casualidad, creémos, pero una de esas extrañas coincidencias del destino que hacen las delicias de los amantes de los asuntos esotéricos y las teorías conspirativas. Que como me lo contaron se lo cuento, estimado lector. Ah, y la Finca de los Monos, aunque bastante deteriorada y venida a menos, sigue ahí. Usted puede verla cuando quiera, vale la pena, si se desvía un poquito de la calzada de Santa Catalina después de dejar atrás la fuente denominada en broma por los viejos habaneros El Videt de Paulina y la Ciudad Deportiva. Pero no visite Cuba solo por eso, que no es para tanto.

La mansión de la Avenida Paseo

Juan Pedro Baró, una vez despejado el engorroso camino legal de su relación matrimonial con Catalina Lasa. Atenuado, que no erradicado por completo el escándalo que ellos mismos desencadenaron, que el tiempo lo va limando todo, y quizás buscando un mejor clima, que los años y los achaques se van dejando sentir, toma la decisión de reinstalarse otra vez en la capital de la isla de Cuba. Eso no significa romper sus vínculos con Europa, con París en particular, pero sí darle calor, con la permanencia estable de ambos y la moderada participación en la cada vez más movida vida social, al ahora muy acogedor mundo de La Habana, una ciudad caribeña que estaba creciendo y desarrollándose como nunca antes. Dice un viejo refrán que «cada gallo en su gallinero», y el gallinero natural de Catalina, y en buena medida de Baró, era la ciudad de La Habana.

Primero se instalan en un caserón grande y relativamente cómodo, pero bastante viejo, en una de las esquinas de las calles H y 13, en el reparto el Vedado. Algunos dicen que el lugar existe pero eso no es seguro, pues muchas de esas casonas se derribaron en los años cincuenta para construir edificios modernos y más funcionales. La verdad es que ese sitio no es para ellos, piensa Baró, y se pone en contacto con la mejor y más cotizada firma de arquitectos y constructores de la ciudad: Govantes y Cabarrocas, dirigida por Evelio Govantes Fuertes y Félix Cabarrocas Ayala, para construir una nueva casa, o mejor, una mansión de ensueños que pudiera competir, o superar a las de los rivales en riquezas y poder de la urbe. Govantes y Cabarrocas, y sus múltiples colaboradores, habían proyectado, entre otras muchas obras las del Hospital de Emergencias (Freyre de Andrade), el Union Club (Palacio de las Cariátides), una buena parte del Capitolio Nacional, el barrio obrero Lutgardita y, algo que no podía saber Baró ni tampoco ellos mismos; proyectarían en el futuro la reconstrucción del palacio de los Capitanes Generales (Ayuntamiento de la Ciudad), el diseño y construcción del hospital de maternidad América Arias, el Museo Nacional de Bellas Artes y, bastante después, la enorme y famosa plaza Cívica, hoy plaza de la Revolución. ¿Quiénes mejor para la empresa? Esta casa, la nueva vivienda de los Baró-Lasa, construida en solo dos años en el solar de la Avenida Paseo # 406, entre las calles 17 y 19, también en el barrio del Vedado, marcó un hito, con la inestimable ayuda de René Lalique en los diseños de interiores y de Forestier en los jardines, en la mezcla de estilos Renacimiento Florentino y Art Déco en Cuba. Se inauguró en 1926 y la recepción y fiesta para celebrar esa inauguración fue fastuosa. Como McArthur en Filipinas, los Baró-Lasa regresaron y regresaron a lo grande. Aunque debe decirse que no toda la crema y nata de la alta burguesía cubana, encabezada por María Luisa Gómez-Mena, condesa de Revilla de Camargo, otra de las grandes enemigas de Catalina Lasa, los aceptó del todo. Dicen que no hay nada peor que una astilla del mismo palo, sobre todo si esa astilla se hace demasiado evidente y hiere en lo profundo. No vale la pena describir la soberbia vivienda aquí porque fotografías, impresiones sobre la misma, y estudios especializados de arquitectos, ingenieros y decoradores pueden encontrarse en libros como el del profesor Mario Coyula, artículos de revistas del ramo, crónicas y *blogs* de todo tipo. Los cálculos del costo de la residencia son casi imposibles hoy en día pero un arquitecto que tuvo que ver con ciertos arreglos de la misma, veintitantos años después lanza la cifra tentativa de unos sesenta millones de dólares al cambio actual. ¿Una bicoca, verdad? Y entonces, que todo lo que sube termina por bajar. Muy poco después de la inauguración de la mansión, Catalina enfermó gravemente y todo comenzó la espiral de descenso. Se cuenta que las decenas de espejos que constelaban las paredes de salones, habitaciones y baños de la casa, colocados allí para engrandecer el ego de la dueña, fueron cubiertos con tela de gasa para que ella no tuviera que soportar a cada momento los desafueros y destrozos que en su cuerpo y su rostro inflingía su extraña dolencia. Y buscando la recuperación, o por lo menos el alivio, hubo que regresar a París y poco después al inevitable final y la muerte. Tras el fallecimiento de Catalina Lasa en Francia, Baró rehusó volver a esa casa: ¿Temor a la soledad, miedo al vacío, remordimientos, simple pereza de vivir en algo tan grande y sofisticado? ¿Quién sabe? Que algunas o todas esas causas pueden haber tenido que ver con su decisión. La casa se mantuvo en manos de Juan Pedro Baró, aunque sin volver a pisarla, hasta su muerte; luego la heredó su familia, para mayor exactitud su hija, que la mantuvo alquilada y por último; y después del triunfo de la Revolución de 1959, pasó a manos del gobierno cubano y ahí está. Por cierto, dicen que relativamente bien cuidada aunque muchas de sus riquezas artísticas han desaparecido, sea porque han sido trasladadas a museos o porque se han difuminado en el aire. Ustedes me entienden. ¿Suelen aparecer fantasmas —una mujer de negro que sube y baja las escaleras y extraños ruidos sin explicación— algunas noches en la casa? Algunos dicen que sí, pero no me consta. ¡Vaya usted a saber!

La tumba Lasa-Baró en el cementerio Colón

Se nos ocurre que un buen epitafio para una tumba sencilla, austera, humana, de Catalina Lasa pudo haber sido: «Aquí yace una mujer que no tuvo derecho al secreto». Pero no, su marido, Juan Pedro Baró, prefirió para ella, y para él, en el sitio de descanso final de ambos el lujo a espuertas y la más chocante ostentación que el dinero puede comprar. Al regreso a La Habana del cuerpo, dos de enero de 1931, Catalina estuvo enterrada de forma provisional en una finca, cuyo nombre y propietario no he podido encontrar, luego en un sepulcro prestado mientras se terminaba la construcción del mausoleo definitivo. Eso sí está documentado. Una vez finalizaron las obras del nuevo y extraordinariamente ostentoso panteón el cuerpo embalsamado de Catalina fue exhumado y trasladado entonces allí. Y aquí es donde comienzan las dudas y debates. Todo el que visite el cementerio Cristóbal Colón de La Habana, inaugurado, por cierto, en 1871, entre por su portada principal y recorra la amplísima avenida central, está casi obligado a ver, a su izquierda, la enorme y un poco extraña capilla art deco de mármol blanco, adornos de bronce trabajado y cristalería «Claro de Luna», de Lalique, que se supone contiene los restos de Catalina Lasa y Juan Pedro Baró. Pero, ¡oh, sorpresa!, allí también yace el cuerpo de Concepción Baró, madre de Juan Pedro, lo que desvirtúa un poco la leyenda de la soledad y el amor eterno en el más allá de los dos míticos amantes. ¡Que la suegra, aun en el otro mundo esté entre ambos, humm, eso no está en nada, como diría un cubano común! No vale la pena describir aquí el extraño túmulo sepulcral con una cúpula que recuerda, con un poco de buena voluntad, la cabeza de un misil nuclear o la parte superior del robot R2-D2 de la saga de películas *Star Wars*. Un mausoleo sobrecargado de rosas amarillas de cristal y fondo purpurado, parabanes de cristal de roca diseñados en exclusiva por el francés René Lalique, cruces y angelotes de no muy común hechura, y otras costosísimas fruslerías porque fotos, detalles —¡y quejas y denuncias de robos y saqueos!— pueden encontrarse en diversas publicaciones y *blogs* de internet. ¿Yace allí, bajo una estructura de concreto de más de un metro de espesor, el cuerpo de Catalina? Es probable que sí, pero nadie hoy puede asegurarlo. ¿Fueron robadas las costosísimas joyas que supuestamente recubrieron el cuello y el otrora soberbio pecho del cadáver? Suponiendo que realmente esas prendas de oro macizo, brillantes, rubíes, zafiros, esmeraldas y otras piedras preciosas hayan estado dentro de la tumba no hay indicios ciertos de tal robo, pero vaya usted a saber. ¿Está Juan Pedro Baró enterrado de pie cuidando, ojo avizor, la cabeza de Catalina Lasa, su propiedad indiscutible, y adorándola más allá de los tiempos? La respuesta tajante es no. Yace sepultado el señor Baró, eso lo sabemos, en decúbito supino, o sea, boca arriba, como todo muerto que se respeta, cerca, pero no junto a ella. Y la suegra, indiscreta, observa, presumimos que muy pendiente de que nada indecoroso ocurra. No lo olvide, querido lector.

Catalina Lasa. El mito

El escritor alemán Johann Wolfgang von Goethe escribió hace mucho tiempo: «Todo lo trágico se basa en un contraste que no permite salida alguna. Tan pronto como la salida aparece o se hace posible, lo trágico se esfuma». ¿Es la relativamente temprana y poco, o nada, explicada muerte la que esfuma lo trágico en Catalina Lasa y la convierte en mito? Un mito que, por otra parte, estuvo a un tris de ser dejado atrás, olvidado o de no haber llegado a conformarse. Yo creo que sí, pero solo en parte. ¿Y por qué se habría olvidado ese mito? Pues… Me pregunto entonces, ¿se recordaría hoy a Mumtaz Mahal, la cuarta esposa del emperador indomogol Sha Jahan, si no se hubiera construido para ella una bella y maravillosa tumba conocida como el Taj Mahal? La respuesta rotunda es un no y lo prueba el hecho de que casi nadie, ni la inmensa mayoría de los indios actuales recuerdan a las tres primeras mujeres del susodicho emperador. De hecho, aunque se sabe que detrás de la construcción de ese hermoso edificio hay una historia de amor, muy pocos se atreverían a mencionar el nombre correcto de la mujer a quien fue dedicado. ¿Se hablaría hoy de Julieta Capuleto y de Romeo Montesco sin la obra teatral de William Shakespeare? La más que probable respuesta es no. Y podríamos, claro que sí, buscar muchos otros ejemplos parecidos. Lo que me lleva a pensar que sin la casona de la Avenida Paseo y sobre todo sin la fastuosa tumba del cementerio Colón, en La Habana, la señora Catalina Lasa, Cati, hubiera sido una perfecta desconocida en Cuba. ¿Qué hubiera pasado con ella, con su mito quiero decir, si su cadáver estuviera enterrado hoy bajo un montículo de yerba en Pére Lachaise o en cualquier otro de los tantos cementerios de París? ¿O si hubiera fallecido de vejez a los 93 años de edad, por decir algo, de muerte natural y estuviera su féretro en un clásico y vetusto mausoleo de la principal necrópolis cubana, costoso, sí, pero común? ¿Y qué tal si Baró hubiera comprado para ella una mansión cualquiera en la Quinta Avenida de Miramar como la que adquirió, por poner un ejemplo, el gangster Lucky Luciano y que ya nos cuesta trabajo ubicar? Ni qué decir si Catalina le hubiera seguido pariendo hijos a Pedrito Nolasco, a la usanza de entonces, y hubiera muerto rica y «feliz» rodeada de nietos y bisnietos. ¿Y si hubiera sido una mujer corriente y poco elegante, al igual que tantas otras, aunque tuviera millones en propiedades y en el banco? ¿Y si en lugar de herederos de grandes fortunas, petimetres de abolengo y magnates hubiera amado a un pobretón? Esa última es una buena pregunta, quizás la más interesante, pero Cati, la ambiciosa e imparable Cati, parece ser la incuestionable receptora de aquella vieja copla llanera de autor desconocido que dice: *Ayer pasé por tu casa,/ alcé los ojos y ví/ un letrero que decía:/ yo no nací para ti.* Es, en un final, la casi siempre inexplicable y oportuna concatenación de hechos singulares, escandalosos y llamativos, en un solo ser humano lo que lo convierte en especial. Es una broma de la vida. Es un guiño, a veces macabro, de la suerte. Es un cisne negro. Es, en fin, el mito.

El mito que es y seguirá siendo, eso creemos, Catalina Lasa.

Miami –Winter Haven
Marzo-diciembre del 2019

La Habana, Cuba

RESIDE

Puerto Rico

Es médico, divulgador científico y un apasoniado de la historia. Exprofesor de la Cátedra de Cirugía de la Universidad de La Habana. Es editor de la revista *Galenus.*

Entre sus libros publicados: *Caos, leyes raras y otras historias de la Ciencia* (Ed. Palibrio); *De Venus Botero* (Ed. Unos&Otros); *De médicos, poetas, locos.. y otros* (Ed. Palibrio); *No preguntes por ellos; Las reglas del juego* y *De qué murio...*(Ed. Unos&Otros)

LAS REGLAS DEL JUEGO

Él ayudó a diseñar y aplicar a rajatabla las reglas del juego. Ahora esas reglas se vuelven despiadadamente en su contra. Pero el buen perdedor no llora su derrota, respira profundo y asume su caída en desgracia con valor y dignidad, entre otras cosas porque sabe que llorar y pedir clemencia no serviría de nada. Una historia dura como el acero. En fin, una bomba de tiempo. Tiene usted en sus manos, querido lector, una de esas novelas en las que nos parece volver a vivir, de un tirón, el *déjà vu* de lo que ya hemos vivido alguna vez. Un relato que te agarra al principio y te quita el aliento al final. Misteriosa, siniestra, cruda, irreverente y al mismo tiempo melancólica.

Pocos libros como este, testimonian con audacia y realismo, la relevancia de un proceso preñado de intrigas, donde sobresalen la violencia, el poder, el chantaje y el miedo. Quien se sumerja en la lectura de cada capítulo, podrá constatar con qué ironía el personaje principal retrata la complejidad que el proceso histórico devora a sus hijos.

Ángel Velázquez Callejas

«*Las reglas del juego*, un retrato veraz de una época»

Miguel Sabater

«Ningún libro de historia nos va a enseñar más y mucho menos nos va a conmover como lo hace esta novela»

Mario Blanco

UNO&OTROS EDICIONES

Spine: LAS REGLAS DEL JUEGO — FÉLIX J. FOJO

FÉLIX J. FOJO

LAS **REGLAS** DEL **JUEGO**

MUERTES OSCURAS

Félix J. Fojo

La Habana, Cuba, 1946. Es médico, divulgador científico y apasionado de la historia. Exprofesor de la Cátedra de Cirugía de la Universidad de La Habana. Desde hace muchos años reside entre Florida, EE.UU. y Puerto Rico. Es editor de la revista *Galenus*, importante revista para médicos de Puerto Rico.

Ha publicado artículos de opinión y divulgación en diferentes medios periodísticos de EE.UU. y Europa.

Entre sus libros publicados: *Casos, leyes raras y otras historias de la Ciencia* (Ed. Palibrio, 2013); *De médicos, poetas, locos... y los otros* (Ed. Palibrio, 2014); *De Venus a Bolero* (Ed. Uno&OtrosEdiciones, 2017); *No preguntes por ellos* (Uno&OtrosEdiciones, 2017).

La muerte no siempre llega tan plácida y dignamente como nos gustaría. Tanto para las personas comunes y corrientes como para aquellos elegidos que han llevado una vida relevante: guerreros, políticos, dictadores, científicos, artistas, músicos. La muerte es siempre un evento digno de atención. Y cuando la miramos de cerca, a veces encontramos circunstancias extrañas, sospechosas, sin explicaciones claras y definidas, no concordantes o anómalas, en dos palabras, muertes oscuras. Y de esas muertes oscuras está llena la azarosa historia de la medicina que no es más que la historia de la humanidad.

El autor no intenta un estudio paraclínico paleopatográfico, con especialidad forense relativamente nueva que investiga *in situ*, y con tecnología de avanzada, osamentas, momias y tumbas con el fin de diagnosticar, como se haría en un hospital ultramoderno, las más recónditas enfermedades y causas de muerte de los finados que yacen bajo los microscopios y aparatos de resonancia magnética. Sus expectativas son mucho más modestas, pero se alimentan del mismo entusiasmo por ir un poco más lejos en el diagnóstico, la clave médica por excelencia, y así ofrecer una nueva visión de ciertos eventos terminales, por ahondar e investigar más allá de la muerte, por encontrar un detalle o una posible explicación que se ha pasado por alto anteriormente o que pueda tentar a un investigador en ciernes a una pesquisa histórica más detallada.

UNO&OTROS EDICIONES

Spine: MUERTES OSCURAS — FÉLIX FOJO

FÉLIX FOJO

MUERTES **OSCURAS**

UNA MIRADA CURIOSA A LA HISTORIA CLINICA DE FAMOSOS

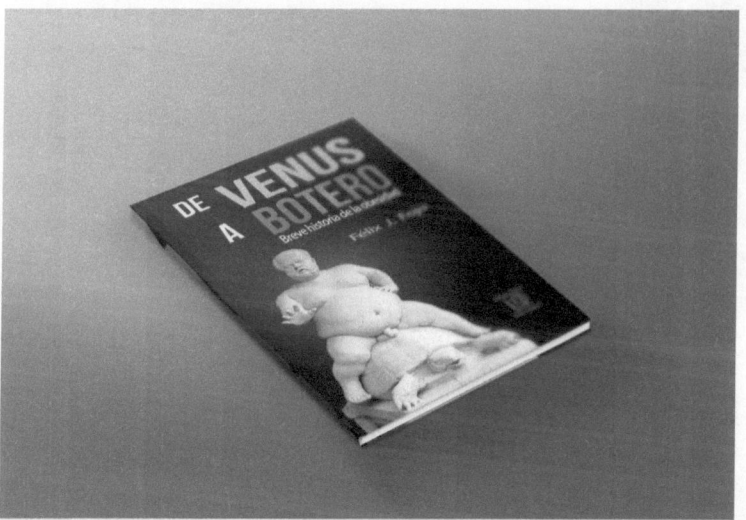

Ochenta años después de la muerte del proxeneta Alberto Yarini, ocurrida por motivos pasionales en 1910, en el barrio de San Isidro, un joven historiador visita la tumba del legendario chulo para cumplir una promesa contraída con un amigo.Un misterioso búcaro que siempre tendrá flores frescas sobre el sepulcro del proxeneta, le estimula a emprender una investigación en la que afloran vivencias de la vida del protagonista Luis Fernández Figueroa y su relación con el mítico personaje.

Miguel Angel Sabater Reyes (La Habana, 1960), Licenciado en Filología en la Facultad de Artes y Letras de la Universidad de La Habana. Ha publicado *Cuentos Orichas* (Extramuros), de la Editorial Unos&Otros los títulos, *Crónicas Humorísticas cubanas* (2014), *Los últimos días de Jaime Partagás* (2013), *La Virgen de Regla y Yemayá* (2014).

Su novela es en verdad apasionante , y se estructura de forma singular. .
El Nuevo Herald | **Olga Connor**

Escrita por un historiador e investigador sagaz, la novela nos deja una admiración contenida que alimenta la llama de un mito que el tiempo no podrá apagar, a pesar de inútiles y continuas explicaciones.
Eusebio Leal Spengler, Historiador de La Habana.

FLORES PARA UNA **LEYENDA, YARINI EL REY DE SAN ISIDRO**

MIGUEL SABATER REYES

Cover 1: Ñico Saquito

ÑICO SAQUITO
EL REY DE LA GUARACHA

Oscar Montoto Mayor

El REY DE LA GUARACHA

A mucho más de medio siglo de ser compuestas, aún se escuchan en bares, cantinas y la radio de toda Cuba y fuera del país, muchas de sus creaciones como «Cuidadito Compay Gallo» y «María Cristina»; sin embargo, poco se sabe de la vida de este hombre cuyo verdadero nombre es revelado por el autor de esta obra, Oscar Montoto Mayor, apasionado baracoense, quien a partir de los testimonios de Antonio Fernández Arbelo, hijo de Ñico Saquito y auxiliado por el extenso archivo sobre su notable padre, junto a la pasión de sus nietos Alejandro y Toni, y las confesiones del propio compositor realizadas en entrevistas que están diseminadas por la radio y periódicos de la época, reconstruye en esta monografía paso a paso la vida y obra de este rey de la guaracha cubana. Con un lenguaje muy acorde a su estilo como escritor e investigador, el autor nos ofrece una crónica rica en anécdotas y valoraciones de este notable músico y compositor, en una etapa siempre valiosa y fundamental para la difusión de la música cubana. Ñico Saquito, una de las figuras célebres del pentagrama cubano tristemente olvidado, que ahora intentamos revivir al compás de un simpático doble sentido con centenares de guarachas y otros géneros musicales en los que fue pionero. El doble sentido y su criollo sabor que lamentablemente ha caído en la chabacanería y el mal gusto a pesar de la herencia que nos legaron otras figuras como Faustino Oramas, el Guayabero, y nuestro biografiado, el amigo que sacaba de un sombrero-saco, guarachas y pregones sin las cuales hoy no se podría escribir sobre estas creaciones originales y ricas en temas y melodías. Así fue y es Ñico Saquito.

LINEA & OTROS

EDICIONES

Cover 2: Bola de Nieve

BOLA DE NIEVE
Si me pudieras querer

RAMÓN FAJARDO ESTRADA

Esta biografía minuciosamente documentada de Bola de Nieve se levanta como un panorama donde entran sus familiares, sus creencias, sus gustos, sus ansiedades y preferencias, al tiempo que dedicaba a perfeccionar las interpretaciones que le dieron fama internacional y lo convirtieron en auténtico embajador de la cultura cubana. Para quienes lo conocimos y disfrutamos de su arte resulta un estimulador de la nostalgia. Para quienes, por su juventud, a través de la lectura se acercan a un artista de la talla de Bola de Nieve, resultará una sorpresa conocer circunstancias y anécdotas irrepetibles, personalidades, ciudades, escenarios, una vida colmada de interés y una trayectoria ejemplar.

Reynaldo González

«Hay otro personaje clave en mi formación sentimental. Para descubrirme a mí mismo, para advertir lo que me ha producido felicidad y dolor, no he acudido al psiquiatra, sino a Bola de Nieve. En mi opinión es otro de los genios que habéis engendrado aquí [...].»

Pedro Almodóvar

[...] la labor escénica de Bola de Nieve: una forma de expresión, de sensibilidad, de calidad espiritual. Cuando uno lo trae al recuerdo, está habituado a relacionarlo con Rita Montaner y Benny Moré y —desde el punto de vista profesional— me cuesta trabajo compararlo, no en el sentido de su estatura individual, no lo que cada uno significa en la música cubana, sino porque Bola resulta ser una cosa distinta con respecto a las otras dos: es un fenómeno, algo realmente inexplicable, ya que hablar de un cantante solo vuca parece algo absurdo, surrealista. Quizás él sea un clásico ejemplo de la intensidad del arte cubano, de disciplina, de estudio, de amor y entrega total a lo que se realiza.

Harold Gramatges

LINEA & OTROS

EDICIONES

Ramón Fajardo Estrada

Book 1 (top)

Andrés Echevarría Callava, Niño Rivera

El Niño Rivera, uno de los treseros más importantes de la historia de la música cubana, fue un innovador, vanguardista, uno de los compositores y arreglistas más importante de su tiempo. Su obra «El Jamaiquino» se convirtió en un *standart* de la música cubana.

CHUCHO VALDÉS

Rivera [Niño] posee una rara combinación de intuición popular e iluminación musical en cuantos formas, sus arreglos pueden permanecer dentro de su marco tradicional mientras se mueve hacia un territorio inexplorado. Es como los mejores arreglistas de jazz, menos preocupado por mostrar su talento para escribir, que por sacar lo mejor de cada miembro de la orquesta.

DICK HAADLOCK

UNO & OTROS
EDICIONES

EL Niño con su tres

Rosa Marquetti Torres

Andrés Echevarría Callava, Niño Rivera

El Niño con su tres

UNO & OTROS
MÚSICA

Rosa Marquetti Torres

Book 2 (bottom)

Dulce Sotolongo conoció de forma casual a Leopoldo Ulloa, le propuso entrevistarlo para hacer un libro y surgió una inquebrantable amistad. La autora hace un recorrido por la vida del compositor a través de sus canciones e intérpretes logrando un rico testimonio de la música cubana, entre los artistas que cantaron sus composiciones están: Celia Cruz, José Tejador, Tirso Guerrero, Celio González, Caito, Lino Borges, Wilfredo Mendi, Moraima Secada, Roberto Sánchez, Clara y Mario, Los Papines, Pío Leyva. *En el balcón aquel* es un libro que te atrapa desde la primera línea, no permitirá que dejes de leer hasta su final.

Para los amantes de la música cubana de todos los tiempos, esta será una edición muy especial porque rinde honor a quien honor merece, a un grande del bolero: Leopoldo Ulloa.

Eduardo Rosillo Heredia

Autodidacta, creador absolutamente intuitivo, un día compuso «Como nave sin rumbos». Luego surgió una larga fila moruna: «Destino marcado», «Me equivoqué», «Perdido en la multitud», grabados por Frank Fernández; «Te me alejas», «Es triste decir adiós», «No extraño tu amor», «Adiós me dices ya», y el representativo «Por unos ojos morunos». Esta producción sitúa a Leopoldo Ulloa, como el más sostenido y consecuente creador de la línea del bolero moruno.

Helio Orovio

UNO & OTROS
EDICIONES

EN EL BALCÓN AQUEL

LEOPOLDO ULLOA, EL BOLERO MÁS LARGO: SU VIDA

UNO & OTROS
MÚSICA

DULCE SOTOLONGO

Robert Téllez Moreno

WILLIE ROSARIO
EL REY DEL RITMO

Biografía autorizada

Robert Téllez Moreno

WILLIE ROSARIO

FRANKIE RUIZ

Han pasado veinte años de la muy temprana desaparición física de Frankie Ruiz, un hombre que con su genuino estilo, carisma, voz cálida y dulce, nos dejó un gran legado musical. La figura de Frankie surgió en un momento trascendental para la industria, justamente en uno de los períodos de mayor dificultad para la promoción de la música salsa. Su influencia marcó una pauta que aún perdura en muchas generaciones de artistas.

Solo contaba 40 años al morir, pero su vida y obra merecen ser contadas. Sin duda, Frankie fue el primer cantante líder del movimiento de salsa romántica y el inspirador para otras figuras que luego alcanzaron el éxito. Su particular estilo cargado de swing y su personalidad arrolladora, lo convirtieron en un ícono que representa una salsa con letras que enamoran, acopladas esplendidamente mediante arreglos musicales cadenciosos y muy bailables, una fórmula ganadora que hoy sigue dando resultados.

Los autores de este libro, Robert Téllez (colombiano) y Félix Fojo, (cubano) rememoran de una manera agradable, novelada, la vida y trayectoria musical de este ídolo del pueblo que fue Frankie Ruiz.

Es también un homenaje al Puerto Rico querido de Frankie, la bella Isla del Encanto, a sus paisajes, música y su gente. Al Papá de la salsa, su carrera, su público, fans en muchas partes del mundo, a los músicos, a los compositores, arreglistas y productores, a los manag/uakers, a su familia, en fin, a todos aquellos que hicieron posible que un talento tan natural como el de Frankie Ruiz, pudiera alcanzar el lugar en la historia de la música que merecía.

Es para Frankie, como: Volver a nacer.

FRANKIE RUIZ
VOLVER A NACER

ROBERT TÉLLEZ
FÉLIX FOJO

VOLVER A NACER

Book 1 — KID CHOCOLATE

Elio Menéndez / Víctor Joaquín Ortega

KID CHOCOLATE

EL BOXEO SOY YO

Dos grandes pasiones unen a Estados Unidos y Cuba: el amor al béisbol y al boxeo. Kid Chocolate apareció en las marquesinas del Madison Square Garden, el llamado templo del boxeo profesional, con veinte años. Y en su piel de ébano se reflejaron las luces de ese monumental estadio cuando un día conquistó para Cuba el primer cinturón de oro. En ese momento la leyenda del negrito del Cerro, limpiabotas, comenzó a escribirse en la populosa ciudad de Nueva York, meca del deporte de los puños del orbe. Como en un viejo filme la lectura de este libro nos traslada a la época dorada del boxeo.

Este hombre llegó a ser declarado «El hombre más elegante del mundo» Y bajaba del *ring*, después de quince *rounds*, sin ser despeinado.

GUSTAVO VEGA IZQUIERDO

El cuerpo a cuerpo con los autores del libro, está al comenzar. La voz del Chócolo los llevará a la época del esplendor del doble titular del orbe; los sentará junto a Pincho, Canzoneri y Jack Berg; les contara del amor, de la amistad, de las alegrías y tristeza. Y... ¡A pelear! Ha sonado la campana.

ÚLTIMA ENTREVISTA A KID CHOCOLATE

UNIÓN & OTROS
EDICIONES

Book 2 — HISTORIA DE LA SANTERÍA CUBANA

HISTORIA DE LA SANTERÍA CUBANA

NELSON ABOY DOMINGO

UNIÓN & OTROS
EDICIONES

HISTORIA DE LA SANTERÍA CUBANA

Historia de la santería cubana, no es un libro más de los muchos que, desde la década de los 90, se han publicado en Cuba y el resto del mundo sobre el tema. Se trata de un estudio que aborda las formas tradicionales de la santería con las variantes asumidas en la sociedad cubana desde su introducción en la isla hasta nuestros días. Aplicando el análisis que vincula aspectos de diferentes disciplinas como la antropología y la sociología, el autor reflexiona en temas como la instauración del imperio yoruba, el proceso ritual de iniciación personal, el código ético e identitario de la Regla de Ocha, definición de Oricha, orígenes del sistema oracular del Ifá, entre otros, para ofrecernos en estos trece ensayos, una variedad de puntos de vista sobre un fenómeno tan consustancial a la idiosincrasia cubana como las tradiciones afro-religiosas.

Nelson Aboy Domingo (Cuba, 1948), Lic. Teología. Instituto Superior de Estudios Bíblicos y Teológicos, ha cursado numerosos diplomados en Antropología y Etnología. Sus estudios se han enfocado, principalmente, en las religiones afrocubanas. En este campo destacan títulos como *Nuestra América Negra, Territorio* y *Voces de la Interculturalidad Afrodescendientes*.

Es miembro de la Unión de Historiadores de Cuba y colaborador de disímiles instituciones culturales. Presidente del Consejo Científico de La Casa Museo de África adjunto a la Oficina del Historiador de la Ciudad de la Habana, Miembro Permanente de The Nacional African Religión Congress Philadelphia, California, EE.UU.

www.unosotrosediciones.com

infoeditorialunosotros@gmail.com

UnosOtrosEdiciones

Siguenos en Facebook, Twitter e Instagram:

www.unosotrosediciones.com